Ewa Maria Wagner

Tristan-*Akkord*

Ewa Maria Wagner

Tristan-
Akkord

Roman

Aus dem Niederländischen
von Hanni Ehlers

Urachhaus

Die niederländische Originalausgabe erschien 2019 unter dem Titel *Het Tristan-akkoord* bei Meulenhoff Boekerij bv, Amsterdam.

Wir danken dem Nederlands Letterenfonds für die finanzielle Unterstützung dieser Übersetzung.

Nederlands letterenfonds
dutch foundation
for literature

MIX
Papier aus verantwortungsvollen Quellen
FSC® C083411

Klimaneutraler Druck

ISBN 978-3-8251-5256-7

Erschienen 2022 im Verlag Urachhaus
www.urachhaus.de

ⓔ auch als eBook erhältlich

Umschlaggestaltung: DPS Design & Prepress Studio
Umschlagbild: © ArcAngel
Satz: Katja Schüch, Kirchheim/Teck
Druck: CPI books GmbH, Leck

Für Antoine

Frühjahr 1970. Ich roch die Braunkohle in der Luft und sah die von Mutter gestrickten weißen Gardinen immer grauer werden. Dicke Gardinen aus einem dichten Spitzenmuster, die unseren schlesischen Dialekt abdämpfen sollten. Die Vorhänge bildeten die Grenze zwischen Verstellung und Wahrheit. Draußen waren wir Polen, drinnen blieben wir Deutsche.

An den Abenden spendete der Ofen Wärme. Nicht du. Aber an einem dieser nichtssagenden Abende hast du mir eine kleine Geige in die Hände gedrückt. Eine Viertelgeige.

»Komm, wir spielen was«, hast du gesagt und einen verschlissenen schwarzen Geigenkoffer aus dem Schrank genommen. In dem Koffer war noch eine Geige, eine größere. Ihr Lack war rotbraun und glänzend. In dem Augenblick, als du dir die Geige unters Kinn geklemmt hast, habe ich zum ersten Mal in meinem Leben auf deine Hände geschaut. Mit den schwarzen Nägeln, den Ölflecken und Kratzern stachen sie gegen die Schönheit der Geige ab. Das Bild deiner sich auf dem Griffbrett einer Geige bewegenden Finger werde ich nie vergessen. Bis zu jenem Tag hatte ich nicht gewusst, dass du Geige spielen konntest.

1

Sie öffnet die Tür. Die Stille im Raum hat etwas von einem Vakuum.

»Guten Tag, Eveline, nimm Platz«, sagt Kees Dijkstra. »Ich werde nicht um den heißen Brei herumreden.«

Die Stuhlkante schneidet ihr in den Oberschenkel.

»Wir müssen kürzen. Und das wird nur noch dadurch zu erreichen sein, dass wir Leute freistellen. Dem UWV-System nach …« Seine Stimme fährt ihr ins Ohr wie eine Klinge. UWV – was zum Teufel ist das? Sie konzentriert sich auf seine Worte, wovon redet er da? Das Wort ›Einsparungen‹ fällt fünf Mal. Ein, zwei Mal sagt Kees auch ›Kurswechsel‹. Auf der Uhr hinter ihm springt der Minutenzeiger auf Viertel vor drei.

»Wir möchten gerade nicht die Holzhammermethode anwenden«, sagt er abschließend.

Doch sie spürt schon einen kalten Luftzug im Nacken. Stille. Sie muss reagieren. Jetzt wäre der passende Moment zu sagen, dass sie nicht damit einverstanden ist. Weg hier, sie will sich erheben, aber kaum dass sie sich bewegt, staut sich Hitze in ihren Beinen. Schwerfällig schiebt sie die Füße über den Boden, legt die Hände auf den Tisch und stemmt sich hoch. Wo ist Kees? Warum sieht sie ihn nicht mehr? Ihr Herz pumpt gegen die Schwerkraft an. Sie dreht sich um, kann jedoch die Tür nicht finden, auf einmal wird es dunkel, dunkel und still.

Sie fühlt einen Klaps auf ihre Wange und noch einen. Träge öffnet sie die Augen. Kees kniet neben ihr. Ihre Lider fallen gleich wieder zu. Die leichten Schläge auf ihre Wange wiederholen sich. Wieder erblickt sie Kees. Blond und breit, ein irritierendes Lächeln auf den Lippen. Sie schaut ihm nicht ins Gesicht, sondern auf das Markenlogo auf seinem rosafarbenen Poloshirt und blinzelt mit den Augen. Jetzt erst merkt sie, dass sich seine Lippen bewegen. Warum hört sie nichts? Und warum liegt sie auf dem Boden?

Kees beugt sich nun über sie, sein Atem riecht nach Kaffee. Er versucht ihr aufzuhelfen. Schnell schiebt sie ihn weg, tastet nach dem Stuhl und setzt sich darauf. Die gleich wieder in ihre Schenkel schneidende Stuhlkante erinnert sie daran, weshalb sie hier ist. Kees nickt, »ja, ja« wird sein Kopfwackeln wohl bedeuten, nein, nein, denkt sie. Ob sie ihn vielleicht hören könnte, wenn sie selbst etwas sagt?

»Bin ich meine Stelle los?« Ihre Zunge ist trocken.

Kees kopfschüttelt jetzt ein klares Nein. Aber was sagt er?

Durch das Fenster fällt ein schmaler Streifen Sonnenlicht auf den Schreibtisch. An der Wand hinter Kees hängt ein Abreißkalender. Zwölfter Februar, liest sie, darüber ein Gedicht von Margaretha Vasalis.

Sie liebt Gedichte, Sprache, die schwarzen Zeichen auf weißem Papier. Mag sie auch die Bedeutung des Gedichts nicht ganz verstehen, die Worte durchstechen die Hülle, welche die Luftleere umgibt, pfeifend strömt nun Sauerstoff in Evs Lunge, und sie schnappt nach Luft. Der darauf folgende Hustenanfall macht ihre Ohren wieder frei. Sie vernimmt gleich Kees' scharfe Stimme.

»... und nach über dreiundzwanzig Jahren wissen wir, dass du eine wertvolle Kollegin bist. Wir werden in den nächsten fünf Monaten alles tun, was in unserer Macht steht, um dich im Orchester zu behalten. Sollte uns das dennoch nicht gelingen, werden wir gemeinsam nach einer Lösung suchen.« Kees steht auf und kommt zu ihr herüber. Mit seiner Rechten hebt er ihre Hand an und legt seine Linke obendrauf. »Das Wichtigste ist, dass du weißt, wir unterstützen dich.«

Was hab ich davon, will sie fragen, und zieht ihre Hand weg.

»Hast du mich verstanden? Ist dir nicht gut?« Das Lächeln weicht von seinen Lippen. »Soll ich dich nach Hause bringen?«

Ev zieht die Schultern hoch. Nein, sie will nicht nach Hause gebracht werden.

»Du musst mir glauben.« Er räuspert sich. »Ich kann dir nicht versichern, dass du deine Stelle behältst, aber wir setzen uns mit allem, was wir tun können, für dich ein.«

Wer ist ›wir‹ und wer ist ›du‹?, denkt sie, sagt aber immer noch nichts.

»Alles gut?«, hakt Kees noch cinmal nach.

»Ja, ja.« Ev steht vorsichtig auf und gelangt schlurfend zur Tür. Ohne sich noch einmal umzudrehen, verlässt sie das Zimmer.

Draußen auf dem Gang hört sie die Musik, die ihre Kollegen im Studio spielen. Sie will so schnell wie möglich weg von hier.

Radfahren tut gut, die frische Luft und die mechanische Beinarbeit bringen das Vertrauen in ihren Körper zurück. Zu Hause sieht sie zum ersten Mal, wie vorwitzig die weißen Krokusse schon aus dem Boden schauen. Und wie schnell der Efeu gewachsen ist, die roten Ziegel sind fast nicht mehr zu sehen. Knapp einen Meter pro Jahr, hat Floris ihr mal erzählt. Er führt Krieg gegen den Efeu, doch den hat er in diesem Jahr offensichtlich verloren. Sie zieht ein paar Triebe weg und säubert die Steine. Als sie das Laub wegwerfen will, sieht sie, dass der Deckel der Altpapiertonne offen steht. Ihr Blick streift ein zerrissenes Notenblatt darin. Nach dem heutigen Gespräch ist ihr, als gehörte es zu einer anderen Welt. Warum betrachtet sie es als Omen, dass dieses harmlose Notenblatt zerrissen ist? Die Musik ist unauflöslich mit ihrem Lebensweg verbunden, bestimmt Tag für Tag ihr Leben, ihre Entscheidungen, ihre Emotionen. Könnte sie ohne Musik existieren?

Sie blickt wieder auf die Krokusse. Bis vor ein paar Tagen war noch gar nichts von ihnen zu sehen. Und es hatte noch keine Unterredung mit Kees gegeben. Doch nun haben dessen Worte ihre Saat in Ev gelegt. Um ihre jetzige Unruhe im Keim zu ersticken, wird sie morgen ganz normal zur Arbeit gehen, beschließt sie. Der volle Terminkalender mit Proben und Konzerten wird Halt geben und dem inneren Aufruhr ein Ende bereiten.

Sie schrubbt sich in der Küche unter dem Warmwasserstrahl die Hände. Fjodor, der bis jetzt in seinem Katzenkorb lag, ist sofort bei ihr.

»Jetzt schon Hunger?«, fragt sie und schiebt ihn sachte mit dem Fuß zur Seite. Dann nimmt sie den Bratschenkoffer und geht damit in ihr Arbeitszimmer, wo eine Partitur von Antonín Dvořák auf dem Notenständer steht, die neunte Sinfonie, *Aus der Neuen Welt*. Es kommt ihr wie ein schlechter Scherz vor. Dutzende Male hat sie das Stück in mehreren Ländern mit verschiedenen Orchestern gespielt. Und jetzt ist es so weit, ihre *Neue Welt* hat begonnen.

Dvořák stammte aus Böhmen, sie selbst kommt aus einer Region, die nicht weit davon entfernt liegt: Schlesien. Spielt sie seine Musik deshalb so gern? Oder ist es, weil seine Bratschenstimmen so gut sind, weil er selbst Bratschist war? Als sie auf dem Konservatorium die Entdeckung machte, dass er außer Tschechisch auch gern Deutsch sprach, hatte ihre Sympathie für sein Werk noch weiter zugenommen. Für das nächste Jahr ist mit dem Orchester eine Amerika-Tournee geplant. Sie will mit, nein, sie *fährt* mit, sagt sie laut.

Plötzlich hat sie Lust zu spielen. Sie öffnet den Koffer, der dunkelrote Samt um das Instrument hat kahle Stellen. Sie nimmt den Bogen in die Hand und atmet den Harzgeruch ein, der aufsteigt, als sie das Rosshaar spannt. Kaum hat sie das Instrument unters Kinn geschoben, sieht sie Kees wieder vor sich. Schnell legt sie den Bogen auf die Saiten und spielt, doch alle Kraft fließt aus ihren Armen. Sie legt das Instrument zurück und schließt den Koffer.

Als Floris zwei Stunden später nach Hause kommt, sitzt sie immer noch in ihrem Arbeitszimmer. Ihr Gesicht ist vom Weinen verquollen. Floris stellt sich hinter sie und legt seine Arme um ihre Schultern. »Das war zu erwarten, als Dijkstra dich zu dieser Unterredung geladen hat, oder liege ich falsch?«, sagt er sanft. »Komm, wir gehen nach unten.«

Sie folgt ihm ins Wohnzimmer und schaut zu, wie er mit einem Streichholz die Kerzen anzündet. Die Flammen flackern und werfen goldene Kreise auf den Couchtisch. Floris' kahler Kopf glänzt, sein kleines Bäuchlein, das seine Schwäche für das gute Leben verrät, wird von seinem locker fallenden karierten Oberhemd kaschiert.

»Sind es ausschließlich schlechte Nachrichten, oder ist vielleicht auch ein bisschen was Gutes daran?«, fragt er nach längerer Stille.

»Gutes? Was könnte daran gut sein?«, sagt sie und sieht ihn an.

Eine tiefe Falte erscheint auf seiner Stirn. »Veränderung gehört zum Leben, man braucht sich nur die Natur anzuschauen«, sagt er. »Manchmal ist es gerade gut, wenn dein Leben eine neue Richtung einschlägt. Jetzt sträubst du dich dagegen, aber versuch es auch mal anders zu betrachten.«

»Halt, stopp«, sagt Ev, obwohl ihr dieser Gedanke natürlich auch schon gekommen ist. »Einen Managementkurs kann ich jetzt nicht gebrauchen, okay?«

Floris bleibt still, sie spürt, dass er verärgert ist. Im Zimmer ist nur noch das leise Knistern der Kerzen zu hören.

»Entschuldige, ich …«, sagt sie und lächelt. »Ich habe einfach Pech, da lässt sich nichts machen. Ich arbeite schon so lange im Orchester, ich kann nicht anders … ich will nicht anders. Ich … weiß einfach nicht, wie ich ohne Orchester leben soll …«

»Mach es doch jetzt nicht noch schwerer, als es schon ist.« Er rutscht auf die Kante der Couch vor. »Ev, du reagierst, als wärst du schon definitiv entlassen, aber so ist es doch gar nicht.«

»Das sagst du nur …«

»Und im Übrigen, erinnerst du dich noch, wie du manchmal geschimpft hast? Dass dir das Orchester zum Hals raushängt? Ich höre es dich noch sagen.«

»Lass das doch, das ist jetzt unerheblich, ich liebe meine Arbeit …« Sie verschluckt sich, ein Hustenanfall folgt. Floris holt ihr ein Glas Wasser.

»Du solltest deinen Vater anrufen«, sagt er, als er das volle Glas auf den Tisch stellt.

»Meinen Vater?« Sie lacht laut auf. »Was hat denn der damit zu tun? Ausgerechnet mein Vater! Du spinnst wohl!« Bei den letzten Worten hat sie unversehens vom Niederländischen ins Deutsche gewechselt.

Floris setzt sich wieder.

Seine Worte ärgern sie. Weiß er überhaupt, was er da sagt?

»Warum sollte ich?«

Aber Floris antwortet nicht.

»Er ist der Letzte, nach dem mir jetzt der Sinn steht«, fährt Ev fort.

Floris schmunzelt: »Genau das ist es ja.«

»Was?«

»Dein Vater hat die Musik in dein Leben gebracht, du bist Musikerin, wie lange willst du das noch verdrängen?«

»Verdrängen?«, flüstert sie. Wieso fängt er jetzt von ihrem Vater an?

»Weißt du, warum du dich so schwertust mit ihm? Weil du ihn nie mit der Wahrheit konfrontiert hast. Du lebst ein Leben, das er sich für dich ausgedacht hat, ohne dass du dir darüber im Klaren bist. Immer diese Ausflüchte, wenn er anruft, du seist nicht zu Hause oder es sei so schwierig für dich, ein Datum festzulegen, wann ihr euch sehen könntet. Warum bloß?«

»Meinst du das im Ernst? Danach ist mir jetzt überhaupt nicht, und ich begreife eigentlich nicht, worauf du hinauswillst ...«

Floris erhebt sich. »Im Grunde trifft es sich doch wunderbar, du wirst demnächst fünfzig, der perfekte Moment, dich deiner Vergangenheit zu stellen, findest du nicht? Deine Mutter lebt nicht mehr, aber die Beziehung zu deinem Vater kannst du noch wiederherstellen.«

»Wie-der-her-stel-len?« Ev schluckt.

»Schatz, du kannst dich nicht dein ganzes Leben lang hinter deiner Erziehung verschanzen.«

»Floris, ich bitte dich!«

Ein starker Windstoß drückt ein Fenster auf, Ev erhebt sich und macht es zu. Draußen fällt schwaches Licht von den Straßenlaternen auf ihren Garten, die sich bewegenden Zweige werfen lange Schatten.

»Eines Tages wirst du ja doch mit deinem Vater reden müssen. Warum nicht jetzt? Sag ihm das, was du mir über ihn erzählt hast. Das ist jetzt *der* Moment, Ev.«

Die Situation zwischen ihr und ihrem Vater war schon ihr Leben lang angespannt. In den letzten Jahren fragt sie sich nach jedem Streit mit ihm, wann er endlich stirbt. Dann schämt sie sich und fühlt sich noch schlechter. Ist das jetzt wirklich der geeignete Moment, etwas daran zu ändern?

»Das kann ich nicht auch noch brauchen, schon gar nicht jetzt.«

Floris wirft einen verstohlenen Blick auf seine Armbanduhr. »Wie auch immer, es war ein fürchterlicher Tag für dich ...

Hm ... wie sieht's mit Essen aus? Gehen wir irgendwohin, oder soll ich was holen?«

Fjodor schlüpft ins Zimmer, springt auf die Couch und bettet das Köpfchen auf Floris' Knie. Ev lässt den Blick über die Buchrücken im Regal wandern. Am liebsten würde sie jetzt einen Band herausziehen, in eine Erzählung eintauchen und alles andere vergessen.

Floris erhebt sich, greift zu seinem Handy und legt seine Hand auf ihre Schulter. »Angenommen, du darfst nicht mehr im Orchester arbeiten, dann ist doch nicht auch gleich die Musik aus deinem Leben verbannt!«

Was soll sie darauf sagen?

Sowie Floris wieder auf der Couch sitzt, beginnt Fjodor, mit seinem Gürtel zu spielen, dessen loses Ende absteht.

»Das wird schon werden, auch finanziell, alles okay«, fährt Floris fort und lacht kurz, als der Kater seinen Bauch zeigt. »Reicher werden wir dann zwar nicht, aber wir kriegen das hin, das wird schon werden, dafür sorge ich.«

Sie seufzt, typisch Floris, immer will er gleich alles regeln und ordnen. »Was schlägst du vor, wo wollen wir essen gehen?«

Es ist kurz nach sechs Uhr morgens, der Becher mit dampfendem Kaffee brennt in Evs Händen, doch sie nimmt es kaum wahr. Sie hat schlecht geschlafen. Fetzen der Gespräche mit Kees und Floris verschmolzen miteinander, sie hatte Albträume, der Pyjama klebte ihr am Rücken. Ihr Traum war ähnlich makaber wie eine Erzählung von Roald Dahl, wurde ihr bewusst, als sie aufwachte.

Sie hört die Katzenklappe, Fjodor ist hereingekommen und bettelt gleich um Futter. Automatisch füllt sie seinen Napf.

Während er frisst, nimmt sie wieder einen Schluck Kaffee und schaut nach draußen, doch es ist noch ziemlich finster. Geht die Sonne überhaupt noch auf? Ihr brummt der Schädel. Paracetamol, sie drückt zwei weiße Tabletten aus dem Plastikstrip, dreht den Wasserhahn auf und nimmt das Schmerzmittel ein. Ihr Schluckreflex versagt wegen des ekligen Geschmacks, und sie muss würgen. Vielleicht sollte sie wieder ins Bett gehen, zurück zur Wärme ihres Mannes. Doch sie bleibt in der Küche stehen, macht neuen Kaffee und schmiert Brote für Floris.

Auf dem Fahrrad zum Studio sieht sie das Auto nicht. Sein Hupen schrillt an ihrem Trommelfell entlang, doch zu spät, ihre Wange berührt schon das Pflaster. Ein Mann springt schreiend aus dem Volvo. Ja, ja, es war ihr Fehler, zum Glück hat er rechtzeitig auf die Bremse getreten.

»Nichts passiert«, murmelt sie und rappelt sich mühsam auf. Sie hebt ihr Fahrrad vom Boden hoch und steigt auf. Weiter in die Pedale treten, mag es auch schmerzen, schneller, bis sie beim Studio anlangt.

Die automatische Tür schiebt sich zur Seite, sie geht hinein. Auf einmal kommt ihr zu Bewusstsein, dass Kees von fünf Monaten gesprochen hat, in fünf Monaten erfährt sie, ob sie ihre Stelle behalten darf oder nicht.

»Guten Morgen, Ev«, hört sie hinter ihrem Rücken Grace rufen, eine Geigerin. Sie nickt, ihre Knie tun stärker weh, als sie befürchtet hatte. Ob schon jemand weiß, dass sie beim Direktor ohnmächtig geworden ist und weswegen? Manchmal ärgert sie sich darüber, wie schnell es sich im Orchester herumspricht, wenn jemand Unannehmlichkeiten hat, alle wissen alles über einen. Aber würde Kees so etwas erzählen? Bestimmt nicht.

In Studio fünf packt sie ihr Instrument aus, streicht den Bogen mit Kolophonium ein und schaut auf die Infotafel. Neben wem sitzt sie heute? Drittes Pult, rechts von Wilma, einer deutschen Kollegin. Ein Glück, das bedeutet ruhiges Arbeiten. Ein paar Leute sitzen schon auf dem Podium, als sie ihr Pult aufsucht. Arthur, ein älterer Kollege der Bratschengruppe, steht auf. Er fährt sich mit der Hand durch seinen grauen Bart und will etwas sagen, aber Ev nickt verschämt und lässt sich gleich auf ihrem Platz nieder. Er legt die Hand auf ihre Schulter. Sofort bekommt sie feuchte Augen.

»Tut mir leid, ich bin erkältet«, sagt sie und legt den Bogen auf die Saiten. Sie stimmt so lange und so laut, dass Arthur aufgibt und an seinen Platz zurückkehrt.

»Wie geht's?«, fragt Wilma. Bildet Ev es sich nur ein, oder blickt Wilma besorgt?

»Und selbst?«, fragt Ev ihrerseits, ohne eine Antwort zu geben. Wilma erinnert sie mit ihren dunklen Augen, ihren braunen Locken und ihrem schönen spitzen Gesicht an ein Eichhörnchen. Sie hat erste Anzeichen von Rheuma, nicht jeder Tag ist ein guter Tag für sie. Wilma schüttelt den Kopf, aber Ev weiß nicht, was sie damit meint.

Der Dirigent springt auf sein Podium, und die Probe beginnt. *Dornröschen*, ein Ballett von Tschaikowsky. Die Geschichte aus der Märchenwelt reißt Ev aus ihrer Trübseligkeit. Mühelos folgen ihre Finger den Noten, alles ist wieder leicht, solange sie nicht nachdenkt. Dem folgen, was ist, einfach spielen. Sie lauscht ihren eigenen Läufen und den Bläserakkorden und sieht plötzlich Traumbilder vor sich.

»Erste und zweite Geigen, die Melodie muss fortwährend ein Tanz bleiben«, ruft der Dirigent.

»*Fortwährend* besteht nicht mehr«, murmelt Ev. Die Bedeutung dieses Wortes fühlt sich seit gestern anders für sie an. Die Streicher müssen den Satz von Beginn an wiederholen. Ev schlägt eine Seite zurück. Sowie sie zu spielen beginnt, kehren die Traumbilder wieder. Im zweiten Teil bleibt sie mittendrin hängen.

Dornröschen, wo bist du? Während des *Pas d'action,* im *Rosen-Adagio,* zanken sich in Evs Kopf Musik und Sprache. Das wird nicht gut gehen. Die Stimmen sind lauter als die Musik. Die erste, kindliche Stimme erzählt auf Polnisch von Dornröschen, bald übernehmen die Gebrüder Grimm auf Deutsch. Entfernt hört Ev sogar die zaghaften kehligen Laute ihrer Russischlehrerin. Ihr Kopf gleicht jetzt einem Radio, in dem die Stimmen von verschiedenen Sendern durcheinander sprechen. Sie verfolgt das Polnische. Nein, das ist nicht mehr ihre Sprache. Da schon lieber Deutsch, aber dann rückt ihr Vater zu nahe. Also doch Russisch? Sie mag die melodiösen Klänge, aber in dieser Sprache ist sie nicht wirklich zu Hause. Plötzlich denkt sie ans Niederländische, aber die *Briefe an Dornröschen* von Toon Tellegen, die sie unlängst gelesen hat, rufen keine Stimmen in ihr wach. Die unerwartete Stille überrascht sie. Wo sie doch Tellegens Betrachtungen und Zweifel keineswegs vergessen hat. Im Gegenteil, sein Verlangen, lieber unterwegs zu sein als an ein Ziel zu gelangen, lässt sie erschauern. Ist der Weg wichtiger als das Ziel? Mit diesem Gedanken hat es seine Bewandtnis, vermutet sie – und verliert die Kontrolle. Ihre rechte Hand verkrampft sich. Festhalten, denkt sie, nicht loslassen. Die Cellisten neben ihr bewegen ihre Finger auf dem Griffbrett auf und ab, als würden sie fliegen. Ihre Hände gleichen fleischigen Vögeln. Ev schaut auf ihre eigenen Finger. Weiter, weiter, sie wird spielen.

Ein Fehler, noch einer, sie muss versuchen, nicht zu steuern, ihre Hände kennen ja den Weg. Sie sieht ein Mädchen in einem riesigen Saal tanzen. Es hat Evs Augen, Sommersprossen und trägt rote Lackschuhe. Bin ich das im Schloss von Dornröschen?, fragt sie sich. Sie hat es sich früher einmal eingebildet. Aber wo war das? Die großen Kronleuchter, die goldenen Verzierungen, der glänzende Fußboden aus schwarz-weißen Fliesen – sie sieht alles vor sich. Doch dann steigt ihr plötzlich ein süßer Geruch nach Papier und Tinte in die Nase.

»Pause, Ev … ist dir nicht gut?« Wilma berührt ihren nackten Arm. »Du hast Blut am Knie.«

Aber Ev erschrickt mehr über Wilmas kalte Finger als über den Blutfleck.

»Ich weiß«, sie zögert, was soll sie sagen? »Ich bin mit dem Fahrrad gestürzt … Aber es ist nicht so schlimm.«

Das Studio hat sich geleert, die Musiker sind wahrscheinlich in der Kantine und zapfen sich Kaffee aus den Automaten. Ev wird durch einen Krampf in ihrer rechten Hand abgelenkt, der sich nicht legen will. Sie zieht die Schultern hoch, doch das hilft nicht viel. Wilma ist auch schon weg. Ev erhebt sich, legt ihre Bratsche in den Koffer zurück, bleibt aber stehen. Keine Lust auf Kaffee, keine Lust auf Kollegen. Das Instrument starrt sie an. Das Holz glänzt. Genauso wie die allererste Geige, die sie mit sechs von ihrem Vater bekam.

»Musik ist das Schönste, was es gibt«, sagte er damals. »Musik ist Freiheit. Kein Kommunist hat Zugriff darauf, keine Politik kann sie zum Schweigen bringen.«

Die Geige war damals zu groß für sie, es wollte ihr nicht gelingen, darauf zu spielen, alles fühlte sich unbequem an. Mit einem dunkelblauen Tuch, auf dem eine japanische Geisha lächelnd unter einem gelben Sonnenschirm steht, putzt sie jetzt die Decke ihrer Bratsche. Sie fährt über die Saiten und entfernt Harzstaub unter dem Griffbrett. München, Berlin, London, Tokio, Rom, Moskau – wie viele Städte haben sie nicht schon zusammen besucht! Sie berührt die Geige häufiger, als sie ihren Vater je berührt hat. Die Bratsche und sie haben eine Beziehung zueinander, die sie zu ihrem Vater nie hatte und nie wird haben können. Nicht, weil er zu weit weg wohnt. Nicht, weil er Deutscher ist. Sondern weil die Musik zwischen ihnen steht.

Vater, weißt du noch, jener kalte Freitagabend im November? Ich laufe mit dir an einer verkehrsreichen Straße im Zentrum von Katowice entlang. Die Schnallen auf meinen zu großen Lackschuhen schimmern im Scheinwerferlicht der Autos. Ich krümme die Zehen und weiche den Bordsteinen aus, die Kratzer machen könnten. In die Spitzen der Schuhe hat Mutter Wattebäusche gestopft, aber ich schlüpfe trotzdem immer wieder heraus. Die Lackschuhe gehören Nina, ich darf sie dieses eine Mal tragen.

»Wir sind da.« Du zeigst auf den hell erleuchteten Eingang eines grauen Gebäudes zu unserer Linken. Ich strecke die Hand nach den beiden Metallgriffen der Flügeltür aus, doch sie sind zu hoch für mich. Von der anderen Seite der Scheibe her lächelt mich ein Mann in dunkelblauer Uniform an. Seine Handschuhe fassen zu, und die Tür öffnet sich. Du und ich treten ein wie durch eine Zauberpforte. Drinnen ist es behaglich warm. Die Decke zieht gleich meine Aufmerksamkeit auf sich. Wie leuchtende Blumensträuße glühen dort die Lämpchen. Ich folge dem weichen Goldnebel mit dem Blick, schaue empor, blinzle, und vor meinen Augen tanzen Hunderte violetter Flecken. Ich lache, aber du wendest dich von mir ab. Als ich einen Schritt machen will, verliere ich den einen Schuh. Der Marmorfußboden spiegelt die Glühlämpchen wider. Ich gehe in die Hocke, greife nach dem Lackschuh und ziehe ihn wieder an. Dann will ich so einen Lichttupfer vom Boden pflücken, doch du zischst mich an und ziehst mich an meinen Kleidern hoch. Mit den Händen auf meinen Schultern schiebst du mich nun in Richtung der Steinsäulen weiter hinten. Riesige Spiegel reflektieren das Lichterspiel und die Menschen hinter uns. Kein Zweifel, genauso festlich muss Dornröschens Palast ausgesehen haben, mit elegant gekleideten Menschen wie diesen hier. Ich lächle uns im Spiegel zu und winke. Du fasst meine winkende Hand, und wir betreten einen Raum, wo es auf einmal dunkel ist. Hier ziehen alle Gäste ihre Mäntel aus und reichen sie den Frauen hinter der Theke, die allesamt weiße Kragen tragen. Es riecht nach Parfüm und Mottenkugeln. Ich knöpfe meinen roten Mantel auf und drehe mich zu dir um.

»Hans, da bist du ja endlich«, sagt eine fremde Frau zu dir. »Hast du deine Tochter mitgebracht?«

Du redest mit der Frau im grünen Kleid. Mit ihren Glupschaugen und ihrem breit lächelnden Mund ähnelt sie einem Frosch. Als sie sich zu mir hinunterbeugt, baumelt ein großes Medaillon von ihrem Hals herab. Eine lange, schmale Furche zieht sich zwischen ihren Brüsten ins Dekolleté hinab. Mutter trägt nie Kleider, die Brüste und Schultern frei lassen.

»Wie alt bist du? Möchtest du dir gern die Märchenmusik anhören?«

Ein blumiger Duft steigt mir in die Nase, und ich niese. Du siehst mich betreten an und hilfst mir rasch aus dem Mantel.

»Sie ist fünf«, murmelst du an die Frau gewandt. Ich beeile mich, meinen Mantel abzugeben. Im Tausch dafür erhalte ich eine kleine runde Plastikscheibe mit drei Ziffern darauf, die ich an dich weiterreiche.

Wir laufen nun zu dritt durch die Dornröschenhalle zurück zu der breiten Wendeltreppe. Sie hinaufzusteigen ist mit den klappernden Schuhen nicht ganz einfach. Die Stufen sind so tief, dass ich gleich ein Spiel daraus mache. Ich setze immer einen extra großen Schritt und hüpfe die nächste Stufe hinauf. Das geht dann aber daneben, weil ich schon wieder den einen Schuh verloren habe, und ich knalle mit der Schulter auf die Steine. Ich setze mich auf die Treppe und luge nach unten. Die Frauen haben rauschende Kleider an, einige tragen sogar Schmuck im hochgesteckten Haar. Sie stehen bei Männern in schwarzen oder grauen Anzügen und lachen schrill.

»Jetzt komm doch, wir müssen weiter«, rufst du laut hinter mir und legst den Arm um die nackten Schultern der Froschfrau. Wir betreten einen riesigen Raum. Er ist so groß, dass ich gar nicht weiß, wo ich hinschauen soll.

»Dort ist das Podium für das Orchester.«

Ich blicke deinem Zeigefinger nach zu einer Erhöhung, auf der Stühle und Notenständer stehen. Ich will fragen, was ein Orchester ist, doch viel mehr noch beschäftigt mich der rote

Plüsch der Sitze. Stuhlreihe über Stuhlreihe, so etwas habe ich noch nie gesehen. Wenn das hier ein Ballsaal ist, wieso sind dann überall Stühle?

»Komm, wir suchen unsere Plätze.« Du lächelst mich an und ziehst drei Zettelchen aus deiner Hosentasche. Ich laufe hinter euch her und lasse die Hand über jede Sitzlehne streichen. Der Stoff fühlt sich überraschend weich an. Mitten im Saal nehmen wir auf dem roten Plüsch Platz. Die Froschfrau sitzt an deiner anderen Seite. Sie drückt mir ein Pfefferminzbonbon in die Hand. Gleich darauf lässt mich ein unvermuteter Schall aufspringen.

»Der Gong«, erklärst du sofort. »Das ist das Zeichen, dass jetzt alle, die noch unten stehen, ihre Plätze aufsuchen müssen.«

»Warum?«, frage ich und lege das Pfefferminzbonbon auf meine Stuhllehne. Pfefferminze mag ich nicht.

»Wenn man Musik anhören will, muss man dort sein, wo sie gespielt wird.«

Auf einmal wird es geräuschvoll. Durch alle Türen strömen Menschen in den Saal herein. Das Rot der Sitze verschwindet unter Anzügen und Kleidern. Ich drehe mich um und sehe das gleiche Rot auf den geschminkten Frauenlippen wieder. Als scheine der Plüsch hindurch. Auch ein paar Kinder sitzen im Saal. Was hat die Froschfrau gesagt, Märchenmusik?

»Was machen wir jetzt?«, frage ich.

Mit dem Zeigefinger auf den Lippen ermahnst du mich, still zu sein. Ich schnippe das Pfefferminzbonbon von der Lehne. Sein Fall geht im Händeklatschen um mich herum unter. Auf dem Podium erscheinen Frauen und Männer in Trauerkleidung. Allesamt in Schwarz. Nur haben die Männer weiße Hemden an. Alle halten ein Instrument in der Hand. Ich erkenne sofort die

Rundungen der Geige. Genau wie deine, Vater. Aber hier, auf dem Podium, ist das Instrument in mehreren Größen zu sehen. Manche Geigen sind so groß, dass sich die Männer dahinter verstecken können.

»Das ist der Dirigent«, höre ich dich flüstern. Du zeigst auf einen Mann mit enormer Haarpracht, der ein dünnes Stöckchen in der Hand hat. Er verbeugt sich vor dem Publikum. Die Lichter im Saal werden gedämpft.

Wumm! Das Getön trifft mich wie ein Peitschenhieb und ich springe erneut von meinem Sitz auf. Die Klänge dringen mit Macht durch Augen, Mund, Nase und Ohren in mich ein. Da galoppieren Pferde, und irgendwo tost das Meer. Der Schlag auf eine gewaltige Trommel drückt mich wie ein Windstoß in den Sitz. Ich erwarte, etwas zu sehen, doch es tut sich nichts. Links und rechts von mir schauen die Männer und Frauen auf die spielenden Musiker und bleiben alle ganz ruhig. So auch du und die Froschfrau.

Wo ist das Bild?

Wo bleibt die Geschichte?

Es kribbelt in meiner Nase, ich ziehe sie kraus und spüre, dass mir Tränen in die Augen steigen, die ich schnell hinunterschlucke. Bald werde ich auf der Klangwendeltreppe einen engen Turm hinaufgesogen. Das Spinnrad dreht die Musik. Mein Innerstes wird mit den Melodien nach außen gedreht, und mir ist auf einmal schwindlig. Die Musiker bewegen sich hin und her, und ich fühle den starken Wind, der um mich ist. Tonfolgen schwellen an und ab und kehren wieder zurück. Hoch, tief, dunkel, gellend. Und plötzlich ist alles still. Ich bin noch weit weg, als du zu klatschen beginnst. Danach klatschen alle ganz laut.

Gleich anschließend betritt eine Frau in rosafarbenem Kleid mit glitzernden Steinchen das Podium und stellt sich neben den Dirigenten. Er bewegt die Hände, sein weißes Stöckchen zittert kurz, und die Geigen setzen sachte ein. Die Frau schließt die Augen und fängt an zu singen. Die Musik plätschert dahin. Ich verstehe sie nicht. Die hohe Stimme der Frau glitzert genauso wie die Steinchen auf ihrem Kleid. Mitunter hält sie ein ›o‹ oder ein ›a‹ länger, moduliert Tonhöhe und Tempo der Wörter, um mit der Musik gleichauf zu bleiben. Der Klang der Silben verschmilzt mit der Musik und malt Farben in meinem Kopf. Deren Ton und Kraft wechseln, nehmen zu, schwinden. Es klingt anders als alles, was ich kenne. Die Stimme der Frau zwingt mich, in der Musik zu bleiben.

Und dann weiß ich es plötzlich. Die Sängerin tut, was ich auch oft tue. Sie erfindet Wörter, sie spielt mit den Buchstaben und verbindet sie in der gleichen Weise miteinander, wie ich es zu Hause immer tue. Mutter oder Nina verstehen mich dann schon. Das ist die Magie: Etwas zu machen, das andere nachvollziehen können, wo ich es doch ganz und gar selbst erfinde!

Du spielst nie mit, auch zu Hause nicht, wenn du frei hast. Die Musik nimmt jetzt mit ihren Linien erneut meine Aufmerksamkeit gefangen. Sie sind so etwas wie Zweige, Zweige, an denen Wörter wachsen wie Blätter. Die Musik bewegt sie, so wie der Wind mit echten Blättern spielt.

Pamiętam ciche, jasne, złote dnie,
Co mie się dzisiaj cudnym zdają snem,
Bo był otwarty raj także i mnie,
Bo był otwarty w dziecińskie mem.

I czasem myślę, żem ja tylko spał,
Że całe życie moje było snem,
Zbudzę się, raj ten odnajdę com miał
Com miał w dzieciństwie mem!

Ich entsinn' mich ruhiger, klarer, goldner Tage,
die heute scheinen wie ein wundersamer Traum,
das Paradies, es stand auch mir einst offen,
mir, in meinen Kinderjahren.

Und manchmal denk ich, ich hätt' bloß geschlafen,
und mein Leben sei wohl nur ein Traum,
ich wachte auf und suchte nach dem Paradies,
das als Kind ich schon besaß!

Die polnischen Worte klingen verdreht, ich kann sie nicht richtig begreifen, aber das macht nichts, meine Gedanken nehmen dennoch Farbe an. Ich lächle zur Musik, mache in Gedanken die Sängerin nach und schließe die Augen. Bald schlafe ich ein.

In meinem Traum sitzen das Publikum, du und die Froschfrau totenstill da. Alles ist in vielstimmigem Klang versunken. Das Pfefferminzbonbon ist eine giftige Pille. Die roten Lackschuhe laufen von allein zu Nina zurück. Du drückst mir eine Geige und einen Bogen in die Hände und sagst, ich solle weitermachen. Weitermachen? Womit? Das Instrument verwächst mit meiner Hand, wird zur Verlängerung meines Körpers. Sowie ich den Bogen auf die Saiten lege, kann ich nicht mehr aufhören. Mein Unbehagen wächst, aber ich kann nicht anders als immer weiterzuspielen.

»Musik ist besser als Stille«, sagst du.

Das stimmt nicht, will ich schreien, doch von dem Moment an, da die Geige zu einem Körperteil von mir geworden ist, kann ich nicht mehr sprechen. Wörter, wo seid ihr geblieben? Sie flüsterten immer in meinem Kopf, erzählten mir, was ich nicht wusste. Weinend spiele ich weiter, auf der Suche nach dem Geflüster, doch ich habe alles verloren. Die Musik, die ich selbst spiele, bekümmert mich. Vater, ich will meine Wörter zurück.

2

»Du hättest damals schon deinem Herzen folgen sollen, Ev«, sagt ihre Schwester Nina am Telefon, als sie ein paar Tage später von den Neuigkeiten hört.

»Offenbar wissen alle besser als ich, was ich tun sollte«, entgegnet Ev gereizt, »wieso ist es mir dann nicht aufgegangen? Und wenn es wirklich so offensichtlich war, warum hast du dann fünfundvierzig Jahre gewartet, bis du es mir sagst?«

Ev ist ganz außer Atem. Damals war sie noch ein Kind. Wie viel Selbstbewusstsein hat man denn als Sechsjährige? Wie viel traut man sich zu? Wie gut kennt man sich?

»Ach komm, Ev, du weißt es doch. Du hast dich ihm zuliebe für die Geige entschieden, und wenn du das abstreitest, komm ich bei dir nicht mehr mit. Wann wirst du endlich erwachsen? Die vielen Tränen, die Streitereien zwischen euch, mein Gott, da müsste dir doch längst ein Licht aufgegangen sein!«

»Herrje, wovon redest du denn da?«, fragt Ev. »Noch nie hast du mir gegenüber etwas gesagt, und jetzt schwingst du hier plötzlich große Reden.«

»Ich würde es nie wagen, einen Keil zwischen Vater und dich zu treiben, aber ich war auch zu Hause, als die Bücher durchs Zimmer flogen, wenn du dich mit ihm gestritten hast. Mutter und ich waren nur Kulisse in eurem Drama.« Jetzt ist sie außer Atem.

»Nina ...«

»Verflixt noch mal, tu doch nicht so scheinheilig, du hast unsere Familie kaputt gemacht, das weißt du ganz genau!«

»Das ist nicht wahr, warum sagst du das?«

»Du musstest dich unbedingt verwirklichen. Das Normale war dir zu doof. Immer Extrawürste, immer was anderes. Heiraten und Kinder kriegen war dir zu spießig.«

»Da war ich noch in der Pubertät, Nina, ich bitte dich ...«

»Toll war das für mich! Kein Job, zwei Kinder und ein Mann, der zu der Zeit mehr bei der Arbeit war als bei mir zu Hause. Nie darüber nachgedacht?«

»Hör doch auf, ich durfte zu Hause gar nichts, ich hatte immer nur Pflichten. Du nicht, du warst die Prinzessin, die überallhin mitdurfte, die auf Geburtstagen von Oma herumgezeigt wurde, die von Tanten getätschelt wurde und mit Mutter in Urlaub fahren durfte. Ich musste immer nur üben!« Ev haut mit der Faust auf den Tisch. Und obwohl der Schlag *con sordino* ausfällt, tut ihr die Hand weh. »Ich muss jetzt los.«

»Ja, natürlich, ergreif bloß schnell die Flucht, darin warst du schon immer gut«, sagt Nina verärgert. Sie seufzt. »Wo gehst du hin?«

»Zur Arbeit.«

»Bist du verrückt … du hast doch gesagt, dass man dich entlassen hat! Hab ich da was nicht kapiert, oder lügst du? Du brauchst doch gar nicht zu arbeiten!«

Ev knallt das Smartphone auf den Tisch, sie ist mit ihrem Latein am Ende. Man hat sie nicht entlassen, und sie will arbeiten! Wie jeden Tag ist sie auch heute dafür aufgestanden und wird abends mit der Musik im Kopf erschöpft zu Bett gehen.

Dieses Telefongespräch ging völlig daneben. Sie hasst Apparate, insbesondere Telefone. Um mit Nina zu reden, muss sie sie sehen, ihre Gesten lesen können. Sonst bekommen sie Streit. Wie jetzt. Was hat Nina eigentlich gesagt?

Tatsächlich muss Ev nirgendwohin, warum hat sie gelogen? Das Orchester hat heute einen freien Tag, aber das muss Nina ja nicht wissen. Fröstelnd steht sie vor der Heizung und dreht den Thermostat hoch. Ninas Worte wollen ihr nicht aus dem Kopf. Sie wird missmutig. Nina hat recht, Musik ist für sie synonym mit ihrem Vater: Wenn sie ›Musik‹ sagt, denkt sie an ihn.

Sie sieht ihm ähnlich. Sie hat seine blauen Augen, die Form seiner Nase. Sie ärgert sich über ihre großen Ohren, die das Ebenbild der seinen sind. Als Heranwachsende fürchtete sie, dass die deutschen Wurzeln ihres Vaters sie zur Außenseiterin machen würden, dass Freunde sie mit Nazis assoziieren würden. Sie hat es damals sogar in einer Enzyklopädie nachgeschlagen. Drei Merkmale seien maßgebend für die körperliche Zuordnung zu einem Volkszusammenhang: Pigmentierung, also Haut-, Haar- und Augenfarbe, Größe und Schädelform. Ihr Schädel ist eine Kopie des seinen. Das Gesicht ihres Vaters spiegelt sich im ihren wider, sie weiß genau, wie sie aussehen dürfte, wenn sie je alt werden sollte: Sie wird weiße Löckchen bekommen, und ihr Körper wird wie der seine um die Hüften herum absacken. Vater und sie sind Doppelgänger mit Zeitverschiebung.

Warum sollte sie ihm überhaupt etwas erzählen? Sie wüsste zwar ein paar gute Argumente, die dafür sprächen, aber sie will sich sein Mitleid ersparen. Allein schon der Gedanke an Vaters grinsendes Gesicht und die Worte »Ich wusste, dass du es nicht schaffst« machen sie ganz krank.

Panisch greift sie zum Handy und sucht die Wahlwiederholung, jetzt erst sieht sie den Sprung im Display. Ihre Fingerkuppen hinterlassen Schweißflecken darauf.

»Nina? Ich bin's noch mal, erzähl Vater bitte nichts hiervon, okay?«

»Wieso?«

»Ich muss ... ich will es ihm selbst mitteilen.«

»Gerade hast du noch was anderes gesagt.« Nina verstummt.

»Bist du noch dran?«, fragt Ev.

»Wann verhaltet ihr beide euch endlich normal?«

Ev drückt auf den roten Hörer im Display. Weg, sie zaubert ihre Schwester zum zweiten Mal aus ihrem Wohnzimmer. Ganz bequem schiebt sie das Bild von Nina zurück in die aufgeräumte Wohnung inmitten eines Betonwalds aus Häuserblocks im polnischen Tychy. Ihre Welten haben keine Berührungspunkte. Nina konnte sich nichts Schöneres vorstellen, als Kinder in die Welt zu setzen und großzuziehen. Keinerlei Ambitionen, keine Karriere, sie lebt das alltägliche Einerlei und ist auch noch glücklich damit.

Ev schaut durch die Terrassentür auf den Japanischen Ahorn. Unglaublich, dass noch ein paar rote Blätter daran sind. Diese kleinen Leuchten haben den Winter überlebt und stechen jetzt aus den kahlen Sträuchern rundum heraus, sagenhaft. Der Frühling hat noch längst nicht begonnen.

Ist sie eifersüchtig auf Nina? Dass sie zwei Töchter hat? Nina leidet jedenfalls nicht an einem krankhaften Eifer, alles perfekt machen zu wollen. Ja, Ev ist eifersüchtig auf ein Lebensgefühl, das sie nicht kennt. Auf Ninas Familienbande und vielleicht auch auf deren schlichtes Glück. Nina brauchte nichts dafür zu tun, die Anerkennung der Eltern zu bekommen, sie brauchte sich die Elternliebe nicht zu verdienen.

Es ist immer noch zu kalt im Zimmer. Gerade als sie aufstehen will, um sich eine Decke zu holen, springt Fjodor auf ihren Schoß. Er drückt sein warmes Fell an ihren Bauch. Von Zärtlichkeit ergriffen streichelt sie ihn und küsst ihn auf den Kopf. Er schließt die Augen und beginnt zu schnurren. Das mechanische Streicheln des Katzenkörpers bringt sie auf andere Gedanken. Sie sieht ihren Vater vor sich: jung, lachend, mit dieser einen Locke, die ihm in die Stirn fällt, und mit der damals noch nicht gebrochenen Nase.

Vater, der Tierhasser.

Vater, der Musikliebhaber. Mit der Geige in den Händen spielt er vor.

Sie soll es ihm nachmachen.

Er wartet auf sie.

Vater, erinnerst du dich noch an 1969, als ich fünf geworden war?

Es war ein sonniger, warmer Tag, ich lag im Schlafzimmer unter eurem großen Bett. Wir schliefen damals alle in einem Zimmer. Unsere Wohnung hatte nur drei Räume: die Küche, das Wohnzimmer und das Schlafzimmer. Unter eurem Bett lag ich gern, trotz des Staubs. Hier konnte ich allein sein.

Morgens hatte Mutter mir erzählt, dass jeder Finger für ein Lebensjahr stehe. Ich hatte meine Finger gezählt: *raz, dwa, trzy, cztery, pięć*. Ich war eine Handvoll alt. Jetzt zählte ich meine Finger noch einmal, aber ein Kribbeln in meiner Nase lenkte mich ab. Schnell kniff ich mir mit beiden Händen in die Schenkel, um nicht zu niesen. Wenn man etwas nicht will, muss man sich kneifen, hatte Gapcio, der Zwerg aus meinem Lieblingsbuch, gesagt. Es tat ein bisschen weh, aber das Kribbeln hörte auf. Ich horchte auf die Geräusche in der Wohnung. Wenn du oder Mutter mich finden würden, musste ich mit zum Fotografen. Und wenn nicht, dann würdet ihr vielleicht ohne mich hingehen.

Wo war meine Petronella? Mutter hatte sie für mich gestrickt, als ich noch ›weniger Finger‹ alt war. Wo war sie? Ich hatte die Puppe hier vor dir versteckt, du hattest sie am Tag davor wegwerfen wollen. Ich tastete die Ecke hinter dem einen Bein des Betts ab. Da saß sie, ich zog sie an mich. Sie war schmutzig, an ihrem Samtröckchen hing ein Staubfaden. Ich schaute auf ihr wolliges Lächeln und lächelte sie auch an. Meine fünfjährigen Finger kneteten Petronellas weichen Leib, strichen über ihre Wollhaare. Ich drückte die Lippen auf ihren Kopf. Petronella gehörte zu mir und nicht Lala, die ich zum Geburtstag bekommen hatte.

»Schau mal, das ist Lala«, hatte Tante Elza stolz gesagt, als sie sie mir schenkte. »Sie hat echtes Haar und trägt Jeans. Sieh dir mal ihre Augen an, sie hat echte Wimpern, so schön geschminkt, eine richtige Modepuppe, findest du nicht?«

Nein, das fand ich nicht. Ich nahm sie aus der durchsichtigen Schachtel und fühlte, wie kalt ihr Plastik war. Ihre spitzen Finger kratzten mir über die Hand und hinterließen rote Streifen auf meiner Haut. So etwas würde Petronella niemals tun. Lala war steif und eckig. Auch mit ihren Augen stimmte etwas nicht. Wie immer ich sie drehte, sie sah mich nicht an, sondern schaute über meinen Kopf hinweg.

»Sie passt ausgezeichnet zum grünen Auto, mit ihrer Hose«, hattest du fröhlich gerufen. Erinnerst du dich noch an das große Plastikauto, das nach diesem Tag noch jahrelang im Badezimmer unter der Wanne stand? Dein Geschenk für mich. Es war ein Traktor auf großen schwarzen Rädern mit einem noch größeren Anhänger, auf dem man Bauklötze transportieren konnte.

Ein Auto, was sollte ich damit? Du hattest mir Lala aus den Händen genommen und sie auf die Ladefläche gesetzt. Sie passte tatsächlich gut hinein, aber ich begriff nicht, was das mit meinem Geburtstag zu tun hatte.

»So, jetzt kann diese hässliche Stoffpuppe endlich weggeworfen werden«, hattest du dann gesagt.

Mir lief die Nase, ich wischte sie mit meinem weißen Ärmel ab und küsste Petronella von Neuem. Ihre beiden glänzenden Knopfaugen mit dem Kreuz in der Mitte sahen mich lieb an. Ich schob ihre langen Wollhaare zur Seite und erzählte ihr, obwohl sie keine Ohren hatte, dass ich nicht zum Fotografen wollte. Ich wusste, dass sie mich hören konnte.

Die Schlafzimmertür ging auf. Ich kniff mir gleich noch einmal in den Schenkel. Ein schmaler Streifen Sonnenlicht beleuchtete den Fußboden, und ich sah Mutters Füße. Sie trat einen Schritt näher, und ich schaute auf ihre nackten Zehen. Kleine Staubteilchen tanzten um ihre roten Nägel und hefteten sich an ihre hohen Absätze. Sie trug diese Schuhe nur, wenn du zu Hause warst. Sobald du zur Tür hinausgingst, schleuderte sie sie in die Ecke.

»Komm, es wird Zeit. Wo bist du?«, rief sie jetzt.

Ich rührte mich nicht.

»Sie hockt unter dem Bett, Mama«, hörte ich Nina vom Wohnzimmer her sagen.

»O nein!« Mutters Schuhe führten einen kleinen Tanz auf, und ihre Zehen verschwanden hinter ihren Knien. »Das Kind macht mich wahnsinnig …«

Jetzt sah ich auch deine Füße in großen Filzpantoffeln dazukommen. Du knietest dich neben Mutter hin. Dein rotes Gesicht tauchte unter dem Bett auf, und es war deine Hand mit den schwarzen Nägeln, die mich darunter hervorzog. Ich presste Petronella mit ganzer Kraft an mich. Als ich vor dir stand, hast du mit der anderen Hand ausgeholt. Mutter hat dein Handgelenk abgefangen und es festgehalten.

»Nicht ins Gesicht, wir gehen gleich zum Fotografen«, sagte sie. Da hast du mich umgedreht, und deine Hand klatschte ein paarmal auf meinen Rücken und meinen Po.

Petronella durfte nicht mit. Ich stand in Unterwäsche in der Küche und wartete ab. Mein Po tat weh, und meine Haut brannte. Nicht weinen, nicht weinen, dachte ich und kniff mir wieder in die Oberschenkel. Das Geräusch von strömendem Wasser im Badezimmer vermengte sich mit Mutters kreischender Stimme. Durch die offene Tür sah ich, wie sich ihre Arme auf und ab bewegten. Sie rubbelte meinen weißen Matrosenanzug über das Waschbrett. Petronellas Augen waren feucht.

»Ich gehe nicht ohne dich«, tröstete ich sie.

»Was sagst du da?«, fragtest du und gabst mir einen Klaps auf den Kopf. Ein kugelrunder Bauch quoll aus deiner schwarzen Hose. Du gingst an mir vorüber, bliebst vor dem Spiegel stehen und legtest ein schwarzes Haarnetz um deinen Kopf. Sorgfältig schobst du deine Haare darunter und zogst das Netz mit den hinteren Bändern straff. Die Locken auf deinem Kopf wurden flachgedrückt. Ein süßer Parfümduft drang mir aus deiner Richtung in die Nase, ich nieste.

»Das kommt von der dreckigen Puppe«, sagtest du, und bevor ich mich rühren konnte, hast du dir Petronella gegriffen.

Ich konnte nur noch zusehen, wie sie durch die Luft flog und auf dem Herd landete. Petronella!

Ich schnellte zum Herd und schnappte mir Petronella. Zum Glück brannte keine Herdplatte. Dann sah ich dich an. Deine stahlblauen Augen glichen auf einmal denen eines bösen Tiers aus meinem Märchenbuch.

»Sag mal, Ernst, muss sie wirklich in diesem Anzug zum Fotografen?« Mutters Hände waren rot, und eine braune Haarsträhne klebte ihr auf der Stirn. Ihre Finger wrangen mein nasses Matrosenhemd aus. Sie sah die Tropfen nicht, die auf den Boden fielen. »Ich kann ihr auch ein hübsches Kleidchen anziehen.«

»Nein, wieso? Was ist denn? Keine Röcke, keine dreckigen Puppen und das ganze Mädchengetue«, sagtest du, »verstanden?«

Die Küchentür ging auf, und Nina kam in einem weißen Kleid herein. Ich erkannte es sofort wieder, es war das Spitzenkleid von ihrer Erstkommunion. Sie war so hübsch, dass mir sogar Petronella aus den Händen glitt. Um Ninas hochgestecktes Haar war ein grüner Kranz gewunden, aus Myrte, wie ich von Mutter wusste. Ich wollte auch ein Kleid. Ich wollte auch lange Haare.

»Soll ich auch die weißen Handschuhe anziehen, Mama?«, fragte Nina.

»Ja ... und vergiss die geweihte Kerze nicht.«

»Was? Muss die auch mit?« Nina war aufrichtig erstaunt. »Ich brauch doch nicht zum zweiten Mal zur Erstkommunion zu gehen!«

Mutter und du, ihr seid beide gleichzeitig in schallendes Lachen ausgebrochen.

»Warum lacht ihr?«, fragte ich, aber Mutter sah mich nicht an. Sie streichelte Ninas Schulter. Dann trat sie einen Schritt zurück.

»Meine Schuhe!« Sie stand in einer Wasserpfütze, sah mich an und sagte: »Kind, du machst mich wahnsinnig.«

Petronella lag vor meinen Füßen, ich nahm sie wieder auf und drückte sie an meinen Bauch.

»Ernst, ich krieg das doch niemals in einer halben Stunde trocken.«

»Dann beeil dich eben.« Du hast mit den Achseln gezuckt, als du das sagtest.

Wir kamen zu spät. Der Fotograf hätte mein Opa sein können, zumal ich keinen hatte. Er begrüßte uns freundlich und verwies uns auf die Stühle im Wartezimmer. Er sei noch mit anderen Leuten beschäftigt. Es war dunkel in dem Wartezimmer, und es roch penetrant. An der Wand standen vier Stühle in einer Reihe, auf denen wir Platz nahmen. Der Fotograf verschwand hinter einem dunkelblauen Samtvorhang. Für mich war der Stuhl zu hoch. Ich musste mich auf den Ellenbogen hochhangeln, wobei der Holzsitz von meinen Ärmeln ziemlich feucht wurde. Doch als ich dann die an der Wand gegenüber ausgestellten Schwarz-Weiß-Porträts sah, vergaß ich alles. Jedes der Bilder wurde von einem eigenen Lämpchen angestrahlt. Die Frauen hatten frisierte Haarkunstwerke auf den Köpfen. Ihre glänzenden Münder waren rund und geöffnet, aber sie lachten nicht. Lange Wimpern warfen seltsame Schatten auf ihre Wangen. Sie erinnerten mich an Lala. Keine der Frauen sah so aus wie Petronella, dachte ich. Durfte Petronella nicht mit, weil sie hässlich war?

»Möchtest du etwas trinken, junger Mann?«, fragte der Fotograf. Nina sah mich an und kicherte. Mutter zog ihre perfekten Augenbrauen hoch, auf die sie am Vormittag viel Zeit verwendet hatte. Ich fiel fast vom Stuhl, so tief beugte ich mich vor, um den angesprochenen Jungen zu entdecken, doch wir waren allein im Wartezimmer.

»Nein, vielen Dank«, sagtest du plötzlich. Ich richtete mich wieder auf und setzte mich normal hin, wobei ich für den Bruchteil einer Sekunde mitbekam, wie Mutter dich mit einem Raubvogelblick ansah. Anschließend hast du mir den Arm um die Schulter gelegt, mich an dich gezogen und mit ruhigem Lächeln gesagt: »Er hat gerade zu Hause noch etwas getrunken.«

3

Die letzte Probe dieser Woche ist vollbracht. Morgen Konzert, denkt Ev, das erste in den fünf Monaten, von denen meine Zukunft abhängt. Sie schließt den Bratschenkasten, schultert ihn wie einen Rucksack und verlässt das Studio. Ohne sich von jemandem zu verabschieden, steigt sie aufs Fahrrad. Der Wind weht kräftig, der Kasten mit dem Instrument hilft ihr zwar, in den Kurven das Gleichgewicht zu halten, doch sie vermisst eine Mütze, ihr friert fast das Hirn ein. Vor dem Haus sieht sie Fjodor sitzen. Sie bremst an der Eingangspforte, als ein ohrenbetäubender Lärm ihre Aufmerksamkeit auf sich zieht. Ein knallroter Motorroller kommt um die Ecke, darauf eine schwarz gekleidete Frau. Sie trägt einen Helm, aber Ev erkennt sie sofort.

»Hallo, Ev, wie geht's?«, ruft Helga. Sie hält an, bleibt aber auf dem Roller sitzen. »Lange nicht gesehen!«

Als sie den Helm abnimmt, springen ihr jede Menge blonder Locken ums Gesicht. Obwohl sie vier Jahre älter ist als Ev, wirkt sie mit ihrer mädchenhaften Figur wie ein Teenie.

»Ich plage mich gerade mit mir selbst herum, aber ansonsten ist alles bestens.« Ev lacht. »Und du? Alles gut?«

Helga stellt endlich den Motor ab. »Nein, mir geht es gar nicht gut.«

»Was ist denn los?« Jetzt erst sieht Ev die roten Flecken in Helgas Gesicht.

»Mark hat mich verlassen.«

Evs Augen beginnen zu flackern. Sie sieht Mark sofort vor sich, mit seinem stilvollen Bärtchen und seinem sonnigen Lächeln. Wann hat sie ihn zum letzten Mal auf der Straße gesehen? Sie legt die Hand auf Helgas Schulter. »Das ist nicht dein Ernst, ich weiß gar nicht, was ich dazu sagen soll …«

»Weißt du, es ist so … so … so ein Klischee … Seit ich die Fünfzig überschritten habe, komme ich mir unsichtbar vor.« Helga bricht in Tränen aus, spricht aber weiter: »Überall bin ich überflüssig. Dieser Drecksack, er hat es mit so gut wie jeder getrieben, und ich wusste von nichts. Und jetzt hat er eine blutjunge Freundin.«

»Ich kann mir das gar nicht vorstellen …« Ev könnte fast selbst heulen. »Möchtest du nicht mit reinkommen? Wir stehen hier mitten auf der Straße.«

»Bei meiner Arbeit ist die ganze Atmosphäre verpestet, wie konnte er das nur tun?«

Mark und Helga sind beide Ärzte und arbeiten gemeinsam am Medizinischen Zentrum AMC in Amsterdam. Bevor Ev etwas erwidern kann, fährt Helga fort. »So ein Idiot«, seufzt sie, »sie ist neunzehn Jahre jünger als er. Kannst du dir das vorstellen?«

»Wer?«

»Die Neue natürlich!« Helga schreit es so laut, dass ein weiter entfernter Passant sich zu ihnen umdreht.

»Kannst du nicht vielleicht mit Mark darüber reden?«

»Ev, du bist wirklich nicht von dieser Welt, da gibt es nichts mehr zu sagen. Sein Beschluss steht fest. Seine Sachen hat er schon mitgenommen ...«

»Komm, wir reden drinnen weiter«, sagt Ev leicht irritiert. Sie ist eigentlich zu müde, doch was Helga zugestoßen ist, ist einfach zu heftig, um es hier auf der Straße zu besprechen. »Seit wann ... Ich meine, wie hast du erfahren ... Hat Mark es dir selbst erzählt?«

»Zum Glück lebt Alice weit genug weg von diesem Mist. Ich werde sie anrufen, ja, sie werde ich als Erste anrufen. Dieser verfluchte Zeitunterschied, ich vergesse jedes Mal wieder, wie spät es bei ihr in New York ist, weißt du das vielleicht? Egal, ich checke das gleich mal ...«

»Das kann doch noch einen Moment warten, kommst du?« Ev geht ein paar Schritte auf ihr Haus zu. Doch Helga macht keine Anstalten, ihr zu folgen. Sie starrt wieder auf ihr Handy. Bleibt breitbeinig auf ihrem Motorroller sitzen.

Ev hüstelt. O nein, nicht wieder dieser blöde Husten. Ihre Augen werden rot und glasig. »Entschuldige, es kribbelt in meinem Hals«, sagt sie schnell und hüstelt weiter, es klingt *staccato*.

Helga lässt endlich die Hände mit dem Handy sinken und wendet sich Ev zu. »Verdammt, sie weiß es schon.«

»Hast du Lust auf einen Kaffee? Oder ein Glas Wein?«, versucht Ev noch einmal, ihre Nachbarin nach drinnen zu locken. Doch Helga hört es gar nicht, sie tippt schon wieder wütend auf ihrem Handy herum.

»Ich ruf dich an, okay?«, sagt Ev und geht.

»Versprochen?«, ruft Helga ihr nach.

Ev bleibt stehen, es fällt ihr schwer, Helga so zurückzulassen. Die hat es jetzt nicht leicht, denn alles, was sie denkt und tut und wofür sie jeden Tag aufsteht, ist ihre Arbeit. Mit ihrem üppigen Gehalt als Kinderchirurgin wird sie das Ganze wohl gut überstehen, in der Hinsicht macht sich Ev keine Sorgen. Aber seit ihre Tochter in Amerika lebt, hat Helga sich verändert. Beim Gedanken an Alice kommen Ev unwillkürlich die ewigen Streitereien zwischen den beiden in den Sinn. Vor nicht ganz einem Jahr ist Alice nach Amerika gezogen. Seither hat sich die Beziehung zwischen Mutter und Tochter prompt verbessert. Behauptet zumindest ihre Freundin. Helga bemuttert zu gern. Ist es das, was Mark nicht ausgehalten hat?

Kinder seien eine Last; wenn man sie bekomme, sei das eigene Leben vorbei, man habe nur noch Steine im Weg, hat Evs Mutter immer wieder gesagt. Warum muss sie jetzt daran denken?

Ohne sich umzuschauen, hebt Ev die Hand und winkt kurz. Sie schiebt ihr Rad um das Haus herum, lehnt es an die Wand und geht hinein. Müde blickt sie auf die schmutzigen Tassen, die noch vom Frühstück auf der Ablage stehen, öffnet den Geschirrspüler und stellt alles hinein. Und dann fällt ihr ihr Vater ein. Sie hat ihn noch immer nicht angerufen.

4

Die neue Woche beginnt mit der neunten Sinfonie von Gustav Mahler. Bei Mahler sind verschiedene Sitzordnungen des Orchesters denkbar. Der Chefdirigent entscheidet sich für die alte, die deutsche Aufstellung. Bei ihr sitzen die ersten Geigen wie gewöhnlich links, daneben die Bratschen, die Celli und ganz rechts die zweiten Geigen. Die Kontrabässe hinten. Ihr Klang soll sich über das gesamte Orchester verteilen. Und der Dialog zwischen den ersten und den zweiten Geigen kommt besser zur Geltung.

Ev fühlt sich nicht wohl auf ihrem Stuhl. Nicht nur der Platz, sondern auch die Rollenverteilung am Notenpult bringt sie aus dem Gleichgewicht: Bei *divisi* übernimmt der linke Spieler die untere Stimme und der rechte die obere. Genau andersherum als normalerweise. Sie kann sich schwer konzentrieren, nachts liegt sie wach, tagsüber ist sie müde, nun sitzt sie auch noch auf einem anderen Platz auf dem Podium und zudem auf einem anderen Stuhl. Schon wieder etwas, was aus dem gewohnten Rahmen fällt.

»Bratschen, diese Phrase mit viel *Vibrato* und *forte* spielen, darf ich das bitte mal von euch allein hören?«, fordert sie der Dirigent auf. Es stimmt nicht, was er sagt, denkt Ev.

»Da steht *ruhig* und *mezzoforte«,* murmelt sie, hebt jedoch ihr Instrument und spielt mit der ganzen Gruppe brav, was der Dirigent will. Was hat sie denn nur? Mit Dirigenten hatte sie doch nie Probleme. Oder liegt es an ihrer Überempfindlichkeit, dass sie sich in letzter Zeit so schwertut? Hinter jedem Wort, jeder Geste wittert sie etwas Doppeldeutiges.

Mahler ist ihr Fall. Sie entsinnt sich der Worte eines bekannten niederländischen Dirigenten: »Musik für jenseits der Baumgrenze.« Zuerst sieht sie grüne Hänge. Dann hohe Berge, deren Gipfel schneebedeckt sind. Es ist eine deutliche Grenze erkennbar zwischen den Bäumen, dem Schnee und dem klaren blauen Himmel dahinter. Ihre Finger folgen der vertrackten Reihe von Sechzehntelnoten, und sie konzentriert sich auf die Vorzeichen. Es sind zu viele, knifflig, sie in diesem Tempo zu spielen. Eine Grenze. Jetzt muss sie aufpassen, sie springt von der ersten in die fünfte Lage. Geglückt. Nun hält sie zu lange den Atem an. Eine Grenze, das Wort nimmt plötzlich eine knallrote Färbung an. Hustend schnappt sie nach Luft. Heute und früher, Vergangenheit und Zukunft, Musik und Stille – alles hat eine Grenze, einen Übergang, eine Linie. Diese Sinfonie verweist auf den Moment der Trennung, auf Veränderung. Ev runzelt die Stirn. Ein Motiv von Beethoven drängt sich in der Musik von Mahler auf. Einbildung? Woher kennt sie das Fragment?

Auf einmal erkennt sie darin die Klaviersonate *Les Adieux*, *Das Lebewohl.* Der Titel hat jetzt eine ganz andere Aussage. Noch fünfzehn Wochen, denkt Ev, in fünfzehn Wochen wird sie wissen, was geschieht. Mahlers Abschiedsanmutung lässt sie nicht mehr los.

Der Dirigent geht zum zweiten Satz über. Dreivierteltakt, der Rhythmus für einen Walzer. Hier ein Ländler. Eins zwei drei, eins zwei drei ... Mitten im sentimentalen Walzertakt wechselt unvermittelt das Tempo. Ach je, sie hat nicht aufgepasst und ist raus.

»Das ist *pizzicato*, nicht *arco*, Ev«, sagt ihr Kollege Franz vom ersten Pult her und tippt mit seinem Bogen aufs Blatt.

»Weiß ich«, schnaubt Ev. Eine heiße Woge flutet durch ihren Körper. Jeder macht Fehler, werden die anderen denn auch darauf hingewiesen? Sie wollen mich nicht mehr, denkt sie. Kees hatte recht mit seinem ›wir‹ und ›du‹. Ihre Finger auf dem Griffbrett erlahmen. Der kleine Lauf aus sechs aufsteigenden Achtelnoten will ihr auch schon nicht mehr gelingen. Mist. Früher hat sie sich nicht so schnell auf die Finger geklopft gefühlt. Quatsch! Mahler ist einfach verzwickt, die Bratschenstimme ist stellenweise unlogisch und ambivalent. Konzentration, achtgeben. Sie sieht die Schweißflecken, die ihre Finger auf dem Griffbrett hinterlassen. Jetzt gibt es die Musik noch, bald kommt nichts als Stille. Ein riesiger Klotz Stille. Die Bratsche verleiht ihr jetzt noch eine Rolle. Nicht nachdenken, spielen. Sie zwingt sich, innerhalb der fünf Linien zu bleiben, und spielt mit Hingabe. Blind, nicht wissend, wie alles enden wird, beißt sie sich auf die Lippen und spielt weiter, weiter, weiter.

Vater, ein paarmal habe ich dich gefragt, was Musik für dich bedeutet. Du hast mir nie geantwortet. Leider, denn für mich waren die Musik und du immer verschmolzen. Mit meiner Frage habe ich zum ersten Mal versucht, dich von der Musik in mir zu lösen. Ich hatte herausgefunden, dass Musik für manche das Gleiche ist wie für andere der Geschmack von feinem Gebäck oder ein Foto: ein Filter, der Genuss und Vorstellungskraft zu einer Erinnerung verarbeitet. Aber welche Empfindungen hattest du, Vater, wenn du Geige oder Mundharmonika oder Gitarre spieltest? Was berührte dich an der Musik? Und – vielleicht die wichtigste Frage – warum hast du nie den Mut gehabt, deinem Drang nach Musik zu folgen?

Ich habe dir nie erzählt, dass ich, wenn ich spiele, nicht im Klang bleibe, sondern zu den in der Musik gefangenen Erzählungen abschweife. Dass es Worte sind, die bei mir die Musik zum Leben erwecken, habe ich erst später begriffen. Was ist es bei dir?

Ein Musikstück sei ein in eine Melodie gefasster Zeitverlauf, hast du einmal beiläufig zu mir gesagt. Das Mysterium steckt also in der Zeit, begriff ich sofort. Ich gebe dir recht. Beim Spielen erfahre ich die Musik anders, als wenn ich sie mir anhöre. Jedes Mal, wenn ich auf der Bratsche spiele, entschlüpfe ich der Wirklichkeit, meine Gedanken wechseln das Gleis und wandern in einer Zeit oder einer Geschichte umher, worin sich die Komposition abspielt. Und zeitgenössische Musik? Die verbindet mich mit dem Hier und Jetzt. Es überrascht mich, wie die Musik das Leben immer wieder anders übersetzen kann. Wenn ich dir sage, dass mich das bereichert, kannst du mir nicht folgen.

Bei dir war nie von mehr als Noten und deinem eigenen Beitrag die Rede. Du hast nie davon gesprochen, was Musik mit dir macht, sondern nur davon, was du mit der Musik machst. Verstehen wir einander deshalb nicht? Wenn Musik eine organische Verbindung zwischen Gegenwart und Vergangenheit ist, haben wir schon eine Chance, einander zu begegnen. Doch zuerst müssten wir uns mit der Größe des Lebens verbinden – dem, was manche Gott nennen und andere Kunst.

Für dich ist Musik definitiv Vergangenheit. Du hast auch nicht ganz unrecht, die Franzosen sprechen von einem *Déjà entendu,* da zum Zeitpunkt des Hörens schon alles geschehen ist. Kann ich zurückgehen, um dich aufzusuchen? Ich möchte dir nach so vielen Jahren in der Musik so gerne begegnen.

Frühjahr 1970. Ich roch die Braunkohle in der Luft und sah die von Mutter gestrickten weißen Gardinen immer grauer werden. Dicke Gardinen aus einem dichten Spitzenmuster, die unseren schlesischen Dialekt abdämpfen sollten. Die Vorhänge bildeten die Grenze zwischen Verstellung und Wahrheit. Draußen waren wir Polen, drinnen blieben wir Deutsche. Das immer dämmrige Licht in der elterlichen Wohnung war Ausdruck von Angst. Niemand sollte uns bemerken. Jenseits der Gardinen wuchsen polnische Birken, auf der Straße fuhren polnische Syrena-Autos, und polnische Mütter und Väter liefen mit müden Gesichtern vorüber. Müde von der Arbeit für ihr Vaterland. Diesseits der Gardinen wohnten wir: eine Familie mit deutschen Wurzeln. Die Vorliebe für alles, was aus Deutschland kam – Bücher, Spielzeug, Zeitschriften –, war Nina und mir unbegreiflich. Wir wussten zu wenig über deine Vergangenheit. Für Mutter, die, um sich nicht zu verraten, ihre deutschen Wurzeln in polnische Worte verpacken musste und die lieber arbeiten gegangen wäre, als nach meiner Geburt bei mir zu Hause zu bleiben, waren die Tage lang und trist. An den Abenden spendete der Ofen Wärme. Nicht du. Aber an einem dieser nichtssagenden Abende hast du mir eine kleine Geige in die Hände gedrückt. Eine Viertelgeige.

»Komm, wir spielen was«, hast du gesagt und einen verschlissenen schwarzen Geigenkoffer aus dem Schrank genommen. In dem Koffer war noch eine Geige, eine größere.

»Ich wollte immer Musiker werden, aber dieser verdammte Krieg ... Ich war der einzige Junge in der Familie, weißt du? Und mein Vater war krank, Asthma ...«

Ich sah die Geige an. Ihr Lack war rotbraun und glänzend. In dem Augenblick, als du dir die Geige unters Kinn geklemmt hast, habe ich zum ersten Mal in meinem Leben auf deine Hände geschaut. Mit den schwarzen Nägeln, den Ölflecken und

Kratzern stachen sie gegen die Schönheit der Geige ab. Das Bild deiner sich auf dem Griffbrett einer Geige bewegenden Finger werde ich nie vergessen. Bis zu jenem Tag hatte ich nicht gewusst, dass du Geige spielen konntest. Viel, viel später bekam ich mit, dass du im Handumdrehen auf jedem Instrument zu spielen lerntest. Ich war nicht so geschickt. Ich konnte meiner Viertelgeige keine Klänge entlocken.

»Also ... musst du in eine Musikgrundschule«, hast du konstatiert und beide Instrumente wieder eingepackt.

»Aber ich möchte später lieber Bücher schreiben«, versuchte ich noch zu protestieren.

»Das tut nichts zur Sache«, war deine entschiedene Antwort. »Die Sprache ist zu beschränkt. Du siehst doch, wie die Kommunisten sie missbrauchen.«

Das sah ich nicht, und ich wusste auch nicht, was Kommunisten sind. Du bist dennoch bei deinem Wort geblieben, und im September des darauf folgenden Jahres wurde ich an der renommierten Musikgrundschule in Katowice eingeschult. Ich wusste nicht so recht, ob ich darüber glücklich sein sollte. Mutter war jedenfalls verzweifelt, weil die Schule zwanzig Kilometer von zu Hause entfernt war und viel Geld kostete. Wir hatten ja kein Auto, und der Kommunismus mit seiner Ablehnung alles Elitären erschwerte die praktische Seite des Unterfangens zusätzlich.

»Aber Ernst, denk doch mal nach, sie ist noch ein Kind ...«

Du hast mit der Faust auf den Tisch gehauen. »Eben deswegen! Je älter sie wird, desto schwieriger wird es für sie werden.«

Diese Worte schlugen bei mir ein wie eine Bombe, auch wenn ich sie damals aus dem Zusammenhang gerissen habe.

»Was sind schon zwanzig Kilometer im Vergleich zu einem

Krieg, der meiner Ausbildung ... ein für alle Mal das Genick gebrochen hat?«, sagtest du, und Spritzer von deinem Speichel trafen mein Gesicht.

»Dieses Kind macht mich wahnsinnig«, sagte Mutter und sah mich an, als hätte sie eine Fremde vor sich.

Ich stand zwischen euch und hörte nur deine Worte, dass es schwierig für mich werden würde, schwierig, schwierig, schwierig ...

Auf dieser Schule sickerte die Musik wie über eine Infusion allmählich in mein Leben ein. Der Weg war lang, und dass mich dieser Weg eines Tages in die Freiheit führen würde, ahnte ich damals noch nicht. Ich erinnere mich noch gut, wie wir einmal im Wohnzimmer zusammen spielten und du zu mir gesagt hast: »Merke dir, Spielen ist Spaß, in der Musik geht es garantiert nicht um die konkrete Welt.«

Ich glaubte dir, aber den Spaß konnte ich nicht sofort entdecken. Die Übungen waren langweilig, und ich hatte mühsam mit der Koordination von meinem Denken und der Mechanik meiner Finger zu kämpfen. Die Geige wurde schon langsam zur Qual für mich, bis meine Lehrerin mich darauf aufmerksam machte, dass in allem um mich her Musik enthalten sei. Im Rhythmus des Weckers, im Geräusch des Wasserkessels, im Rühren eines Löffels in einem Becher, im Hupen eines Autos oder im Klingeln eines Telefons. Von da an begann ein Klanggewebe um mich zu wachsen wie Efeu um einen Zaun. Nach längerer Zeit sieht man den Zaun nicht mehr, sondern nur noch den Efeu. Jetzt erst begreife ich, wie sehr sich deine Musik von der meinen unterschied.

5

Ev ist in der Küche beschäftigt, als sie hört, wie die Haustür aufgeschlossen wird. Sie schaut auf ihre Armbanduhr, Floris kann es nicht sein.

»Hallo«, nuschelt Bo, als er hereinkommt. Fjodor läuft zu ihm hin, windet sich zwischen seinen Füßen und stupst ihn mit dem Köpfchen an.

»He, das ist ja eine Überraschung! Aber es ist Mittwoch, müsstest du nicht in der Schule sein?« Ev bleibt stehen.

Bo geht zur Treppe und sagt wie gewöhnlich nichts.

»Ich rede mit dir, ist irgendetwas?« Ev ist sich sicher, dass er erst am nächsten Wochenende wieder zu ihnen kommen sollte. Sie sieht ihn an, sein Körper hat sich durch die Hormone so verändert, dass sie nicht mehr viel von dem Jungen erkennt, der er früher war. Seine zu langen Haare fallen ihm ins Gesicht, unter seinem grauen T-Shirt trägt er ein zweites Shirt mit langen Ärmeln, und sein Hosenbund hängt auf Höhe des Schritts. Er ist jetzt schon größer als Ev.

»Mann, kann ich nicht einfach mal vorbeikommen? Ihr sagt immer, dass hier auch mein Zuhause ist.« Er klingt aufgebracht, geht weiter nach oben. Floris und Ev haben vor einiger Zeit den ganzen Dachboden für ihn ausgebaut, es ist schon fast ein Appartement geworden.

»Aber warum bist du hier und nicht in der Schule?« Sie blickt auf ihre Armbanduhr.

»Wir waren heute früher fertig.« Bo bleibt auf halber Höhe der Treppe stehen.

Ev weiß nie, wann er die Wahrheit sagt, seine leibliche Mutter hat wahrscheinlich weniger Probleme damit. Bos Augen sind unter seinen Stirnfransen kaum auszumachen. Auf seinem Kinn und seinen Wangen sieht Ev rote, entzündete Pickel.

»Was ist das?« Sie zeigt auf den Gegenstand unter seinem Arm.

»Hä? Ist das jetzt ein Verhör oder was?«

»Ich bin einfach neugierig«, sagt sie.

»Ein Mini-Verstärker, zufrieden?« Bo schüttelt den Kopf, und sein Gesicht läuft rot an. Seufzend lehnt sie sich an die Wand. Ein Sonnenstrahl hinter Bos Rücken erhellt plötzlich die Treppe.

»Was ist denn in diesem langen Koffer? Den hab ich noch nie gesehen.«

»Darf ich jetzt in mein Zimmer?« Bos Gesichtsausdruck ist spannungsgeladen.

»Was willst du machen?« Sieht sie eine gerunzelte Stirn unter seinen Fransen?

»Spielen, ich dachte immer …«

»Wo ist denn deine Geige?«

»Ich hab …« Er sieht sie nicht an. »Ich hab mir eine elektrische Geige … geborgt.«

»Was? Von wem?«

»Ich will einfach Geige spielen, ohne das ganze Geschiss.«

»Und dein Training? Tennis war dir doch immer wichtig, oder?«

Ev schaut auf die große Tasche an Bos athletischer Schulter. Sie sieht in ihm den Sohn, den sie selbst nie haben wird. Nachdem sie erfahren hatte, dass sie niemals Mutter werden kann, wurde Bo zum Stellvertreter für das Wunschkind, das ihr versagt war. »Bring die Sachen in dein Zimmer und komm dann mal eben was trinken.«

Bo verschwindet nach oben, sie hört ihn dort herumpoltern. Können sie Bo noch alles bieten, wenn sie womöglich keine feste Anstellung mehr hat? Mein Gott, noch ein paar Wochen, und sie wird fünfzig. Angenommen, es geht schlecht aus, wie kommt sie je wieder an eine neue Stelle?

Plötzlich sehnt sie sich nach einem warmen Bad. Das hatte sie im Sinn gehabt, bevor Bo auftauchte. Aber das Bad muss jetzt warten, sie will erst dahinterkommen, was mit Bo ist. Als sie gerade den Tee einschenkt, betritt er die Küche.

»Setz dich. Sag mal, hast du Streit mit deiner Mutter? Probleme? Oder ist irgendwas anderes?« Der Becher Tee wärmt ihr die Hände.

»Ich geh zum … zum Jazz über. Meine Mutter wollte, dass ich ganz damit aufhöre, sie kann's nicht ab, sagt sie, weil es nur durch dich kommt.«

»Was, dass du Jazz den Vorzug gibst?«

»Nein, das mit der Geige natürlich.«

Er ist ihr gegenüber selten so offen, aber kann sie ohne

Weiteres glauben, was er sagt? Bo reibt sich über die Fingerknöchel. Als draußen ein Hund bellt, schreit der Hundehalter derart laut, dass Bo und sie grinsen müssen.

»Warum willst du auf einmal Jazz spielen? Wenn du mit der Geige aufhören willst, ist das doch völlig in Ordnung!«, sagt sie.

Bo errötet. »Witzig, dass du das fragst. Mit klassischer Geige bin ich fertig, alle lachen mich nur aus. Ich bin der Einzige, der mit klassischer Musik …«

»Findest du selbst das denn auch blöd?«

Er antwortet nicht. Der Tee ist ihr immer noch zu heiß zum Trinken. Nach einer Weile der Stille beginnt Bo zu erzählen. »Die elektrische Geige ist geil, die klingt erst mit Verstärker richtig gut. Ich find Songs und Standards krass, weißt du. Das ganze klassische Getue hab ich einfach satt …«

»Willst du das ernsthaft weiter betreiben?«, unterbricht sie ihn.

»Weiß ich nicht …« Bo nippt an seiner Tasse und verschränkt dann die Finger. Sie denkt daran, wie sie vor langer Zeit zusammen gespielt haben. Er ist durchaus musikalisch, aber er hat kein Durchhaltevermögen.

»Und dein Tennis?«, fragt sie noch einmal.

»Davon kann man doch nicht leben! Tennis ist nur Privatvergnügen …«

Ev lacht kurz und denkt nach. »Weißt du, ich möchte mich ja nicht einmischen, aber kein Weg ist gut, wenn er nicht wirklich dein Weg ist. Darum geht es.«

Bo scheint ein wenig verwirrt zu sein, er senkt den Kopf.

»Glaubst du, dass du damit Geld verdienen kannst?«, fährt Ev fort. »Ich meine, mit der elektrischen Geige?«

»Du tust das doch auch! Nach Lust und Laune Musik machen, den Kick haben, abends auf der Bühne zu stehen … das reizt mich mehr, als mich bei einem Wettbewerb zu schinden.« Bos Knie bewegt sich rhythmisch von links nach rechts, während er das sagt.

Kann sie noch unbefangen über Musik sprechen? Das wäre jetzt der perfekte Moment dafür zu sagen, was ihr widerfahren ist. Doch sie tut es nicht. »Versteh ich.«

»Und eine elektrische Geige ist einfacher zu spielen als eine richtige«, fügt Bo schnell hinzu und trinkt seine Tasse leer.

»Egal, was du machst, wichtig dabei sind Leidenschaft und Hingabe. Diese beiden Faktoren entscheiden über deine Qualität und dein späteres Einkommen«, hört sie sich sagen, aber es klingt nicht wirklich überzeugend. Bo springt nicht darauf an. Die gleichen Worte hat sie einst von ihrem Lehrer gehört.

»Leidenschaft ist für 'n Arsch.« Bo lacht, sein Adamsapfel hüpft auf und ab. Erst als er sie wieder ansieht, wird er verlegen. »Sorry.«

»Wieso, nein, keine Entschuldigung.« Sie fasst es als Kompliment auf, dass er sich endlich in seinem Element zu fühlen scheint.

»Darf ich noch einen Tee haben?«

Sie schenkt ihm ein. »Erzählst du es Floris? Ich meine, deinem Vater?«

»Muss das sein?«

»Das weißt du doch.«

Bo dämpft seine Stimme. »Ein Freund von mir, Damiaan, der hat eine Band. Sie machen nur Konzerte, Proben ist nicht, er übt nie. Er verdient jedes Wochenende krass viel Geld damit.«

»Woher weißt du das?«

»Ich hab mitgemacht.«

»Warum spielst du dann nicht auch weiter mit Damiaan?«

»Weil er die Hälfte der Einnahmen für sich behält und nur die anderen fünfzig Prozent unter den übrigen Musikern aufteilt. Das ist unfair!«

»Es ist seine Band.«

»Na und? Was er kann, kann ich auch. Aber ich muss besser sein.«

»Hast du schon mal von der AMT gehört?«, fragt sie.

Bo nippt wieder an seinem Tee.

»Hm, nein.« Er schüttelt den Kopf. »Was ist das?«

»Die Akademie für Musikalische Talente.«

»O nee, ich will aufs Konservatorium.«

»Ich bitte dich, du hast gerade mal ein paar Jahre gut Geige gespielt, aber ein Studium am Konservatorium ist ein ganz anderes Kaliber.«

»Auf jeden Fall hör ich mit Tennis auf, das ist nichts für mich.«

»Täusch dich nicht«, entgegnet sie schnell, »im Sport kannst du dich viel besser ausleben als in der Musik.«

»Meine Mutter will, dass ich Tennis spiele, ich nicht.« Seine Stimme hat jetzt etwas von einem Countertenor, der zu tief singen muss. Wenn Ev etwas über Floris' Ex weiß, dann, dass sie ganz verrückt auf Tennis ist.

»Mama zieht um«, sagt Bo unvermittelt laut.

Ev hebt den Blick. »Ach!?«

»Sie ist … sie hat einen neuen Freund«, redet Bo weiter, »ein doofer Typ, übrigens, der spricht mit mir, als wär ich noch ein Kind.«

Ev verstummt, auf einmal sagt Bo nicht ›Mutter‹, sondern ›Mama‹, und sein Gesichtsausdruck bekommt etwas Zärtliches.

»Musik darf nie eine Flucht sein«, sagt sie sanft.

»Zu Hause ist nicht mehr mein Zuhause«, fährt Bo fort und schaut weg, »ich will hier wohnen.«

»Ich kann mir nicht vorstellen, dass deine Mutter ...« Ev bricht ab, denn ihr wird klar, dass alles, was sie gerne sagen würde, seine Mutter diskreditieren würde. »Das ist jetzt vielleicht alles ein bisschen zu viel auf einmal«, sie legt die Hand auf seinen Arm, »aber es wird schon werden ... am Ende wird alles gut.«

»Ich darf also bei euch bleiben?«

»Vorläufig schon, aber Floris musst du auf jeden Fall selbst Bescheid sagen.«

»Das Konservatorium kostet Geld. Meinst du, dass Pa das bezahlen würde?«

»Dafür ist es noch zu früh, Bo, du musst erst vorgespielt haben und so ...«

»Du glaubst nicht an mich ...«

Ev erstarrt. Genau das hat sie selbst in seinem Alter zu ihrem Vater gesagt.

»Glaubst du denn an dich?«

Bos rechtes Knie beginnt wieder rhythmisch zu wackeln. »Ich will einfach Jazz spielen ...«

Es fällt ihr nicht leicht, jetzt aufrichtig zu Bo zu sein. »Wenn du nicht genug für die Musik übrig hast, wirst du irgendwann hassen, was du tust. Versteif dich nicht darauf, spiel erst mal und schau, ob es wirklich das ist, was du willst.«

Dass er begabt ist, weiß sie, aber wird er die nötige Beharrlichkeit aufbringen, um seine Leidenschaft zum Beruf machen zu können? Sie berührt ihn an der Schulter, seine Muskeln sind gespannt. »Ich werde mit Floris darüber reden, versprochen.«

»Als ob das was ausmachen würde«, murmelt Bo.

»Wohin will deine Mutter eigentlich umziehen?«

»Sie zieht zu ihm, nach Rotterdam.«

»Und euer Haus hier in Hilversum?«

»Keine Ahnung.«

Fjodor kommt um die Ecke zum Vorschein, Bo beugt sich sofort zu ihm hinunter und streichelt seinen Kopf. »Da bist du ja wieder. Wieso heißt er eigentlich Fjodor?«

Ev lacht. Warum will er das jetzt auf einmal wissen? »Mit sechzehn war ich ganz versessen auf russische Literatur, vor allem Dostojewski. Der heißt mit Vornamen Fjodor.«

Als Floris an diesem Abend nach Hause kommt und Ev von Bos Zukunftstraum erzählt, wird er sofort böse.

»Da schimmert deine eigene Kindheit durch. Mein Sohn soll einfach eine vernünftige Ausbildung machen und nicht aufs Konservatorium gehen, ich bitte dich, Ev!«

»Was redest du denn da?! Es gibt nichts Besseres für einen Musiker als eine Ausbildung am Konservatorium. Warum sagst du so was Dummes?«

Aber mit Floris ist an diesem Abend nicht zu reden. Sie verliert die Geduld. »Warum hast du kein Vertrauen in ihn? Denkst du wirklich, dass er das nicht kann?«

»Bo ist mein Sohn, und eines Tages wird er mir dankbar sein, ich meine es nur gut«, sagt Floris mit überschnappender Stimme. Alles, was er anführt, sind für Ev keine guten Argumente. Als er wieder und wieder seine Ex beschuldigt, greift sie ein.

»Du kannst ihr nicht die ganze Verantwortung zuschieben, das ist nicht fair. Normalerweise urteilst du nicht so schnell.«

Doch Floris hört nicht auf sie und macht weiter.

»Träume sind ein wichtiger Antrieb, ein Wegweiser«, unterbricht sie ihn von Neuem. »Ich flehe dich an, das bei Bo nicht in Abrede zu stellen. Nur weil du nichts mit Jazz anfangen kannst und kein Vertrauen in sein Talent hast.«

Floris strahlt die gleiche beklemmende Angst aus, die sie einst in den Augen ihres Vaters gesehen hat. Ihrer Meinung nach missbraucht er seine elterliche Gewalt, um Bo gegen seinen Willen in eine andere Richtung zu drängen. Herausfordernd sieht sie ihren Mann an. »Wenn du es nicht tust, werde ich seine Ausbildung bezahlen. Am Konservatorium.«

Floris reagiert nicht, gibt keinen Ton mehr von sich. Sagt er noch etwas dazu? Lässt er es überhaupt an sich heran? Als er sein Glas zum wiederholten Mal bis zum Rand mit Rotwein füllt, gibt sie es auf. Sie lässt ihn allein und geht ins Schlafzimmer.

Vater, ich sehe dich noch, wie du an jenem 1. September 1971, einem warmen, aber bewölkten Tag, draußen vor unserem Wohnblock auf mich gewartet hast. Ich ging in einer Schuluniform, die Nina früher getragen hatte, aber immerhin mit neuen weißen Kniestrümpfen aus dem Haus zu dir hinüber. Du hattest beschlossen, mich an meinem ersten Schultag mit dem Bedford – deinem orangefarbenen Lieferwagen – die zwanzig Kilometer bis ins Zentrum von Katowice zu bringen. Traditionsgemäß bekam ich von Mutter eine riesige mit Süßigkeiten gefüllte Schultüte.

»Heute betrittst du meine Welt, streng dich an, dann sind wir Freunde.«

Du hast das fröhlich gesagt, aber ich erschrak. Seit dem Besuch beim Fotografen musste ich, wenn wir beide allein irgendwohin gingen, allen vorlügen, dass ich ein Junge sei, du gabst mir sogar einen anderen Namen: Andreas. Ich drückte die Zuckertüte gegen meinen Bauch. Das Plastik klebte an meinen Händen. Du räumtest den Sitz neben dir frei.

»Darf ich die Tüte hier lassen? Ich will nicht damit in die Schule …«, bat ich.

Deine großen Hände fassten mich um die Taille, und du hobst mich mitsamt Tüte ins Fahrerhaus.

»Nina hatte an ihrem ersten Schultag auch eine. Behalt sie bei dir und sei nicht so schwierig.« Du schlugst die Tür zu. Das Wort ›schwierig‹ brannte in meinem Kopf wie Neonlicht. Das Wort war mir schon ein Begriff, es bedeutete: anfangs nicht gerade schön. Wobei ich von den Büchern, die ich damals verschlang, wusste, dass ›schwierig‹ auch interessant war. Das Wort war für mich ein Signal, dass ich mich nicht sperren, sondern weitermachen sollte. Wir fuhren los, und ich sah ein letztes Mal zu unserem Küchenfenster im vierten Stock hinauf. Es war geöffnet, aber Mutter stand nicht da. Warum kam sie nicht mit?

Während der Fahrt hast du die ganze Zeit gepfiffen. Ungefähr eine Dreiviertelstunde später hieltest du vor einem Gebäude aus rotem Backstein. »Wir sind da.«

Das Gebäude sah altertümlich aus. Der riesige Sportplatz daneben, mit Betonboden anstelle von Rasen, passte nicht so recht dazu. Ein paar Jungen kickten einen Ball, als gäbe es nichts Wichtigeres auf der Welt. Ich weiß noch genau, wie sehr es mich verwunderte, einen Cellokasten am Rand des Platzes stehen zu sehen, an dem die Jacke eines Jungen hing. Spielten diese jungen Fußballer etwa auch Cello?

»Kommst du, Ev?« Du standst schon an der geöffneten Beifahrertür und halfst mir aussteigen. Auf dem Bürgersteig drücktest du mir gleich wieder die Zuckertüte in die Hände. Kinder, überall waren Kinder, die wie ich dem Eingang zustrebten. Und wie ich hatten sie Mühe, die große Tüte festzuhalten. Ein Mädchen mit Brille und schiefen Vorderzähnen ließ sie auf den Boden fallen. Ihre Mutter ging in die Hocke und schob die herausgepurzelten Schokoladenbonbons und Kekse wieder hinein. Du hast es gesehen, aber deine Schritte beschleunigt und mich mitgezogen.

Wir traten ein, als wäre es dein erster Schultag und nicht meiner. Schon an der Tür wurden wir von einer Frau begrüßt.

»Willkommen, Evchen, wie schön, dass du da bist«, sagte sie. Ihre Glupschaugen und ihr breites Lächeln erinnerten mich an etwas, aber an was denn nur? Als sie sich zu mir herabbeugte, sah ich ein Medaillon von ihrem Hals baumeln. Das hatte ich schon einmal gesehen. Die Frau streichelte mir über den Kopf und richtete sich wieder auf, um mit dir weiterzureden. Mit jeder Gebärde verbreitete sie einen blumigen Duft. Ihr weinroter Rollkragenpullover und ihr grauer Tweedrock hoben sich auffällig von den dunkelblauen Kinderuniformen ab. Am schönsten jedoch waren ihre transparenten Nylonstrümpfe und die Lackschuhe mit den Blockabsätzen. Sie strich eine Haarlocke hinter ihr Ohr. Ich dachte mir, dass ihre Eleganz etwas mit der Schule und mit Musik zu tun haben müsse. Keine Frau war an einem normalen Mittwoch so schön angezogen. Mutter jedenfalls nicht, die trug meistens alte Sachen. Nur sonntags, am Tag des Herrn, durften wir alle schön angezogen sein. Offenbar hatte Musik etwas mit Gott zu tun.

»Nimm schon mal im Saal Platz, Ernst«, hörte ich die Frau

sagen. Sie legte ihre Hand auf meine Schulter. Ich bewunderte ihre vollen, breiten Lippen, sie lachte und schob mich auf die Steintreppe zu.

»Darf ich dich mal eben an die Hand nehmen?«, fragte sie, und wir gingen hinauf. »Möchtest du deinem Papa noch einmal zuwinken?«

»Nein«, antwortete ich resolut. Wir waren schon auf der Hälfte der Treppe, mit der rechten Hand umfasste ich die Zuckertüte, und mit der linken hielt ich die Hand der Frau. Ich setzte meine Füße neben ihren Lackschuhen auf die Stufen. Mit einem Mal fiel es mir ein. Sie war die Froschfrau! Ich blieb stehen und schaute zu ihr hoch. Dieselbe Froschfrau, die du und ich bei meinem ersten Konzert getroffen hatten.

Wir gelangten zu einer Aula. Die Frau wies zum Podium. »Schau mal, siehst du die Klappstühle dort? Du darfst dir einen aussuchen, setz dich mal hin.«

Ich blieb stehen.

»Kennen Sie meine Mutter?«, fragte ich.

»Nein, noch nicht, aber ich hoffe sie bald kennenzulernen.«

Ich griff erneut nach ihrer Hand. Sie lachte wieder und zog mich zum Podium, wo ich mich auf einen der Klappstühle setzte. Links von mir saß das Mädchen mit den schiefen Zähnen, sie hatte ihre Schultüte zwischen die Beine geklemmt. Ich nahm meine Tüte und tat es ihr nach.

Leute im Saal lachten und winkten. Wo warst du? Zwischen den vielen Müttern war kaum ein Mann zu entdecken. Du standst an der Tür, die eine Schulter gegen die Wand gelehnt, deine Hand war mit den Fingern der Froschfrau beschäftigt, die schon wieder bei dir stand. Ich dachte an das Wort ›schwierig‹ und an das, was du am Morgen gesagt hattest, dass dies hier deine Welt sei. Kamst du öfter hierher? Kanntest du diese Leute? Die Froschfrau schaute kurz hinter deiner Schulter hervor in meine Richtung und hob die Hand. Ich sprang vom Stuhl auf und winkte zurück. Gehörte ich nun für immer zu deiner Welt, Vater?

6

Es ist schon wieder fünfzehn Jahre her, dass sie im Rahmen des Bach-Festivals an einem Sonntagvormittag in einem Hotel in Roermond mit einem Streicherensemble das dritte *Brandenburgische Konzert* spielte. Ein Mann, der mit seinem Koffer in der Hand dem Ausgang zustrebte, schaute sich beiläufig um und blieb stehen. Er stellte den Koffer ab und hörte bis zum Ende zu. Danach erkundigte er sich bei Ev, was für Musik das gewesen sei. Sie kamen ins Gespräch.

»Kann man sich in Klänge, in Musik verlieben?«, fragte der Mann.

Sie war sich unsicher und drehte die Frage ein wenig um. »Kann Musik verliebt machen?«

Der Mann lachte kurz und redete weiter, aber Evs Gedanken verweilten bei seiner ersten Frage. Alles, aber auch alles in ihrem

Leben hing mit Musik zusammen: ihr Privatleben, ihr Freundeskreis, sogar die Liebe. Musizieren war zu einem Lebensprozess geworden und einer Übung darin, das anzunehmen. Dieser Prozess hatte bisher auch alles für sie in Bewegung gesetzt. Aber hatte sie sich in die Musik verliebt?

»Ich heiße übrigens Floris«, sagte der Mann.

Durch sie hat Floris die Musik kennengelernt und die Welt dahinter entdeckt. Nicht selten wiederholt er, dass ihn das Musikhören zu einem anderen Menschen gemacht habe. Wird Bo auch zu einem anderen Menschen, wenn er seinem Traum folgt?

Es ist jetzt eine Woche her, dass er zu ihnen gezogen ist, aber Floris tut sich immer noch schwer damit. Seit Floris eingeweiht ist, spielt Ev so etwas wie die Mediatorin zwischen Vater und Sohn. Bo ist vor allem mit sich selbst beschäftigt, und von seiner Mutter will er nichts mehr erzählen. So bleibt er ihr gegenüber trotz allem loyal, und das ärgert Floris.

Ev versucht sich nicht zu sehr einzumischen, sieht das Ganze aber auch als willkommene Ablenkung davon, dass sie ihren Vater immer noch nicht über ihre eigene Situation informiert hat. Sehr überrascht war sie gestern, als Bo beim Abendessen sagte, dass er zu ihrem Konzert in Rotterdam kommen wolle. Sie spielt diese Woche ein Kammermusikprogramm im Konzertsaal von De Doelen.

Sie hat sich noch vor ihrer Generalprobe mit Bo im Rotterdamer *Starbucks-Café* verabredet. Als sie sich einen Kaffee holt und an einen Tisch setzt, registriert sie, dass sie die Älteste im Raum ist. In einer Ecke sitzt ein etwa Achtzehnjähriger mit einer Hautfarbe wie Ebenholz. Zwei junge Mädchen mit Kopftuch an ihrem Nebentisch unterhalten sich in einer Fremdsprache.

Ev stellt ihren Kaffee auf den Tisch und staunt über die Größe des Bechers. Sie ist früh dran, schaut aber trotzdem auf die Uhr auf ihrem Handy, während sie erneut an ihrem Kaffee nippt. Ob Bos Interesse für ihren Auftritt in Rotterdam etwas mit seinen Jazzplänen zu tun hat?

Wann ist sie zum letzten Mal allein, ohne Floris oder Kollegen, in einer fremden Stadt gewesen? Sie muss sich hier an alles gewöhnen. Gerade so, als wäre sie irgendwo im Ausland. Auf einmal steht Bo neben ihr; in Sneakers, Hoodie und seiner ältesten Jeans, die trendy auf halber Höhe des Hintern hängt. Die Gurte seines Rucksacks sind nass. Regnet es jetzt draußen?

»Hallo«, sagt er, ohne sie anzusehen.

»Wie gut, dass du da bist«, sagt Ev und verkneift sich ein So-kommst-du-aber-nicht-in-den-Konzertsaal-rein-mein-Lieber. Sie ist erleichtert, ihn zu sehen. »Setz dich.«

Sie lehnt sich auf ihrem Stuhl zurück, als er ihr die Hand zur Begrüßung hinstreckt.

»Was bist du förmlich«, murmelt sie verlegen, und sie schütteln einander die Hand.

»Ich hol mal eben ’nen Kaffee«, sagt Bo. In diesem Ambiente wirkt er erwachsener, oder denkt sie das nur, weil sie sich zum ersten Mal außer Haus mit ihm verabredet hat? Mit einer Riesentasse Milchkaffee nimmt er ihr gegenüber Platz, ohne seine Jacke auszuziehen.

»Hast du Lust drauf? Wenn du willst, spiele ich heute Abend speziell für dich.« Ev lacht über ihren eigenen schlechten Scherz. »Es ist erst fünf, was hast du sonst noch vor?«

Bo rührt in seinem Caffè Latte und sagt eine Weile nichts.

Erst nach einigen Schlucken hebt er wieder den Blick. »Ich hab mich mit meiner Mutter verabredet.«

»Oh?« Ev ist sprachlos. Er versucht nicht mal so zu tun, als hätte ihr Auftritt nicht nur als Vorwand für dieses Treffen in Rotterdam gedient. Sie umschließt ihren Kaffeebecher mit beiden Händen. Trotzdem ist sie enttäuscht, dass er es nicht einfach gleich gesagt hat. Natürlich, Mütter gehen immer vor.

Bo schaut auf. »Sagst du es bitte nicht meinem Vater?«

»Okay«, verspricht sie zu schnell.

»Du hast zu mir gesagt, dass kein Weg richtig ist, wenn es nicht der eigene Weg ist.«

Hat sie das gesagt? Bo beschwatzt sie, womöglich soll sie Floris auch noch anlügen. Versucht er ihr etwas zu sagen, etwas, dem niemand Gehör schenkt?

»Was genau meinst du damit? Gut übrigens, dass du mit deiner Mutter reden wirst.«

Zum ersten Mal lächelt er sie an. Er hat ein Bärtchen aus Milchschaum auf der Oberlippe. »Wann fängt das Konzert an?«, fragt er.

»Wo trefft ihr euch?«

»Bei ihm zu Hause.« Bo starrt die ganze Zeit auf seinen Kaffee, die Hände hält er unter dem Tisch versteckt.

»Wolltest du das, oder …« Ev schluckt, das geht nicht, beschließt sie, sie muss eine Grenze ziehen.

»Sie hat gesagt, dass das jetzt mal sein müsste.« Er zieht die Augenbrauen hoch und die Mundwinkel runter.

»Was?«

»Dass ich zu ihnen komme.«

Unwillkürlich schaut Ev jetzt auf seinen prallen Rucksack, was ist da drin? Vielleicht hat er ja doch was anderes zum Anziehen für heute Abend mitgenommen. Sie legt die Hände zusammen und stützt sich auf ihre Ellenbogen.

»Okay«, sagt sie, »wenn du ... wenn ihr ... Nimm dir Zeit, auch wenn du dann vielleicht nicht zum Konzert kommst, das macht nichts.« Sie schluckt noch einmal und schaut ihm in die Augen. »Der Orchesterbus nach Hilversum steht vor dem Künstlereingang, wenn du vor zehn Uhr da bist, können wir zusammen nach Hause fahren.«

Bo lehnt sich zurück, wird auf einmal ernst.

»Du hast gesagt, dass ich gut genug Geige spiele ...«

Das Mädchen neben ihnen wirft ihm einen Blick zu, sie lächeln sich an.

»Ich hab dich noch nie auf dem Ding gehört, der Jazzgeige, meine ich.« Evs Stimme schnappt über. Das stimmt nicht. Ein, zwei Mal hat sie ihn in der letzten Woche oben in seinem Zimmer üben hören. Läufe, Grooves und anderes. »Und in der Schule? Wie geht es da?«, sagt sie, um die Stille zu durchbrechen.

»Gut, wieso?«

Das Mädchen vom Nebentisch bittet Bo in perfektem Niederländisch um den Zucker. Sie fummelt an ihrem Kopftuch herum und sucht eindeutig Augenkontakt mit ihm, er wird rot und schlägt die Beine übereinander, sodass sich sein Körper zu ihr hin dreht.

»Ich hab einen Lehrer, der ist Geiger im Metropole Orkest.« Bo linst mehrmals heimlich zu dem Mädchen hinüber, wodurch der Eindruck entsteht, als sei alles, was er sagt, an sie gerichtet. »Er bereitet mich für ein Vorspiel am Konservatorium in Amsterdam vor.«

»Hat Amsterdam denn eine Jazzabteilung?«, fragt Ev. Aber er antwortet nicht, sondern lacht das Mädchen an. Dann dreht er sich wieder zu Ev hin. »Ich glaub schon, dass das was mit mir macht, Jazz, mein ich. Ich will's versuchen, allein schon weil ...«

»Ja?«

»Na ja, mein Vater ...«

»Hast du ihn doch darauf angesprochen?«

Bo verstummt erneut. »Hast *du* mit ihm darüber geredet?«

»Ja, natürlich, das hatte ich doch versprochen.«

»Ich weiß nicht ...«

»Was ist denn los?«

»Er ist komisch. Ich mach's trotzdem, kann mir doch egal sein, was ...«

Sie denkt plötzlich an eine andere Zeit in einem anderen Land, wo sie mit ihrem Vater am Tisch saß. Auch sie hat einst mit ihrem Vater ein vergleichbares Gespräch geführt. Aber ihr Vater fing an zu lachen. Was bildest du dir denn ein, Ev, fragte er damals, du hast nichts zu wollen, du bist ein Mädchen. Solange du unter meinem Dach wohnst, tust du, was ich sage. Und danach? Danach tust du, was dein Mann sagt, hahaha!

»Es wird schon werden, Bo, glaub mir, wenn du dich voll ins Zeug legst, wird es schon werden«, wiederholt sie schnell hintereinander. Sie merkt, dass ihr all das wichtiger ist, als ihr bewusst war.

Als die Mädchen vom Nebentisch aufstehen, sucht Bo noch einmal den Blick der exotischen Schönheit.

Ev will zurück in den Konzertsaal, loslassen ist das Beste, was sie tun kann, mag sie mit Floris' Einstellung auch ihre Schwierigkeiten haben.

Und wenn ich eine Nacht bei ihnen bleibe?«

»Bo, ich werde Floris nicht anlügen, das tue ich nicht, nicht für dich, und auch sonst für niemanden.«

Sie steht jetzt auch auf und greift nach ihrem Mantel. Spielt sie wieder eine Rolle, die ihr nicht liegt? »Versuch herauszufinden, was es dir bringt, bevor etwas geschieht, was nicht mehr rückgängig gemacht werden kann.«

Bo grinst. »Ich ruf Pa selbst an.«

Als sie draußen stehen, regnet es nicht mehr. Ein Kollege läuft an ihnen vorüber und grüßt Ev, sie erwidert seinen Gruß.

»Wusstest du übrigens, dass Rotterdam *die* Jazzmetropole der Niederlande ist?« Sie bemüht sich, locker zu klingen. »North Sea Jazz Festival, sagt dir das was? Hast du schon mal erwogen, es hier am Konservatorium zu versuchen?«

Aber Bo hört nicht mehr zu, er ist schon ein Stück weggelaufen. Sie schaut ihm noch lange nach. Sie ist sich so gut wie sicher, dass er sich auf das Wiedersehen mit seiner Mutter freut.

Papa, was steht da?«, fragte ich dich. Auf diese Entfernung konnte ich es noch nicht lesen, aber es interessierte mich brennend. Es war im Sommer 1974. Da draußen blinkte ein Boot in der Sonne. Auf seiner weißen Seitenwand hatte ich rote Buchstaben ausgemacht.

Es war vollkommen windstill. Ich lief neben dir eine Anhöhe hinauf. Die Blätter und die hohen Kronen der Bäume sahen wie gemalt aus, so reglos standen sie da. Das Meer, die Berge, die Weite – alles erschien auf einmal so groß. Viel größer als mein altertümliches Schulgebäude und viel breiter als die Straßen in der Stadt. Ich strauchelte.

»Pass auf!« Deine Stimme war harsch. Du packtest mein Handgelenk mit schmerzhaftem Griff, aber dank deiner fiel ich nicht hin. In meinen weißen Turnschuhen versuchte ich, mit deinen großen Sandalen Schritt zu halten. Das war schwierig, du gingst zu schnell, deine Schritte waren zu groß für mich. Ich strauchelte erneut.

»Pass doch auf, verdammt.« Jetzt warst du böse. Je fester du meine Hand packtest, desto langsamer lief ich. Es war ein warmer Tag, ich begann zu schwitzen.

»Papa«, sagte ich wieder, aber du sahst mich nicht an. Dein unrasiertes Kinn, deine Brille, die zu klein für deine große Nase war, dein zu kurz geschnittenes Haar, das alles hat sich mir fest eingeprägt. Selbst deine Atmung kann ich heute noch hören, schwer und schnaufend vor Anstrengung.

»Wie lange noch?«, fragte ich, um die Stille zu durchbrechen. Da bist du so abrupt stehen geblieben, dass ich fast gestürzt wäre. Endlich hast du meine Hand losgelassen.

»Warte hier«, sagtest du und entferntest dich vom Weg. Ich massierte meine schmerzende Hand und sah, wie du hinter einem dicken Baum stehen bliebst. Deine Schultern bewegten sich, kurz danach hörte ich ein Prasseln. Ich wandte mich ab und kauerte mich hin. Warum durfte Nina zu Hause bleiben und ich nicht? Und Mutter? Auf einmal vermisste ich meine Geige. Gedankenverloren betrachtete ich die Finger meiner linken Hand. Sie sahen aus wie kleine Stummel mit tiefen Rillen in den Fingerkuppen. Montag in einer Woche waren die Prüfungen in meiner Schule. Ich hätte jetzt viel lieber dafür geübt. Ich fragte mich, wo eigentlich das Gedächtnis saß: in den Fingern oder in meinem Kopf? Sogleich schloss ich die Augen, es gelang mir, das Notenblatt vor mir zu sehen, und meine Finger bewegten sich automatisch so, als berührten sie die Saiten. Ich spielte die ersten Takte des Violinkonzerts von Viotti.

»Komm.« Du tipptest mich an, und ich sprang auf, aber ich

gab dir nicht die Hand. Im Gehen versuchte ich weiter an die Musik zu denken, doch das gelang mir nicht.

»Nimm sie mit zum Bootstag«, hatte Mutter zu dir gesagt, als ich mit ihr vom Doktor zurückkam. Ich hatte schon seit einer Weile eine Wunde am Hals. Die kam von der Geige. Sie hatte sich entzündet, und ich hatte Fieber bekommen. Der Arzt, der die Wunde säuberte, sagte, dass es lange dauern werde, bis das abgeheilt sei. Zu Hause hatte Mutter mit dir geredet. »Das ist nicht gut, da fängt sie wieder an zu lesen, und dann wird es schwierig sein, sie zur Musik zu bewegen. Also nimm sie bitte mit, dann wird sie von diesen blöden Büchern abgelenkt.«

Ich wollte nicht mit dir mit, denn ich kannte ja die Abmachung: Wenn wir ohne Mutter und Nina irgendwo waren, musste ich so tun, als wäre ich ein Junge. Aber zu Hause bleiben kam nicht infrage.

Als wir endlich am Wasser ankamen, standen dort schon zwei Männer, die dich herzlich begrüßten. Kinder sah ich zum Glück nicht. Später würdest du betrunken sein, dann konnte ich in *Eugénie Grandet* von Balzac weiterlesen, das ich mit Ninas Ausweis heimlich in der Bibliothek ausgeliehen hatte. Das machte ich immer, wenn du und Mutter es nicht sahen. Die Beziehung zwischen Eugénie und ihrem Vater, dessen Geiz, Frankreich und ein anderes Leben, alles zog mich in die Geschichte hinein. Ich durfte nur nicht verraten, dass ich das Buch bei mir hatte. Keiner der beiden Männer hatte mich bemerkt, also ging ich weg, zu dem Boot hin.

Ich blieb stehen und las den roten Schriftzug, den ich vorhin in der Ferne gesehen hatte: ANDREAS. Als sei die Aufschrift aus einem Kinderfilm in die Wirklichkeit versetzt worden. Warum

Andreas? Warum gerade dieser Name? In keinem der Bücher von Joseph Conrad hatte ich je gelesen, dass ein Schiff einen Männernamen trug. Kein einziges Mal.

Ich kauerte mich hin. Das Wasser stank. So aus der Nähe sah ich verdreckte Trossen mit Rostflecken an den Seiten. Ich streckte die Hände aus und wollte sie ins Wasser tauchen, als mich jemand anfasste. Ich drehte mich um. Die Sonne schien so grell, dass ich meine Augen mit einer Hand abschirmen musste. Ein Mädchen stand neben mir. Sie hatte blonde Rattenschwänze und eine Stupsnase. Als sie lachte, sah ich, dass ihr die Schneidezähne fehlten. Sie wand ihre Finger umeinander und fragte: »Wie heißt du?«

Der Wind spielte mit ihrem blauen Kleid. Sie sieht aus wie Eugénie Grandet, als sie noch klein war, dachte ich und lachte. Im selben Moment kamst du mit den Männern zu mir herüber. Ich wurde rot und sah weg.

»Wie heißt du?«, wiederholte das Mädchen lispelnd. Ich wusste, was jetzt passieren würde. »Das ist Andreas«, vernahm ich deine Stimme hinter mir. »Das ist mein Sohn Andreas!«

Ich spürte eine sanfte Brise in meinem kurzen Haar, spürte, wie mir die nachgemachten Jeans in den Bauch schnitten. Ich presste das Kinn ans Schlüsselbein und wagte nicht, mich zu erheben. Du hast weitergeredet, als wenn nichts wäre. Mir hämmerte das Herz, du lachtest. Ich dachte an Eugénie und ihren Vater, der ihren geliebten Cousin Charles wegschickte, nach Indien. Alle Väter sind gleich, ging mir da durch den Sinn. Aber ich dachte auch an Mutter, die nicht mitbekam, dass ich einen Jungen spielen musste, wenn sie nicht dabei war, und an Nina, die mich gar nicht beachtete. Was sollte Familie eigentlich? Ich wusste zwar nicht wie, aber ich musste da heraus.

Eine andere Lösung sah ich nicht. Ich gehörte zu niemandem, und dieser Gedanke erleichterte mich. Mein größter Wunsch war, einen großen Busen zu kriegen und endlich auch meine Monatsblutung, damit die ganze Welt sah, was ich wirklich war. Ich würde mir mein Blut auf die Kleider schmieren, mich vor dich hinstellen, dich auslachen und dir in die Ohren schreien: Sieh her, dein Andreas ist tot! Aber noch musste ich tun, was du von mir wolltest, und es war dir nie gut genug.

»Ein Krümelchen«, sagtest du oft, »du bist ein Krümelchen für mich, ich kann dich mit einer Bewegung wegfegen, wenn ich will.« Und weil ich das Wort ›Krümelchen‹ so schön und lieb fand, betrachtete ich es als Kosewort.

Es fühlte sich gut an, die Hände ins Wasser zu tauchen. Es war trübe und kalt. Neben mir schaukelte das Boot. Schilfhalme und Sumpfpflanzen verfingen sich zwischen meinen Fingern. Schlaff, aber widerstandsfähig. Ich griff zu, zog sie aus dem Wasser und strich die matschige Masse über den roten Schriftzug. Meine weißen Turnschuhe gerieten ins Wasser, das Blau meiner nachgemachten Jeans färbte ab. Das blonde Mädchen lachte und lachte. Ich wischte über den Schriftzug, als wäre es Blut, das ich für immer wegwischen wollte. Da hast du plötzlich meinen Kopf gepackt und mich mit dem Gesicht unter Wasser getaucht. Nicht lange. Ich schnappte nach Luft wie eine Operndiva, die zu singen ansetzt, doch statt zu singen fing ich an zu weinen.

»Jungs weinen nicht«, hast du wütend gesagt.

7

»Wie war's bei der Arbeit?« Floris betritt die Küche und küsst sie flüchtig. Ev sieht dunkle Ringe unter seinen Augen, und er macht einen abwesenden Eindruck. Seit Bo nach ihrem Konzert nicht mehr aus Rotterdam zu ihnen zurückgekommen ist, scheint ihr Floris angespannter zu sein, als sie es von ihm kennt. Bo wohnt nun schon zwei Wochen wieder bei seiner Mutter. Als sie Floris mal in einem Gespräch über Bo und dessen Entscheidungen herausgefordert hat, eine positive Haltung dazu einzunehmen, mündete der Abend einmal mehr in Streit. Seither stürzt sich Floris voll und ganz in seine Arbeit. Völlig unvorhergesehen geht er auf Geschäftsreise nach Italien. Normalerweise tut er das immer im Frühjahr und Herbst. Dann hat es für Ev meist auch schöne Seiten, sie verabredet sich mit Freundinnen oder macht, wenn sie frei hat, einen kleinen Trip mit Helga. Aber diesmal fühlt es sich gar nicht gut an. Ev graut davor, dass Floris wegfährt, sie weiß nicht genau, warum. Er bleibt mit einem ganzen Stoß Papiere in der Hand bei ihr stehen.

»Was willst du hören?« Sie mag nichts darüber erzählen und wird pampig.

»Hast du mal mit irgendwem darüber gesprochen?«

»Mit irgendwem? Mit der ganzen Gruppe! Sie wissen es alle. Franka hat es ausgeplaudert.«

»Wie haben sie reagiert?«

Ev dreht sich von ihm weg. Mitleid kann sie nicht gebrauchen. Das empfindet sie als demütigend.

»Gut, nichts zu beanstanden.« Es geht ihr nicht um die Reaktion ihrer Gruppe. »Normal ...«

»Schön, du behältst es wenigstens nicht mehr für dich.« Er scheint erleichtert zu sein. Endlich hat sie seine aufrichtige Anteilnahme.

»Natürlich nicht, ich bin ja nicht als Einzige in dieser Situation, siebzig Leuten in beiden Orchestern droht dasselbe. Nur ...« Ihr versagt die Stimme.

»Nur was?«

»Nur weiß niemand, wer bleiben darf und wer gehen muss.«

»Wer bestimmt das?«

»Das UWV, als Letzte rein, als Erste raus.«

»Aber du arbeitest dort seit dreiundzwanzig Jahren!«

»Die Einstufung erfolgt pro zehn Jahre. Also in Zwanziger, Dreißiger, Vierziger und so weiter.«

»Wer gehört mit dir zu den Zwanzigern?«

»Wilma und Rob, die sind zwar jünger als ich, spielen aber schon länger im Orchester.«

Es liegt in der Natur der Sache, dass sich bei einer Entlassungsregelung nicht jeder gerecht behandelt fühlt. Ev weiß, dass sie in diesem Fall den Kürzeren ziehen dürfte und Wilma und Rob überhaupt nichts dafür können. Trotzdem kann sie es nicht so ohne Weiteres akzeptieren.

»Das geht schon vorüber.« Floris umarmt sie, und als er ihr einen Kuss auf den Nacken drückt, fällt alles von ihr ab. Sie legt den Kopf an seine Schulter.

Floris' warme Hände bewegen sich über ihren Rücken, als spielte er auf einem Instrument. Sachte Klänge steigen in ihr auf. Sie lehnt sich mit geschlossenen Augen an ihn. Kein Orchester, nur die Töne von Bratsche und Klavier. Der weiche Klang von ihrem eigenen Instrument begleitet Floris' Bewegungen. Die Wärme seines Körpers lullt sie ein. Die Melodie ist getragen, im Sechsvierteltakt, und die Tonart wirkt optimistisch, F-Dur? Was ist das? Ta-ta-ta, ta-ta-ta, die monotone Wiederholung der harmonischen Dreiklänge durch das Klavier hat eine meditative Wirkung. Floris bleibt stehen, als könnte er die Musik ebenfalls hören. Der Tag ist um, alles kommt endlich zur Ruhe. Keine Überfülle von Instrumenten, kein sprühender Rhythmus, keine wogende Dynamik. Sie kennt das Stück sehr gut, kommt aber nicht auf den Namen des Komponisten. Sie stellt sich vor, wie sich ihre Tränen in Klavierklänge verwandeln. Floris, denkt sie, er darf nicht wegfahren, sie kann jetzt nicht ohne ihn sein, die Einsamkeit der kommenden Tage will sie nicht.

»Weißt du noch, was Kerouac sagte?«, flüstert Floris.

»Nein«, flüstert sie zurück.

»*The only truth is music*. Aber ich glaube, für dich gibt es noch mehr Wahrheiten zu entdecken.«

Pärt ... Arvo Pärt, fällt ihr auf einmal ein. Die Musik, die sie hört, ist aus *Spiegel im Spiegel,* von einem Esten, der lange Zeit in Deutschland gelebt hat. Sie ist ihm einmal begegnet. Ob Pärt wohl auch mit der Sprache zu kämpfen hatte? Seine Musik erzeugt ein erhabenes, friedliches Gefühl. Die Angespanntheit weicht aus ihrem Körper, als hätte sie ein Medikament dagegen eingenommen. Das Stück ist eigentlich für Geige geschrieben, aber sie findet, dass die Bratsche in diesem Dialog viel schöner klingt.

»Wann fährst du?«, fragt sie Floris.

»Übermorgen, das weißt du doch.«

Fjodor drängt sich auf und stört den Moment. Er lässt sich wie ein Teddybär auf ihre Füße plumpsen.

»Ja, das weiß ich.« Sie macht sich von Floris los. Eine Bratsche, keine Gruppe. Eine schlichte Melodie, keine orchestrierte Emotionsfabrik, sondern nur eine einzelne Stimme. Dass die Melodie so stark in ihrem Bewusstsein hängen bleibt, ist neu für sie.

Ein Telefon klingelt.

Wo? Von wo kommt das Geräusch? Ihre Tasche, sie dreht sich um und geht in den Nebenraum. Sie sieht die ersten beiden Ziffern auf dem Display ihres Handys: 49. Deutschland, Vater. Das Vibrationssignal fährt durch ihr Hirn wie ein elektrischer Impuls. Und das Handy klingelt wieder und wieder. Bevor Ev reagiert, springt die Mailbox an. Ev brennt es in der Brust.

»Willst du nicht drangehen?« Floris kommt herein und macht das Licht an.

Ein Zeichen auf dem Display gibt an, dass eine Mitteilung eingegangen ist.

»Mal kurz abhören«, sagt sie und zieht sich ins Wohnzimmer zurück.

»Warum gehst du nie dran? Ich muss immer zehn Mal anrufen, bis du zurückrufst. Na ja ... ich will dich ... ich hab mit deiner Schwester gesprochen.« Er sagt das, als erzähle er es einer Fremden. »Ruf mich zurück. Jetzt. Dein Vater.«

Seine Stimme klingt im Polnischen harsch und genervt, die Wörter ›immer‹ und ›nie‹ kommen ihm schnell in den Mund. Als sie seine Mitteilung für Floris übersetzt, merkt sie, wie weich sich die niederländische Sprache anfühlt. Diese Sprache ist ihre Zuflucht. Die runden niederländischen Ausdrücke lassen Aggressionen verfliegen. Was ist denn heute bloß mit ihr? Zuerst Pärt und jetzt die Sprache, als würden ihr die Augen geöffnet. Sie versucht sich ihren Vater Niederländisch sprechend vorzustellen, doch es geht nicht, das hier ist ihre Welt.

Im Niederländischen darf sie unvollkommen sein. Im Polnischen nicht, und im Deutschen auch nicht. Die beiden Sprachen, die in der Vergangenheit ihr Halt waren, verlangen Perfektion. Sie darf nicht vergessen, wo sie herkommt, sie darf nicht vergessen, wer sie ist. Aber was soll sie damit? Sie spricht kaum noch Polnisch, und vom Deutschen macht sie auch nur sporadisch Gebrauch. Sie besitzt einen niederländischen Pass. Ist sie damit Niederländerin? In dieser Sprache macht sie zu viele Fehler. Ihre Zunge scheint zu hölzern und zu spitz für diese Sprache zu sein. Niederländer sprechen geschmeidiger, langsamer, weicher und haben eine andere Intonation. So wie Floris.

Vater, was warst du böse, als ich im Januar 1977 aus der Schule kam und mit geröteten Wangen die große Neuigkeit erzählte: Mein Schulorchester gehe auf eine dreitägige Minitournee nach Ostrava in Tschechien.

»Du bleibst zu Hause, du fährst nirgendwohin«, hast du wieder und wieder gesagt, während ich noch erzählte. Einen Monat lang versuchte ich, mit deinem Verbot zu leben. Die Schule trug die Kosten, ein finanzielles Hindernis gab es nicht. Ich sprach mit anderen Kindern unserer Schule, alle fuhren mit. Es war mir unbegreiflich, wieso ich nicht fahren durfte. Beim Frühstück an einem winterlichen Februarsonntag konnte ich nicht mehr an mich halten. Ich war schließlich fast dreizehn, und ich wollte einfach dazugehören und mitfahren.

»Ich führe die zweite Streichergruppe an! Warum darf ich da

nicht mit?«, fragte ich und versuchte zu überhören, dass sich meine Stimme piepsig überschlug. Ich sah es sofort. Deine aufeinandergepressten Zähne, deine finsterer werdenden Augen, wie immer, wenn du zornig warst. Aber ich hatte mich daran gewöhnt, meine Erfolge wurden von dir immer herabgewürdigt. Du warst mir immer noch böse, weil ich seit unserem letzten Ausflug mit dem Boot kein Andreas mehr sein wollte. Dass ich im Schulorchester eine tonangebende Funktion hatte, ließ dich ungerührt. Ein Orchester hatte für dich überhaupt keinen Wert. Für dich zählten nur Solisten. Ein Krümelchen, weißt du noch, Vater? Das war ich. Aber ich war stolz darauf. Ich wusste einfach kein besseres Argument, um meinen verzweifelten Wunsch zu untermauern. »Ich will nach Ostrava!«

»Dahin können wir auch zu viert fahren«, sagtest du und schlugst mit der Faust auf den Tisch. »Und jetzt will ich nichts mehr davon hören!«

Mutter spießte ihre Gabel in eine dicke Scheibe warme Wurst, starrte dann aber darauf, ohne sie zu essen. Vielleicht dachte sie genau dasselbe wie ich: Wir fahren nie zusammen irgendwohin.

»Mama ...«, flüsterte ich, aber meine Stimme blieb mir in der Brust stecken.

»Du hast keine Manieren«, sagte sie und rührte mit dem Stück Wurst in einem Klacks Senf auf ihrem Teller. »Sieh dich doch an, wie du hier am Tisch hängst. Und du willst Anführerin sein? Also nein, du solltest eigentlich ein Vorbild abgeben, aber das kannst du nicht ... die Kinder im Orchester werden dich höchstens auslachen.«

Dabei sah Mutter mich nicht ein einziges Mal an. Sie hatte den linken Arm um ihren Teller gelegt, sodass es aussah, als spreche sie mit der Wurst. Endlich schob sie sich das Stück in den Mund. Nina kippelte mit ihrem Stuhl, leckte sich die Finger ab und tat, als wäre sie nicht da. Deine Backen waren kugelrund. Du hast dir das Essen immer in viel zu großen Stücken in den Mund geschoben. Auf die Idee, es mit einem Messer klein zu schneiden, kamst du nicht. Es lag ja auch nie ein Messer auf dem Tisch. Wir aßen immer nur mit Gabel oder Löffel.

Du warst mehr oder weniger abwesend. Ich aber war ganz da und spürte alle meine Organe. Ich kniff die Pobacken zusammen, zog den Bauch ein und zählte auf Schlesisch bis zehn: *Roz, dwa, trzi, sjtyrzy* … Dann schnappte ich nach etwas Luft.

»Alle fahren mit … außer mir«, sagte ich. Es klang, als wäre ich im Stimmbruch. »Ich will nach Ostrava!«

Nach diesen Worten hast du abrupt den Kopf zu mir hingedreht. Ich hörte auf zu atmen, und meine Augen wurden feucht. Es dauerte lange, bis das Essen aus deinem großen Mund weg war. Ich hielt den Blick gebannt auf dein Gesicht gerichtet. Deine Kiefer waren nun der aktivste Teil deines Körpers. Gegessen hast du, nicht gedacht. Ich schnappte wieder nach Luft, ließ die Tränen aber nicht zu.

»Wann ist die Reise?«, hast du dann gefragt, als wenn nichts gewesen wäre. Dabei hast du geräuschvoll die Ellenbogen auf den Tisch gepflanzt. Ich konnte nichts sagen. Wie hypnotisiert folgte ich deiner rechten Hand, wie du den Daumennagel zwischen die Zähne zwängtest. Ein Zischen und Schmatzen drang aus deinem Mund, du sahst dir die Fleischfitzel an, die am Nagel hängen geblieben waren. Deine Zunge leckte sie ab. Als du dir mit deinem längsten Nagel, dem des kleinen Fingers, einen größeren Brocken aus dem Mund zogst, senkte ich den Blick.

»Im Mai«, flüsterte ich endlich. Ich zitterte vor Angst, oder vor Ekel, und mich ergriffen Reue und Schuldgefühle, denn ich sorgte nicht nur für Probleme, sondern *war* ein Problem. Wer nichts taugt, soll auch nichts essen, also strafte ich mich selbst und aß nichts. Mein Teller stand unangerührt vor mir. Hätte ich damit nicht recht gehabt, hättet ihr mich längst gezwungen, einen Bissen zu essen. »Wer lebt, der isst«, war deine Devise. Ich starrte nur auf meinen Teller.

»Von jetzt an wirst du gerade am Tisch sitzen, mit Messer und Gabel essen und nur noch sauberes Polnisch sprechen, verstanden?«, sagtest du. Deine Zunge schmatzte immer noch. »Ich will nie mehr Dialekt von dir hören.«

»Und du hörst auf das, was ich sage«, ergänzte Mutter. »Sonst fährst du wirklich nicht mit nach Ostrava.«

Ich schaute nicht mehr auf und begann im Kopf auf Polnisch zu zählen: *raz, dwa, trzy, cztery …*

Ein kleiner Triumph: der Worte über die Musik! Mit meinem Musizieren konnte ich dich nur zum Teil erreichen, aber ich wusste nun, dass meine Worte dich sehr wohl getroffen hatten. Doch jeder Erfolg wirft Schatten. An diesem Sonntagvormittag bekam ich meinen Schatten, mochte ich es auch noch nicht ahnen.

Dadurch dass ihr mir verwehrt hattet, eine von euch zu sein, entwuchs ich dem Familienverbund relativ schnell. Seit jenem Sonntag wurde von euch darauf geachtet, wie ich aß, wie ich redete und wie ich mich benahm. So war ich tagaus, tagein damit befasst, ein anderes Kind zu werden. Und weil ich nicht zu meiner Familie gehören durfte, las ich mehr denn je. Zu meinen geistigen Eltern ernannte ich Lew Tolstoi und Maria

Konopnicka. Anton Tschechow und Marcel Proust waren meine Onkel und Eva Demski und Gabriela Zapolska meine Tanten. Auch mit dem Dichter Bulat Okudschawa und meiner geliebten Maria Pawlikowska-Jasnorzewska verbrachte ich frohgemute Stunden. Ja, ich hatte eine Ersatzfamilie gefunden und wahrte Abstand von euch dreien.

8

»Achtzig, das schafft nicht jeder«, sagt ihr Vater. »Und das will ich in Polen feiern.«

Ev sitzt ihm gegenüber im *Kaiser,* einem österreichischen Restaurant in Essen, wo er jeden Tag zu Mittag isst. Im hinteren Teil des Lokals schreit ein Kind, das Opa und Oma zu beruhigen versuchen.

»Und worüber hast du mit Nina gesprochen?«, fragt Ev. Vor zwei Tagen hat Nina gesagt, sie habe ihrem Vater alles erzählt.

»Ich mag dieses Telefonieren nicht. Und ich höre nicht gut, wie du weißt«, erwidert er hitzig.

»Ich war Nina ja schon böse.« Ev versucht, seine Aufmerksamkeit auf sich zu ziehen.

»Ich habe auch gleich einen Ort dafür ausgesucht«, sagt ihr Vater.

»Schön.« Ev beißt sich auf die Lippe. Er ist alt, sieht jedoch gepflegt aus, das Oberhemd ist tadellos gebügelt, die Hose zwar schon älteren Datums, aber mit scharfer Falte.

»Diese Woche spiele ich nur ein Stück«, sagt Ev, »sodass ich unverhofft frei habe. Um elf Uhr bin ich ins Auto gestiegen. Es ist zum Glück nicht allzu weit von Hilversum bis hierher«, murmelt sie weiter, obwohl er sie gar nicht ansieht, »es sollte also wohl sein.« Sie lacht nervös.

»Sie wünschen?«, fragt eine blonde Frau im Dirndl. Mit dem perfekt geflochtenen Haarkranz auf ihrem Kopf ist sie das Paradebeispiel für eine germanische Schönheit. Vater zaubert ein breites Lächeln auf seine Lippen.

»Herr Müller?«

»Wie immer, Schätzchen.«

»Und Sie?«

»Das ist meine Tochter, sie ist eigens aus Holland gekommen.«

»Eine Forelle Müllerin Art bitte«, sagt Ev und klappt die in Leder gebundene Speisekarte zu.

»Und zu trinken?«

»Ein Glas Spätburgunder.« Deutsch fällt Ev immer noch leichter als Niederländisch.

Sowie die Bedienung um die Ecke verschwunden ist, weicht das Lächeln von den Lippen ihres Vaters. Vor sechs Monaten hat sie ihn zum letzten Mal gesehen. Ihre Begegnungen löscht sie aus ihrem Gedächtnis, als wische sie eine Schultafel ab. Seine Augen tränen, sein welliges Haar ist schlohweiß. In seinem Ohr schimmert ein Hörgerät. Der Seitenblick auf das durchsichtige Plastik entlockt ihr so etwas wie Genugtuung. Einst hatte er das absolute Gehör. Jetzt hängen ihm die Ohren am Kopf wie fahle antike Muscheln. Er erzählt ihr von seinen Nachbarn, die sie nicht kennt. Hat Nina ihm wirklich nichts über ihre Situation erzählt? Wahrscheinlich interessiert ihn das nicht. So wie sie seine Nachbarn nicht spannend findet.

»Aber wie geht es dir?«, unterbricht Ev seine Erzählung. Während der zweistündigen Autofahrt hat sie ein paar Eröffnungssätze geübt und sich mit selbstbewussten Erwiderungen gewappnet.

»Ich möchte etwa fünfzehn Leute einladen«, sagt ihr Vater. »Fünfzehn, wenn sie im Juli noch leben. Weißt du, was das Schlimmste am Altwerden ist? Nicht, dass du kränkelst, denn da befasst man sich wenigstens noch mit dir, sondern dass du deine Freunde verlierst.«

Du hast nie Freunde gehabt, du hattest immer nur Bekannte, denkt Ev, aber sie sagt nichts.

»Einer nach dem anderen stirbt. So langsam finde ich es auf dem Friedhof schon gemütlich. Da spielt sich neuerdings mein soziales Leben ab.« Er sieht sie während der gesamten Unterhaltung nicht an. Ev nickt und lässt ihn reden.

»Vorgestern ist mein bester Freund Ludwig gestorben, so ein Scheißleben … er war erst achtundsiebzig. Und da hab ich mir gedacht, ich werde meinen Geburtstag feiern. Wer kann noch sagen, dass er achtzig geworden ist?«

Die Kellnerin kommt mit zwei Tellern, die sie vor sie hinstellt. Auf dem einen liegt eine aberwitzig große Schweinshaxe. Die Forelle auf dem anderen nimmt sich dagegen lächerlich klein aus. Anschließend gießt die Frau das alkoholfreie Bier für ihren Vater in ein schmales Glas und stellt den bis zum Rand gefüllten Römer Wein vor Ev hin.

»Guten Appetit, Herr Müller«, sagt sie, als wäre Ev nicht da, und geht weg.

Ev nimmt ihr Glas und will mit ihrem Vater anstoßen, doch der hat schon mit beiden Händen das Fleisch gepackt. Messer und Gabel lässt er liegen.

»Zum Wohl«, sagt sie und hebt ihr Glas. Auch jetzt bekommt sie keine Verbindung, und sie stellt den Wein unangerührt wieder hin.

Tutto nel mondo è burla, kommt ihr in den Sinn. Die Schlussfuge *Falstaffs*: Alles ist Spaß auf Erden. Ihr Vater könnte auch Held in einer Verdi-Oper sein. Seine Finger glänzen vom Fett, er rupft mit breitem Grinsen im Gesicht das Fleisch vom Knochen und stopft sich einen Bissen in den Mund. Essen ist Leben, das war schon immer sein Credo. Falstaff, ein dicker alter Mann mit wenig Gespür für gute Manieren.

»Hast du Nina gesprochen?«, fragt Ev, obwohl sie die Antwort bereits kennt.

Er nickt. Die Forelle liegt unangerührt auf ihrem Teller. Sie hat auf einmal keinen Hunger mehr.

»Und? Worüber habt ihr geredet?«

»Ruf sie doch selber an«, sagt er.

»Hat sie dir etwas über mich erzählt?«

Er nickt erneut und leckt den nackten Knochen ab. Ev greift nochmals zu ihrem Glas. Der Wein überrascht sie, köstlich.

»Und?« Sie denkt an die vergangenen Tage. Zwischen ihrem Vater und ihr hat sich wenig verändert, aber sie hat auch wenig dafür getan. Muss sie sich schuldig fühlen?

Plötzlich fährt er sie an: »Seit wann interessiert dich meine Meinung zu deinem Orchester?« Er lässt den Knochen geräuschvoll auf den Teller fallen. Das ältere Ehepaar mit dem kleinen Enkelkind dreht sich zu ihnen um.

»Ich dachte …« Tja, was dachte sie? Dass er Anteilnahme

zeigen würde? Dass sie mit ihm darüber reden könnte? Sie nimmt ein winziges Stückchen Fisch in den Mund und kaut darauf herum, als wäre es eine Schweinekeule. Lächerlich, natürlich hat ihr Vater recht, seine Meinung trägt überhaupt nichts zu ihrer Situation bei. Warum hat sie nur auf Floris gehört?

Familie ist eine Erdichtung, eine gern gebrauchte Ausflucht, um eigene Schwächen zu kaschieren. Familienbande sind Fesseln, die einen das ganze Leben lang anbinden. Das Kinn ihres Vaters glänzt vom Fett, auf seinem Oberhemd ist ein dunkler Fleck. Der Fisch liegt Ev schwer im Magen. Sie trinkt noch einen Schluck Wein gegen die aufkommende Übelkeit.

»Ich dachte, wir könnten endlich wie zwei erwachsene Menschen miteinander reden«, sagt sie schließlich. »Über dich und über mich, darüber, was mit unserem Leben geschehen ist. Du wirst achtzig. Wir haben viele Jahre lang nicht miteinander gesprochen. Und manchmal frage ich mich, ob es nicht besser wäre, wenn wir …«

Was ist in sie gefahren, dumme Tränen, wie beschämend, denkt sie. »Ich bin es so leid, immer wie ein kleines Mädchen behandelt zu werden. Als wolltest du nicht wahrhaben, dass ich eine erwachsene Frau mit einem eigenen Leben bin, du … du akzeptierst mich einfach nicht.« Sie überrascht sich selbst. Ihre Lippen beben vor Erregung, ihr Körper ist heiß und kalt zugleich. Endlich ist sie ihm eines Blickes würdig, er sieht sie an, sein Mund geht auf und zu, er schüttelt den Kopf.

»Könntest du das noch mal auf Deutsch sagen? Oder auf Polnisch? Warum sprichst du auf einmal Holländisch mit mir? Ich verstehe nicht, was du sagst!«

Ev hält die Hände zu Fäusten geballt am Lenkrad. Sie passiert den Grenzübergang zwischen Deutschland und den Niederlanden. Normalerweise hört sie sich unterwegs ein Hörspiel an. Aber jetzt sitzt sie stocksteif am Steuer und konzentriert sich nur noch auf die Straße. Ihr Vater wollte nach Hause. Allein. Er weigerte sich, mit ihr zu reden.

»Ich lasse dich in Ruhe, du gestresstes Huhn, mit dir ist nicht zu reden, ich werde alles mit Nina regeln«, sagte er zu ihr und schüttelte den Kopf. Sie hat ihm ihren Monolog nicht ins Deutsche übersetzt. Eine rote Ampel. Ev bremst. Keine Tränenausbrüche mehr, befiehlt sie sich, kein Gehuste. Ein dissonantes Hupkonzert dringt an ihr Ohr. Die Ampel ist grün, sie soll fahren.

Sie macht das Radio an. Die zärtliche Melodie einer Trompete erfährt Widerspruch durch die Streicher. Was ist das? Kennt sie dieses Stück?

Ihr ist übel, und sie hält in einer Parkbucht. Sie legt die Stirn ans Lenkrad. Das ist Roussel. Die *Petite Suite* von Albert Roussel war das erste Stück, das sie beim Radio Filharmonisch Orkest gespielt hat, als sie 1991 in die Niederlande kam. Die Streicher klingen leichtfüßig und verspielt. Das Stück passt überhaupt nicht in seine Zeit, Roussel schrieb es 1929 – im Jahr des Börsenkrachs und der darauf folgenden Depression. Im Februar 1930, Vaters Geburtsjahr, hatte das Werk seine Premiere als Suite. Die Bilder in ihrem Kopf wirbeln durcheinander. Neben Roussel, der in einer tristen Wohnung in Paris die fragilen Phrasen seiner *Petite Suite* notiert, sieht sie auch ihren Opa und ihre Oma. Die *Petite Suite* gegenüber den bei der Geburt ihres Vaters in der Welt widerstreitenden Mächten. Das Leben ist ein von niemandem erdachtes Gespinst aus Zeit und Geschehen, das sich immer wieder erneuert, wozu wollte man das begreifen? Stellen wir die Zusammenhänge selbst her? Dichten wir Zufällen zu viel Bedeutung an? Oma glaubte nicht an Zufälle. Weitermachen hilft, sagte sie immer, morgen geht wieder die Sonne auf, und der Tag beginnt wie immer aufs Neue.

Ev richtet ihre Aufmerksamkeit wieder auf die Musik von Roussel. Der erste Satz der *Petite Suite, Aubade,* beginnt mit einer Melodie bei den Trompeten, die von den Streichern mit fragenden kleinen Läufen untermalt wird. Das hat sie gerade gehört. Sie schließt die Augen und sieht eine Straße mit vielen hierhin und dorthin laufenden Menschen, sie lachen und disputieren. Ein kurzer Satz, er dauert nicht viel länger als ein paar Gedanken nacheinander. Sie erkennt den nächsten Satz wieder, *Pastorale*. Die Oboe erzählt eine lange Geschichte, das Fagott pflichtet ihr bei. Die Streicher machen sich Sorgen und stellen im Hintergrund beiläufige Fragen. Die Geschichte wird stets von einem anderen Bläser nacherzählt.

Welches Instrument würde ihr Vater in einem Orchester spielen, wenn er sich für die Musik entschieden hätte?

Im dritten Satz, *Mascarade,* kehrt das fröhliche Gewusel auf der Straße zurück. Das Alltägliche scheint die Gefahren erfolgreich abwenden zu können. Die Hörner haben, als ahmten sie die alten Weisen nach, am meisten Gewicht. Auch auf das Fagott wird gehört. Und dann ist alles vorbei. Die Bedeutung ergibt sich aus der Form: Alles geht vorbei.

Vater, ich wiederhole mich, aber aus Ostrava kehrte ich als ein anderer Mensch zurück. Die ohnehin schon dürftige Verständigung zwischen dir und mir erschöpfte sich nun in praktischen Mitteilungen. Ich hatte auch keinerlei Bedürfnis mehr, dir etwas anzuvertrauen. Dafür, dass ich die Fahrt nach Ostrava durchgesetzt hatte, fand ich Anerkennung von der Lehrerin und meinen Schulfreunden. Ich erfuhr Anteilnahme. Wochentags lebte ich. Am Wochenende – der Samstag war mit einem Mal schulfrei – versuchte ich zu Hause möglichst nicht aufzufallen. Dann konnte ich ungehindert lesen. Nur wenn ich Geburtstag hatte, fand ich deine Aufmerksamkeit.

Nach der Ostrava-Reise mit dem Schulorchester kam das Verhältnis zwischen uns vom Regen in die Traufe. Du wolltest mir plötzlich mein wöchentliches Taschengeld verwehren.

Eine Strafe für ein Vergehen, das ich nicht begangen hatte. Mein Kinderkörper verwandelte sich, und ich trug nun einen BH. Andreas war endgültig aus mir verbannt. Röcke zu tragen, wolltest du mir aber immer noch nicht erlauben, und ich musste regelmäßig zum Friseur, damit meine Haare kurz blieben. Weil ich mir keine Sachen in der richtigen Größe kaufen durfte, klaute ich Oberhemden von dir. Deine *Oversized-Koszule* schnürte ich mit deinen Ledergürteln in der Taille zusammen und ließ die Knöpfe offen, damit jeder meinen BH sehen konnte. Ich färbte Handtücher mit schwarzer Tinte und nähte sie mit Nadel und Faden zu langen Hippieröcken zusammen. Bis heute weiß ich nicht, was du grässlicher gefunden hast: meine Klamotten oder mich.

Alles, was du nicht warst, erschien mir nun besonders interessant. Deine Wut auf mich wuchs direkt proportional zu meinem Drang, dich mit der Außenwelt und dem normalen Leben zu konfrontieren. Ich sorgte für peinliche Szenen in der Schule, damit du dort erscheinen und für mich eintreten musstest. Was du nie getan hast.

Alles, was ich tat, schien mir weitere Fragen aufzuwerfen. Und Fragen warten auf Antworten, doch die gabst du mir nicht. Einmal kam ich auf die Idee, die Rollen von Musik und Literatur zu personifizieren: Ich war die Musik, und du wurdest zur Erzählung meiner Pubertät. Je mehr ich von Musik wusste, desto entschiedener forderte ich dich zur Rede. Es gelang mir nicht, du gabst keine Antworten. Übermütig machte ich weiter, quasselte drauflos, sowie ich dich sah. Ich redete mir buchstäblich die Lunge aus dem Leib, ohne mir bewusst zu werden, dass ich das Gespräch mit mir selbst führte und nicht mit dir. Bis ich dich an meinem fünfzehnten Geburtstag vor versammelter Familie am Tisch fragte, warum du die Musik aufgegeben hattest.

»Ich kann jederzeit zur Mundharmonika greifen oder Gitarre spielen«, hast du darauf gesagt.

Aber du warst Musikant und kein Musiker. Du spieltest nur noch dann und wann, wenn dir gerade danach war. Leidenschaft habe ich nie bei dir gesehen, du hast der Kunst nie etwas geopfert. Umso gründlicher hast du eine Mauer aus festen Überzeugungen um dich herum gebaut. Wann hat sich der Graben zwischen deiner Leidenschaft und deinen Entscheidungen aufgetan?

»Ich werde von der Geige zur Bratsche wechseln«, posaunte ich ausgelassen. Die Geburtstagstorte stand noch unangerührt auf dem Tisch. Die beiden Omas, drei Onkel und vier Tanten, die unter uns saßen, verstummten.

»Oder hast du was dagegen?«, fügte ich möglichst unbeschwert hinzu.

Das wünschte ich mir von dir zum Geburtstag, Vater, deine Zustimmung.

Mutters Augen flackerten, und sie presste die Lippen aufeinander. Sie hatte mich morgens noch angefleht, nicht an diesem Tag davon anzufangen. Gerade deswegen sagte ich es, als garantierte mir die anwesende Familie eine korrekte Antwort von dir. Mein Geigenlehrer hatte es als Erster gesagt. Er sehe aufgrund meiner physischen Voraussetzungen – ich war zu dem Zeitpunkt die Größte in der Klasse – vor allem eine Bratschistin in mir. An dem Musikgymnasium, das ich seit drei Jahren besuchte und noch weitere drei Jahre besuchen würde, galten kommunistische Regeln. Die Lehrer konnten die Eltern nicht umgehen. Die Eltern bestimmten, die Meinung des Schülers zählte viel weniger. Für alles hatte die schriftliche Zustimmung der Eltern vorgelegt zu werden. Und als ich dir einen Monat zuvor davon erzählt hatte, hattest du mich nur ausgelacht. Ich hätte auch sagen können, dass das Schulorchester zu wenig Bratschisten habe und sie sich deswegen an mich gewandt hätten. Aber das sagte ich nicht.

»Nur über meine Leiche«, hast du erwidert, und damit war das Thema für dich vom Tisch.

Darauf meinte Oma: »Was ist eine Bratsche?«

»So was Ähnliches wie eine Geige«, erklärte ich eifrig, »nur größer. Man hält sie trotzdem genauso wie die Geige, also unter dem Kinn. Und weil sie größer ist, hat sie einen tieferen, dunkleren Klang.«

»Oh, meinst du damit, dass sie nicht so schrill ist wie eine Geige?«, bemerkte Tante Erna, deine ältere Schwester. Alle lachten. »Ich verstehe gar nicht, wie man eine Geige schön finden kann. Es ist doch fantastisch, Ernst, wenn Ev nicht mehr Geige spielt, dann musst du dir das nicht mehr anhören!«

Es entspann sich eine Diskussion darüber, ob oder ob nicht. Ich saß dazwischen und sah dich lachend an. Mutter begann, die Torte auszuteilen. Das Thema verebbte schließlich im Familienklatsch. Am nächsten Tag fragte ich dich erneut, aber deine Zustimmung bekam ich nicht. Seither habe ich mich so unsichtbar gemacht wie die Musik in deinem Leben. Sind diese Briefe der erste Schritt dahin, meinen Weg zurück zu finden?

An einem Vormittag im November saß ich in einem Klassenzimmer des Musikgymnasiums in Katowice und schaute aus dem Fenster. Es schneite, die weißen Flocken verwandelten sich in Rinnsale, sowie sie auf der Scheibe auftrafen. Dann machte starker Wind ein Naturgemälde aus dem Ganzen.

Durch die Wasser- und Schneelandschaften blickte ich auf die gegenüberliegende Straßenseite, wo ein schmiedeeisernes Tor stand. Früher war dort ein Park gewesen. Über dem Tor tanzte ein rotes Banner mit kommunistischer Parole im Wind: *Proletarier aller Länder vereinigt euch!* Die feinen Schneeflocken legten sich auf den Stoff und machten die Worte unlesbar. Ich zählte die Eichen hinter dem Tor. Fünfzehn – eine Eiche für jedes Jahr meines Lebens.

»Fiktion wird manchmal zu Realität«, hörte ich die Lehrerin sagen. Und Realität wird manchmal zu Fiktion, drehte ich ihren Satz im Geiste um. Ich war mit den Gedanken bei Tolstois *Krieg und Frieden*, bei Moskau 1812, und dachte über Natascha Rostowa nach. In ihrem Leben steckte viel mehr als das, was sie daraus machte, davon war ich überzeugt. War das bei mir auch so? Die fünfzehn Bäume hinter dem Tor hatten Zeiten lange vor meiner Geburt miterlebt. Waren das schlesische oder polnische Bäume? Dass fünfzehn Bäume für einen Park ausreichten, deutete stark auf eine kommunistische Schöpfung hin. Tolstoi verpackte Zeitgeschichte in eine Erzählung von Liebe und Verrat. Authentische Menschen, darum ging es. Menschen, die verliebt waren, Menschen, die im Krieg umkamen, Helden und Feiglinge. Polen, Schlesien, Russland, Frankreich. Neidisch auf Nataschas starken Charakter, kopierte ich sie in der Schule und zu Hause. Sie wusste in meinem Alter schon so viel besser, was sie wollte. Und ich? Ich hatte schlaflose Nächte, weil ich den Wechsel von der Geige zur Bratsche als unüberwindliches Hindernis ansah.

»... Ev?« Das war die Stimme der Lehrerin.

»Ja?«

»Kannst du uns sagen, was ein Präludium ist?«

Ich hatte die Antwort schnell parat. Die Musiktheoriestunde ging weiter, und ich dachte weiter über Natascha nach. Bis die Lehrerin Musik auflegte. Die Klänge, die der Klasse sachte Leben einhauchten, machten mich sofort hellwach.

»Was ist das?«, fragte ich meine Sitznachbarin leise.

»Debussy … den Titel kann ich nicht aussprechen, aber es hat jedenfalls was mit einem Präludium zu tun«, sagte sie. Ich schaute zu dem Tisch hinüber, auf dem der Plattenspieler stand. Daneben lag die LP-Hülle: *Prélude à l'après-midi d'un faune* von Claude Debussy. Ich wiegte den Oberkörper, während ich den wechselnden Akkorden lauschte.

»Das waren die Bratschen«, sagte die Lehrerin.

Ich schaute auf. Die Bratsche war seit Tagen mein Thema. Warum wolltest du mir nicht erlauben, mit der Bratsche weiterzumachen? Du spieltest doch auch mehrere Instrumente?

Die Lehrerin sprach jetzt über *Pini di Roma* von Ottorino Respighi und *Peer Gynt* von Edvard Grieg. Es ging ihr nicht um die Stücke an sich, sondern um den Klang, die Stärken verschiedener Orchesterinstrumente und deren Zauber.

»Die Bratschengruppe ist im Orchester sehr wichtig. Ohne sie gäbe es keine vollständige Balance. Mal übernehmen die Bratschen eine Bassstimme, mal umfloren sie die Geigenlinie oder das Thema der Celli, und immer wieder bildet diese Gruppe das harmonische Herz der Streicher. Die Kontrabässe und die Celli sind der Sockel, die Geigen und die Bläser führen das große Wort, aber die Bratschen sind der Bauch, das Herz beziehungsweise der goldene Schnitt des Orchesters.«

Ich dachte an die vergangenen Tage, an meinen Geburtstag und die Gäste. Und an dein ›Nein‹ zur Bratsche. Warst du der Meinung, dass allen voran die Geige ein würdiges Instrument sei? Ich war nie davon überzeugt gewesen. Ich fand, das Klavier klang faszinierender und Blasinstrumente – insbesondere das Horn – natürlicher. Die Geige konnte in Ensembles leicht Streit bekommen, weil sie immer solitär sein wollte, die Bratsche dagegen war stets mittendrin, und das passte besser zu meinem Charakter. Der Einklang von Eigenart des Instruments und Persönlichkeit des Spielers schafft die Magie, die den Zuhörer berührt. Die größten Solisten waren derart ›organisch‹ mit ihren Instrumenten verbunden. Aber ich war mir nicht mal sicher, ob ich überhaupt Solistin werden wollte. Bei meiner Musik drehte es sich nicht um das Solospiel, sondern um Erzählungen und darum, einen Platz im Leben zu finden. Literatur durfte von dir aus nicht sein, und jetzt versuchtest du auch noch, mich von der Bratsche fernzuhalten. Für dich war die Geige insbesondere ihrer solistischen Ausstrahlung wegen interessant, aber ich gab, gerade wegen ihres harmonischen Klangs, intuitiv der Bratsche den Vorzug. Warst du deswegen so dagegen? Galt dir das Orchester nach all den Jahren immer noch weniger als das Solospiel?

Unsere Familie kümmerte mich nicht mehr, ich hatte dank der Bratsche eine neue Herausforderung gefunden: das Orchester. Mit anderen zusammen sein und musizieren, Teil eines Organismus sein, das stellte ich mir traumhaft vor. Kraft dieses Gedankens beschleunigte sich alles. Ich konnte dir nun trotzen.

Ich sehnte mich so sehr danach, in meinem Musikuniversum den ersten Schritt ohne dich zu tun, dass es mich nicht schlafen ließ. Doch ich hatte auch Angst davor: Was, wenn es mir nicht gelingt? Es machte mich ganz schwindlig, aber ich musste es versuchen. Und so beschloss ich, dich nie mehr um deine Zustimmung zu bitten.

Am Morgen nach meinem Geburtstag begrüßte ich dich freundlicher denn je. Zur Bratsche sagte ich kein Wort mehr. Mutter schon, sie konnte sich nicht damit abfinden, wie die Feier verlaufen war.

»Ich hatte dich noch so gebeten, nicht von dieser blöden Bratsche anzufangen«, sagte sie, als sie mir altes Brot mit Butter vor die Nase setzte.

»Keine Sorge, ich werde das nicht zulassen«, sagtest du zu ihr und zogst die Stirn in solche Falten, dass es aussah wie Einkerbungen in einer Holzskulptur. Du zündetest dir eine Zigarette an, inhaliertest tief, und erst als der Rauch aus deinem Mund kam, hast du mit mir gesprochen. »Was sollte das? Wolltest du mich lächerlich machen?«

Ich ließ das Butterbrot stehen, ging ins Wohnzimmer und öffnete den Schrank, in dem Mutter alle Papiere aufbewahrte. Das Schreiben von meinem Schuldirektor lag ganz oben, ich nahm mir noch einen Umschlag und dazu einen alten Brief von der Gemeinde und schob alles in meine Schultasche. Früher als gewöhnlich verließ ich das Haus und fuhr mit einem Bus eher zur Schule. Das Klassenzimmer war noch leer. Sorgsam nahm ich zuerst den Umschlag mit der vorgedruckten Einwilligungserklärung heraus und dann den alten Brief von der Gemeinde, der mit deiner Unterschrift versehen war. Zunächst übte ich noch etwas. Dann setzte ich deine Unterschrift in einem Zug auf die Einwilligungserklärung. Zufrieden faltete ich das Blatt zusammen und schob es in den sauberen Umschlag. Ich leckte die Verschlusslasche an, der Klebstoff schmeckte salzig. Noch bevor die erste Stunde begann, gab ich den Brief im Büro des Schulleiters ab.

Zwei Wochen später bekam ich meine erste Bratsche als Leihgabe von der Schule. Ich nahm sie mit nach Hause und begann zu üben. Du kamst ins Zimmer. Mit dem kalten Holz der Bratsche in der Hand stand ich da und zitterte vor Angst. Weißt du noch, wie du reagiert hast?

Du hast gelacht!

Nicht, weil ich meinen Willen durchgesetzt hatte. Du hast mich ausgelacht, weil ich so dumm war.

9

Ev liegt schon seit einer Weile wach im Bett. Aprilregen klopft leise ans Fenster. Sie liebt die frühen Morgenstunden, da man noch nicht an die Sonne glauben darf. Diese Woche wird sie Mozart spielen, eine Ausnahme unter den vielen romantischen und modernen Programmen. Sie freut sich auf die junge Italienerin, die diese Produktion dirigieren wird. Die Lust am Musizieren nimmt trotz der drohenden Entlassung nicht ab, aber Evs Unruhe wächst schon an. Die Tage beginnen und enden in unverändertem Tempo, sie verrichtet die gleichen Handlungen und lebt mehr denn je mit der Musik. Doch auf einmal hat sie genug von der Unsicherheit. Was sic braucht, ist eine Entscheidung, damit sie in innerem Einklang weiterleben kann. Und das Vertrauen darauf, dass noch alles gut werden könnte.

Aber da ist auch noch die Angst. Wenn sie nicht mehr im Orchester spielen darf, ist es um ihre Unabhängigkeit geschehen. Seit ihrem ersten Gehalt hat sie immer völlig selbstbestimmt schalten und walten können. Aber jetzt bezweifelt sie, dass das echte Freiheit ist.

Als Kind lebte sie in einer kleinen Traumwelt, die sich auf seelischer Ebene abspielte, in einer Welt, in der Wörter, Sprache und Geschichten ihr innere Freiheit gaben. Die Sprache fungierte als Raum, in dem sie sich ›aufladen‹ konnte und durch den das Leben leichter erschien. Die Literatur als unsichtbare Triebfeder, die sie auch nutzte, um mit der Musik weiterzumachen. Wann sind ihr die Farben ihrer intimsten Welt abhandengekommen? Sie hat es sich nie eingestanden, doch diese Gedanken zu verdrängen, fühlt sich wie Verrat an.

Sie hört Floris atmen, dreht das Gesicht zu ihm hin und lächelt. Sie schiebt den Kopf nah zu ihm, sie ist ihm dankbar, dass er seine Geschäftsreise um zwei Wochen verschoben hat. Aber morgen ist es so weit, er fährt nach Bergamo. Ein leeres Bett und einsame Abende, ihr graut davor. Aber so wie die Sonne nach einer Nacht wieder aufgeht, wird auch der Tag anbrechen, da alles anders wird.

Floris ist fast fertig, er kommt zu ihr in die Küche, trinkt zum Frühstück wie immer zwei Gläser Wasser im Stehen.

»Was spielst du diese Woche?«, fragt er.

Sie runzelt die Stirn, kann sich die Mozart-Stücke nicht ohne Weiteres ins Gedächtnis rufen.

»Eine Ouvertüre ... aber welche?« Sie denkt nach. »Ich musste an eine Geschichte denken, als ich sie gestern auf dem Dienstplan stehen sah.«

Floris füllt noch ein Glas Wasser und trinkt es in einem Zug aus.

»Ach ja, *Out of Africa*. Robert Redford und Meryl Streep, kennst du den Film?«

»Nein«, sagt Floris flüchtig.

»Sie sind in Afrika auf Safari.« Ev versetzt sich mühelos in die Geschichte hinein. »*In the middle of nowhere* schleppen sie ein altes Koffergrammofon mit sich herum. Sie haben nur eine einzige Platte: Mozarts Klarinettenkonzert. Das werden wir diese Woche spielen.«

Sofort hat sie das liebliche Adagio im Ohr und sieht die Schauspieler zum Horizont blicken.

»Was wünschst du dir zu deinem fünfzigsten? In einem Monat ist es schon so weit«, sagt Floris unvermittelt. Er zieht seinen Terminkalender hervor und reißt sie aus ihrem Tagtraum, zurück in die Küche.

Ev lacht auf. »Wie kannst du denn jetzt daran denken?«

Floris antwortet nicht. Ein paar Minuten später steht er bei seinem Auto. Ev bleibt an der Haustür stehen. Er winkt, bevor er einsteigt. »Mach dir ein paar gemütliche Tage und fang nicht an, Trübsal zu blasen, okay?«

Sie schließt die Hand zu einer Faust und reckt den Daumen hoch, während Floris wegfährt. Der Regen prasselt jetzt lauter auf die Steine. Sie wünschte, sie könnte die Zeit festhalten, damit sich die guten Tage wiederholen ließen, so wie man ein Musikstück immer wieder von Neuem einstudiert.

Vater, es mag dir entgangen sein, aber die westliche Welt drang bereits 1982 mit dem Tod des deutschen Komponisten Carl Orff in unsere kleine schlesische Welt vor. Auf einmal stand *Carmina Burana* in den Zeitungen, war es im Fernsehen zu sehen und dröhnte so gut wie jeden Tag aus dem Radio. Ich stand in der Küche, während einmal mehr *O Fortuna* dem Vormittag einen unheilschwangeren Anstrich verlieh. Mir drängte sich das Bild von einem römischen Tempel am Tiber auf, wo die Spenderin allen Glücks seit Jahrhunderten geehrt wurde. In ihrer rechten Hand ein Steinruder, zu ihren Füßen Kugel und Schicksalsrad und in ihrer linken Hand das übervolle Füllhorn, das mich an meinen ersten Schultag und die Zuckertüte erinnerte. Sollten die vielen Bonbons und Schokoladenplätzchen Symbol für Überfluss sein?

Ich schob die Hand in den Ärmel meines Mantels und betrachtete das von Mutter aufgenähte rote Emblem des Musikgymnasiums. Du saßt am Küchentisch und trankst Kaffee.

»Wenn du das Abitur schaffst, kriegst du ein kleines Auto von mir, und ich bezahl dir die Fahrstunden«, sagtest du. Du warst im Unterhemd. Dein Oberkörper sah muskulös aus, aber dein Bauch quoll dir aus der Hose. »Freust du dich nicht?«, haktest du nach. Dein Gesichtsausdruck hatte etwas Herausforderndes.

Ich hatte nicht vor, das Abitur ›zu schaffen‹, sondern ich war fest entschlossen, mir ein Abschlusszeugnis voller guter Noten zu sichern, das mir das Tor zum Konservatorium öffnen würde. Ich ließ deine Frage unbeantwortet und machte mich fertig, um zur Schule zu gehen.

»Aber was rede ich, du kriegst das ja sowieso nicht hin. Du willst etwas, was du nicht kannst, das wirst du schon noch merken«, hast du dann gesagt und geräuschvoll deinen Kaffee geschlürft. »Ich wusste von Anfang an, dass die Geige für dich zu schwierig ist«, hast du noch hinterhergeschickt. »Aber vielleicht führt ja die leichtere Schiene mit der Bratsche jetzt doch noch zum Erfolg. Weißt du, der eine hat, wonach der andere sein Leben lang sucht. Und du bist ein Typ, der es nie finden wird.«

Ein tiefes Rülpsen unterbrach dich kurz. »Ich meine es ernst: Führerschein und Auto ...«

Ich nahm rasch die Bratsche und knallte die Tür hinter mir zu. Trotzdem kam ich zu spät – deine Zweifel hatten mich schon in den Klauen. In mir zerriss etwas. Es war dir binnen weniger Minuten wieder einmal gelungen, meinen Ehrgeiz ins Wanken zu bringen. Warum ließ ich das stets zu?

Heute weiß ich, dass gerade Schranken andere Wege möglich machen. Aber damals war ich noch nicht so weit. Ich lernte wie eine Besessene. Nein, nicht um das Auto zu erhalten, sondern damit du nicht recht bekommen würdest.

Jeden Tag öffnete ich, noch bevor ich zur Schule ging, den Bratschenkasten, nahm den Bogen in die Hände, drehte an der Spannschraube am Frosch und spannte die Haare. Danach löste ich den Riemen vom Hals des Instruments, der verhindern soll, dass es im Kasten verrutscht. Mit einem Taschentuch aus dem kleinen Fach am linken unteren Ende säuberte ich die Saiten. Wenn ich die Bratsche unters Kinn legte, fühlte sie sich an wie eine Verlängerung meines Körpers. Meine Hände benötigten keine Gebrauchsanweisung, um den runden Klang hervorzubringen. Es ging von selbst. Ich stimmte die Saiten, zuerst mit den hölzernen Wirbeln und danach mit den metallenen Feinstimmern am schwarzen Saitenhalter nah bei meinem Kinn. Die Stimmung der vier Saiten liegt eine Quinte tiefer als bei der Geige. Die fünf Töne tiefer waren der Boden unter meinen Füßen, durch den ich in meinem natürlichen Register bleiben durfte. Wenn ich ein Viertelstündchen Tonleitern und Doppelgriffe gespielt hatte, kontrollierte ich immer noch den Stimmstock. Der Stimmstock, ein Holzstäbchen, das im Innern zwischen Decke und Boden geklemmt ist, sorgt für die Übertragung der Schwingungen und wird auch die ›Seele‹ des Instruments genannt.

Im Quartett sah ich Parallelen zu einer idealen Familie: Jeder hatte seinen eigenen Platz und bekam manchmal ein schönes Solo, während die anderen schwiegen oder ihn begleiteten. Der kleine Probenraum, in dem ich stundenlang übte, wurde für mich zum Tempel. Ich verließ die Schule erst, wenn es dunkel wurde. Und dennoch, ohne Bücher war ein Tag nicht komplett. Der Musik gab ich meine Seele, mit Erzählungen lud ich mich auf. Zu der Zeit hatte mich Joseph Conrads *Herz der Finsternis* aufgesogen. Marlow und seine Reise in den finsteren Kongo zählten zu meinen schlimmsten Albträumen. Noch heute fährt dieses Buch wie ein Messer in die dunkelsten Winkel meines Geistes. Conrad ließ mich glauben, dass alles möglich war. Könnte ich so weit von dir wegziehen, dass ich dich verlor?

Ich las die letzten Seiten von Conrads Roman am Küchentisch, doch in Gedanken war ich im Kongo. Auf der Buchseite erschienen Finger mit schwarzen Nagelrändern, und ich roch Dieselöl. Aber das war nicht Marlows Hand. Du warst es, der neben mir stand. Deine Finger krümmten sich, und du hast das Buch mit einem Ruck vom Tisch gefegt. Mit rot angelaufenem Gesicht und noch röteren Augen fingst du an zu schreien.

»Es ist halb zwei Uhr nachts, was zum Teufel tust du hier? Diese verdammten Bücher von dir! Ich werde sie allesamt verbrennen!« Der Alkoholdunst aus deinem Mund war so stark, dass ich zurückzuckte. Wie gelähmt sah ich zu, wie du die Seiten aus dem Buch gerissen hast.

»Lass das!« Lieber solltest du deine Aggressionen an mir auslassen.

»Worte bedeuten nichts, hörst du? Die größten Lügen sind Worte!«

»Warum ...«, setzte ich an.

»Die Kommunisten, Hitler, allesamt manipulieren sie die Menschen mit ihren Worten, willst du dir dein Leben verhunzen?«

Du hast geredet, ohne nachzudenken, und alles verdammt, was mein Innenleben so sehr bereicherte.

»Musik kann nie ein Trugschluss sein, Musik kann nicht

lügen oder betrügen, merk dir das, verdammt!«, hast du gepoltert. »Kapier das endlich, verflucht noch mal!«

Ich stand schon in der Küchentür, um ins Schlafzimmer zu gehen.

»Dauernd steckst du den Kopf in diese bescheuerten Bücher. Aber das Herz, hier«, du schlugst dir mit beiden Fäusten an die Brust, »hier ist das Zentrum des Lebens. Denken können wir alle, aber fühlen nicht.«

Keine zehn Minuten später lag ich im Bett, das ich mit Nina teilte. Mutters regelmäßiges Atmen zwei Meter von mir entfernt gab der Nacht einen Rhythmus. Ich hörte dich im Wohnzimmer auf und ab gehen. Mein Bauch krampfte sich zusammen. In meinem Kopf dröhnte Martinůs Konzert für Viola und Orchester.

Irgendwann hörte ich dich dann schnarchen, und ich stand leise auf und lief auf Zehenspitzen in die Küche. Die zerrissenen Seiten dort auf dem Boden fühlten sich für mich an wie ein verstümmelter Leichnam. Ich kniete mich hin, schob behutsam die versehrten Ränder aneinander, las die Sätze, die zusammengehörten, und streichelte das Papier.

10

Der erste Morgen ohne Floris fühlt sich immer seltsam an. Sie blickt auf sein leeres Bett und denkt an Iris, gestern Nachmittag in der Stadt. Sie haben ein Vermögen ausgegeben. Und dann hat sie Iris in eine Buchhandlung gezogen. Der Geruch von Papier und die Neuerscheinungen bekannter Autoren weckten das Verlangen, länger dort zu bleiben. Doch Iris war schnell fertig, und sie gingen weiter. Mit dem Bedürfnis, noch einmal allein in diesen Laden zu gehen, steht sie nun auf.

Im Wohnzimmer findet sie einen Italien-Reiseführer, den Floris hier gelassen hat. Seine Reise ist zu kurz für touristische Ausflüge. Ev blättert und liest etwas über Bergamos ganzen Stolz: Gaetano Donizetti. Floris und sie sind einmal zusammen dort gewesen und haben Donizettis Grab besucht. Der Italiener erinnert Ev stark an Mozart, mit der gleichen Leichtigkeit komponierte er seine Musik im Handumdrehen. Er schrieb über fünfundsechzig Opern und fast dreimal so viele Lieder, ein enorm umfangreiches Kammermusikwerk sowie sechzehn Sinfonien. Und er ist nur fünfzig geworden, die Zahl flimmert wie ein Neonlicht in ihrem Kopf. In drei Wochen wird sie fünfzig.

Fjodor schleppt einen graubraunen Spatz durch die Katzenklappe herein. Sie erschrickt über das Piepsen, der Anblick ist erbarmenswert.

»Schäm dich, Fjodor! Pfui, weg mit dir!«, ruft sie und versucht ihn wieder nach draußen zu bugsieren. Er lässt den Vogel fallen. Ob der noch zu retten ist? Sie nimmt einen Brotbeutel aus der Schublade, steckt die Hand hinein und hebt den Vogel damit hoch. Zwei schwarze Äuglein sehen sie an. Sie legt den Vogel vorsichtig auf eine Abdachung und hofft, dass Fjodor nicht dort hinkommt. Vielleicht kann der Vogel ja doch noch wegfliegen.

Drinnen wäscht sie sich die Hände mit Seife und hält sie lange unter den Warmwasserstrahl. Durch das Küchenfenster sieht sie einen Jungen die Straße hinunterradeln. Unweigerlich muss sie schmunzeln, denkt an Bo. Als er drei Tage nach ihrem Gespräch in Rotterdam anrief, um zu sagen, dass er nicht beim Konzert gewesen sei, hat sie nicht weiterzufragen gewagt. Er wird vorläufig bei seiner Mutter bleiben. Bo ist in der letzten Zeit nett zu ihr gewesen, geradezu kumpelhaft. Warum fällt es ihr so schwer, nicht zu urteilen? Weil sie nicht die ist, für die er sie hält? Ist sie eine Musikerin, der insgeheim mehr an Sprache und Worten liegt als an Musik und die sich nach fünfundvierzig Jahren berufsmäßigen Musizierens fragt, ob das der richtige Weg gewesen ist? Sie erschrickt darüber. Hat das nun etwas mit ihrer Anstellung zu tun oder mit ihrem Vater? Sie muss sich entscheiden, wie sie weiterleben will und ob sie die Tochter bleiben will, die nichts für ihren Vater übrighat.

Ihr Handy vibriert. Ein Foto von Floris erscheint auf dem Display. Er steht jetzt garantiert auf einer sonnigen Piazza Vecchia. Soll sie ihm erzählen, was sie gerade entdeckt hat? Und dass sie ihn vermisst? Doch sie schaut nur betreten auf das Handy, nein, sie muss allein damit fertig werden, Floris ist ihr Mann und nicht ihr Psychologe. Es ist schon fast neun Uhr, sie schiebt das Handy in ihre Tasche, zieht ihren Mantel an, nimmt die Bratsche und bricht zum Studio auf.

Wie kann es sein, dass sie zu früh dran ist? Es ist kaum ein Mensch da. Sie tritt an die Infotafel, die Probe fängt heute ausnahmsweise erst um zehn Uhr an, mit der dritten Sinfonie von Prokofjew, ihrer Lieblingssinfonie, die ursprünglich als Oper gedacht war. Ev öffnet ihren Koffer und nimmt die Bratsche heraus.

»Guten Morgen, Eveline.«

»Els.« Als sie sich umdreht, blickt sie in die veilchenblauen Augen der Mitarbeiterin von der Personalabteilung. Els ist jünger als sie, sie trägt ihr langes Haar in offenen Wellen ums Gesicht. Els verlagert ständig das Gewicht vom einen auf den anderen Fuß. Ev wirft einen Blick auf ihre samtroten Schuhe mit sehr hohen Absätzen.

»Wie geht's, Ev, alles gut?«

Das »Ja« will nicht heraus, Ev hat das Gefühl, Wolle in der Lunge zu haben und jeden Moment ersticken zu können.

»Möchtest du darüber reden?«, fragt Els.

»Worüber?«

»Über die Situation, und wie es dir geht.« Els legt die Hand auf Evs Schulter.

»Jetzt?«

»Ja, warum nicht?«, sagt Els.

Ev denkt an Prokofjew, an ihre Gedanken von heute früh. In ihrem Magen platzt ein Knoten. Bevor sie ein Wort sagen kann, kullern ihr Tränen übers Gesicht. Verflixt, das ist ihr gar nicht recht.

»Komm.« Els nimmt sie nun sanft beim Arm. »Wir gehen in mein Büro, nach oben.«

Warum lässt sie sich lammfromm wegführen? Sie legt die Bratsche in den Kasten zurück, doch sowie sie den ersten Schritt macht, wird ihr übel. Sie verlassen das Studio, Els mit beiden Händen auf ihren Schultern, sie schiebt sie weg, als ob sie nicht allein laufen könnte! Aber ihre Beine haben auf einmal kein Knochengerüst mehr, und ihr wird heiß. Nein, nicht wieder in Ohnmacht fallen, beschwört sie ihren Körper. Els hält sie wieder, als sie einen kühleren Raum betreten. Sie hört die Klimaanlage summen. Els' rote Schuhe tanzen um einen hohen Tisch, auf dem der Wasserkocher steht, und Ev bekommt eine Tasse Tee. Einen Moment lang ist Els ganz die Froschfrau, genauso lieb und fürsorglich, nur viel jünger und hübscher. Mit Verzögerung nimmt Ev wahr, dass Els etwas zu ihr sagt.

»Du brauchst Hilfe, Ev, das geht so nicht.«

Was meint sie, Ev versteht sie nicht, sie weiß sich doch prima selbst zu helfen.

»Ev?« Els zieht die Stirn in Falten. Nach einer kurzen Pause spricht sie weiter. »Weißt du, es ist sehr gut möglich, dass du deine Stellung behältst. Das UWV muss sich noch näher damit befassen, und deine Kollegen sind auch bereit, ihr Arbeitsverhältnis auf eine geringere Stundenzahl zu beschränken, damit so doch noch eine Möglichkeit für dich geschaffen wird.«

Was redet sie denn da? Wenn sie das sagt, um sie zu trösten, kann Ev gern darauf verzichten. »Aber ich stehe doch auf der Entlassungsliste, oder?«, sagt sie mit zu lauter Stimme.

»Das stimmt, das kann ich nicht leugnen. Aber was ich kann, ist, dir Alternativen aufzuzeigen und dich bei dem, wofür du dich entscheidest, zu betreuen.«

»Wofür ich mich entscheide? Habe ich auf einmal eine Wahl?«

»Die hat man immer.«

Blabla, denkt Ev und lässt sich tiefer in ihren Sessel sinken. Els erzählt jetzt von nicht verwirklichten Träumen und anderen Wegen. Jeder habe Träume, wiederholt sie ein ums andere Mal. Sie auch? Ev hört unwillkürlich zu. Ihre Träume sind auf dem Weg ins Erwachsenenleben gestrandet, haben sich verlaufen, sind zwischen Beruf und falschen Entscheidungen in einen Abgrund gefallen. Sie schließt die Augen. Eine gescheiterte Beziehung in Polen, ein schrecklicher Irrtum in Deutschland. Sie hat sich nie die Zeit genommen, sich mit ihren Träumen zu befassen. Dass sie die Musik zu ihrer Traumwelt gemacht hat, sagt mehr über sie aus als über die Realität.

»Was machst du gern in deiner Freizeit?«

»Kochen ... üben, mich um Fjodor kümmern, lesen, aber auch Einkäufe machen, zu Hause aufräumen oder gelegentlich im Garten arbeiten«, antwortet Ev mechanisch.

»Das meine ich nicht.« Els zwingt sie, besser nachzudenken. Mit einem Mal läuft die Zeit rückwärts, wie in einem Film, den man zurückspult. In früheren Jahren waren Sprache und Literatur ihr schlagendes Herz, und die Musik war ein vertrautes Gefühl, mit dem sie sich ihr Existenzrecht erobert hatte. Aber jetzt? Was kann sie sagen? Die Musik ist zur Routine geworden, Bücher liest sie nur noch hin und wieder, und Sprache findet bei ihr eher eine praktische Verwendung, als dass sie darüber ihr Leben zu vertiefen suchte. Was sind noch Herausforderungen für sie? Die Welt dreht sich automatisch weiter; aufstehen – essen – arbeiten – essen – üben – einkaufen oder saubermachen – kochen – essen – lesen oder fernsehen oder ins Kino gehen oder Freunde besuchen – schlafen. Bo ist eine Konstante im Hintergrund. Dann und wann ein netter Abend mit Iris oder Helga, dann und wann ein Ausflug mit Floris, Urlaubsreisen mit oder ohne Bo. Das wär's. Ein Muster, das von jedem sein könnte.

Els sieht sie interessiert an. »Warum sagst du nichts? Du musst nicht alles alleine tragen. Rede über das, was dich umtreibt, erzähl, worüber du dir das Hirn zermarterst.«

Haben Franka oder Wilma womöglich gesagt, dass sie nicht richtig funktioniert? Was soll sie tun? Es ist jetzt an ihr, etwas zu sagen. »Was soll ich mir darunter vorstellen?«, fragt Ev.

»Betreuung, Hilfe.« Els lächelt zum ersten Mal, steht auf und nimmt einige Broschüren aus ihrer Schreibtischschublade. Ev sieht sie sich nacheinander an, lehnt sich dann zurück und beginnt zu erzählen.

Ev ist erst spät zu Hause, sie fühlt sich unbeschwert, beinahe fröhlich. Soll sie etwas kochen? Keine Lust. Sie geht ins Badezimmer und wäscht sich die Hände. Els' Worte haben etwas in ihr losgelöst. Fjodor kommt zu ihr, stupst sie mit dem Köpfchen an, natürlich, er hat Hunger, sie hat vergessen, seinen Napf zu füllen.

Es regnet Bindfäden. Ihr Handy bleibt still. Soll sie zu Helga rübergehen? Der Abend ist noch jung, Ev greift zum Regenschirm.

Helga öffnet die Tür und strahlt, wirft mit einer dramatischen Gebärde die Arme hoch. »Komm rein!«

»Alles in Ordnung?« Ev runzelt die Stirn und tritt ein.

»Ich hab gerade mit Alice geskypet, wir hatten ein gutes Gespräch.«

Ev glaubt Helga kein Wort. Ihre Freundin kann sich kaum auf den Beinen halten.

»Schön«, sagt Ev möglichst ungezwungen und lächelt.

»Weiß?«

»Hattest du Nachtdienst?«

»Achtundvierzig Stunden hintereinander gearbeitet, ein Notfall, das ahnst du nicht.«

Ev bekommt ein volles Glas Weißwein. Helgas üppige Locken fallen ihr heute besonders auf. Wann ist sie selbst zum letzten Mal beim Friseur gewesen? Helgas Gebärden sind übertrieben, ihr Lächeln bleibt zu lange um den Mund haften. In der Wohnung herrscht ein einziges Durcheinander. »Hast du mit Alice auch hierüber geredet?« Ev tippt an das Weinglas.

»Trotz des Regens wird es draußen endlich wärmer«, murmelt Helga und setzt sich zu Ev.

Warum reagiert sie nicht auf Evs Frage?

»Als ich heute früh nach Hause kam«, sagt Helga, »war ich so müde, dass ich hier auf dem Sofa eingeschlafen bin. Hast du von dem Busunglück gehört? Lauter acht-, neunjährige Kinder. So was hab ich noch nie mitgemacht.«

Helgas knochige Hände bewegen sich hin und her. Die dicken Ränder unter ihren Augen sind mit Wimperntusche verschmiert.

»Wie geht es Alice? Kommt sie da drüben zurecht?«, fragt Ev. Sie wird von der senkrechten Furche zwischen Helgas Brauen abgelenkt, ist das eine Narbe? Ist ihr etwas entgangen? Nein, es ist nur eine Falte, die war schon immer da. Sie ist nur noch nie so tief gewesen.

»Hinter allem steckt immer eine Geschichte, nichts ist, was es zu sein scheint«, sinniert Helga. Ev ist sich nicht sicher, ob sie jetzt die Kinder aus dem Bus meint oder Alice.

»Ach, weißt du, ich kann auch gar nicht zusammenspinnen, dass es gut ginge«, sagt Helga verzweifelt. »Die beneidenswerte Willensstärke von Alice mag ihr in ihrem Job zupasskommen, privat aber weniger. Ich merke, dass sie … dass sie ungerührt bleibt. Wenn ich von ihrem Vater erzähle, sagt sie nichts. Sie hört zwar zu, aber mit ihrer Meinung hält sie hinter dem Berg. Dabei steht für mich fest, dass Mark sich scheiße verhält.«

Evs Glas steht noch unangerührt auf dem Tisch, als Helga ihres leert und sich nochmals einschenkt.

»Und Bo?«

»Also ist Alice keine Stütze für dich?«

»Ja und nein, aber das wusstest du ja schon.«

Ev greift endlich zu ihrem Glas. Worauf sollen sie anstoßen? »Auf das bessere Leben«, sagt sie und erzählt, dass Bos Mutter umgezogen sei. Als sie Floris' Unmut schildert, wird ihr bewusst, dass es sich dabei um Muster handelt. Denkmuster beschützender Eltern. So wird eine Geschichte daraus, die ihrer eigenen sehr nah liegt. Mit dem Unterschied, dass sie für Bo Partei ergreift. »Im Grunde frage ich mich, warum Floris Bo gegenüber nicht aufgeschlossener ist.«

Helga hört aufmerksam zu und antwortet erst nach einer Weile. »Floris hat wenig Einfluss auf den Jungen. Setzt er sich selbst unter Druck, oder kommt der von seiner Ex?«

Ev weiß nicht, was sie sagen soll. Er ist nicht der Vater, der er gerne wäre, davon ist sie überzeugt. Aber im Moment hat es schon den Anschein, als sei für Floris das Maß voll und als wolle er Bos Leben seinen Stempel aufdrücken.

Vater, warum hast du mir früher so zugesetzt? Je besser meine Leistungen in der Schule waren, desto geringer dein Interesse an mir. Traditionsgemäß veranstaltete das Musikgymnasium in Katowice ein Konzert für seine sechs besten Absolventen. Als ich von meinem Bratschenlehrer erfuhr, dass ich eine der sechs Glücklichen war, wusste ich nicht so recht, ob ich mich darüber freuen sollte. Wenn ich allein auf der Bühne stand, war die Magie des Zusammenspiels weg. Solo zu spielen oder den Ton anzugeben war das, was *dich* reizte, nicht mich.

Ich malte mir das Konzert aus, sollte ich dir meine Kunstfertigkeit vorführen, nur um dir den Mund zu schnüren? Denn dass es mich nach Kammermusik drängte, dass ich in einem professionellen Orchester einsprang und Sonstiges, was eben kein Solospiel war, hatte für dich »kommunistische Züge«.

An jenem freundlichen Maitag im Jahr 1983 lief ich von der Schule in der Straße des 27. Januar aus ins Stadtzentrum. Die Herrenhäuser aus der Zeit, da noch der Schönheit gehuldigt wurde, waren nun grau geworden. Die schlesischen Braun- und Steinkohlenbergwerke rund um die Hauptstadt Katowice pusteten ohne das geringste Bewusstsein für die Umweltverschmutzung den Kohlenstaub in die Luft. An sonnigen, windstillen Tagen wie diesem war die schmutzige Luft greifbar: Man konnte sie riechen, die Hände wurden schnell schmutzig, und die Nasenlöcher färbten sich nach einer halben Stunde im Freien dunkelgrau.

Ich ging auf die sonnige Seite der Straße hinüber und dachte an dich. Würde ich nicht einen Fehler machen, wenn ich eine sich bietende Gelegenheit ausschlug? So wie du es getan hattest? Ich war doch stolz, dass ich auf der Liste der sechs besten Instrumentalisten stand. Sollte ich nicht doch spielen? Zumal du, wenn ich es tat, nie mehr sagen könntest, ich könne es nicht.

Plötzlich war ich wieder vier Jahre alt und fühlte deine Hand, die sich in der Philharmonie um die meine schloss. Weißt du noch? Die Froschfrau, sie hat mich die gesamte Musikgrundschule über betreut wie eine gute Mutter. So lieb war sonst keiner zu mir. Nie habe ich dich gefragt, welche Rolle sie in deinem Leben spielte.

»Ich mach es nicht«, verkündete ich meinem Bratschenlehrer bei der nächsten Unterrichtsstunde.

Er setzte sich und sah mich an.

»Warum nicht?«, fragte er.

»Ich hab das nie gemocht. Solo spielen ist nichts für mich.«

Mein Lehrer lachte. »Sieh mal, früher war das so, das stimmt, aber jetzt stehst du nach zwölf Jahren vor einem ersten Abschluss deiner musikalischen Ausbildung. Du bist neunzehn geworden, vielleicht ist dieses Solo eine prima Gelegenheit, herauszufinden, ob das tatsächlich noch immer nichts für dich ist!«

»Ich weiß nicht«, antwortete ich ehrlich.

»Musizieren heißt auch, die Konfrontation suchen, du brauchst nicht mehr zu flüchten, du hast etwas erreicht und bist zu einer professionellen Musikerin geworden.« Er beugte sich näher zu mir. »Du kannst es, Ev, davon bin ich überzeugt.«

Ich dachte wieder an dich, Vater. Mit niedergeschlagenem Blick spielte ich mit meinen Fingern.

»Ev? Der Auftritt ist etwas Besonderes, du bist eine der Besten, wovor fürchtest du dich?«

Die Sonne hinter mir warf lange Schatten auf den Boden.

»Aber wenn du nicht willst, ist das auch kein Problem.« Mein Lehrer erhob sich, ging ans Pult und seufzte. »Was hast du für heute vorbereitet?«

Die ›Stunde‹ dauerte fast anderthalb Stunden. Wir nahmen die schwierigsten Passagen der Beethovenquartette unter die Lupe. Das war eine Wohltat für mich. Todmüde, aber glücklich wandte ich mich gleich im Anschluss, das Instrument noch in den Händen, im Überschwang der Gefühle an meinen Lehrer. »Ich … ich möchte doch in der Philharmonie spielen«, sagte ich.

»Gut so, Ev«, sagte er lachend, »Carpe diem!«

Mit dem Bratschenkasten auf dem Rücken schlenderte ich durch die Stadt. Die Abendsonne beschien die Häuserfassaden und hob die abgeschlagenen Ecken und tiefen Risse im Mauerwerk hervor. Ich genoss den Spaziergang. Im Kopf hörte ich noch die Themen der Quartette, und ich versuchte, alles zu verinnerlichen, was ich an diesem Tag gelernt hatte. Die feierliche Stimmung und das Gespräch mit meinem Lehrer verliehen mir den Mut, dich an diesem Abend mit der Neuigkeit von meinem Konzert in der Philharmonie zu überraschen. Doch als ich nach Hause kam, warst du nicht da.

»O nein, es wird doch hoffentlich nicht von uns erwartet, dass wir dabei sind, oder?«, fragte Mutter sofort. »Ich habe kein Kleid, das noch gut genug ist. Alle sind voller Ausbesserungen, und meine beste Bluse ist völlig verschossen.«

»Ich geh sowieso nicht mit«, rief Nina vom Wohnzimmer her, »todlangweilig, so ein Konzert.«

»Und wieso machen die das jetzt schon? Die Abschlusszeugnisse werden doch erst viel später überreicht, oder?«, fragte Mutter. »Könnte ja sein, dass sie sich vertan haben und du es doch nicht geschafft hast, stell dir vor, was für eine Schande!«

Ich hatte noch nicht mal die Gelegenheit bekommen zu sagen, wann das Konzert stattfinden würde. Ich hatte schon alle Prüfungen hinter mir und locker bestanden, mit lauter Bestnoten. Trotzdem glaubte Mutter genau wie du lieber an ein Versehen als an mich. Ich sagte nichts mehr.

Nina fand Bücher langweilig, und klassische Musik hielt sie für Trara. Ihre einzige Leidenschaft war das Schuleschwänzen. Sie war extravagant und bei ihren Altersgenossen beliebt. Ich nicht.

Leben heißt ein anderer sein, hatte ich kürzlich in Tagebuchaufzeichnungen von Fernando Pessoa gelesen, *du hast ein Leben drinnen, und du hast ein anderes Leben draußen.* Wie war Nina wirklich? Sie brauchte sich nicht gegen dich aufzulehnen, sie lebte außerhalb von deiner Welt, und obwohl sie eine großartige Singstimme besaß, kam dir nie der Gedanke, sie zur Musik zu zwingen. Oft war ich neidisch darauf, mit welcher Leichtigkeit Nina lebte. Wir waren zwei völlig andersartige Planeten in deinem Universum.

»Entweder gehen wir alle oder gar keiner«, entschied Mutter.

Nina kam in die Küche, schwer geschminkt.

»Ich hab meinen Freunden erzählt, dass du gerade deine Abschlussprüfung machst. Welches Thema hast du eigentlich fürs Mündliche gewählt?«, fragte Nina, während sie sich die Nägel feilte.

»Oper, die Verbindung von Wort und Gefühl in der Musik. Ich war so begeistert …«

»O Gott!« Nina brach in Gelächter aus, warf ihren langen Pferdeschwanz hin und her und lachte noch lauter. »Du bist echt nicht ganz dicht! Wer hört denn heute noch Oper? Wach auf, Karottenkopf, wir leben im Jahr 1983! Kein Mensch geht mehr in die Oper. Radio Luxemburg, Radio Hilversum – das ist die Musik, die die Leute mögen!«

»Hör auf.« Ich schämte mich für meine roten Haare, und das wusste sie. »Was verstehst du denn davon, und was meinst du mit ›die Leute‹, alle und jeden? Kennst du die ganze Welt? Dass deine Freunde nicht in die Oper gehen, ist ja klar …«

»Schluss jetzt!«, unterbrach Mutter uns. »Ihr zwei macht mich noch völlig verrückt!«

Und so ging es weiter.

Du kamst erst zwei Tage später wieder nach Hause. Seit dem nächtlichen Vorfall in der Küche, als ich Joseph Conrad gelesen hatte, warst du noch seltener daheim. Ich war so sehr aufs Üben für das Abschlusskonzert fokussiert, dass ich mich überhaupt nicht mit dir beschäftigte. Mutter sah schlecht aus, und da hielt ich es für unpassend zu fragen, ob du von meinem Konzert erfahren hattest. So ließ ich allem seinen Lauf.

Die Probenwoche für meinen Auftritt hatte begonnen. Am Dienstag musste ich schon um neun Uhr früh im Saal der Schlesischen Philharmonie sein. Von der ersten Minute an war mir unbehaglich dabei. Vor dem Orchester zu stehen, die Aufmerksamkeit der Musiker und des Dirigenten auf mich gerichtet, fiel mir schwer. Mein Lehrer versicherte mir, dass ich gut spielte.

»Du musst dich nur besser konzentrieren, das ist alles«, sagte er lachend.

»Aber wie?«, fragte ich.

»Es ist völlig normal, dass du dich nicht wohl dabei fühlst, es ist ja das erste Mal, dass du als Solistin mit dem Orchester zusammen spielst. Sei unbesorgt«, bagatellisierte er meine Bedenken.

Beunruhigt ging ich nach Hause. Dort war die Luft zum Schneiden. Du saßt mit Mutter am Tisch, aber ihr saht euch nicht an. Mutter zerknüllte ein nasses Taschentuch. Nina wollte eine Woche lang bei ihrer Freundin übernachten, weil deren Eltern im Ausland waren.

»Ich komm dir vielleicht doch zuhören, Jola findet's klasse, dass du in der Philharmonie auftrittst«, sagte Nina fröhlich, als sie mit gepackter Tasche in die Küche kam. Offenbar war es ein Charakterzug unserer Familie, dass wir allem voran die Dinge taten, die andere für gut befanden.

Ich lachte.

»Und du, Vater?«, fragte ich da gleich dich. Mein Herz klopfte so laut in meinen Ohren, dass ich fürchtete, deine Antwort würde mir entgehen.

»Ja, wir kommen«, sagte Mutter. Eine Träne kullerte ihr aus dem Augenwinkel über die Wange und tropfte auf den Tisch.

»Wann fängt das Konzert an, und die Wievielste bist du?« Deine Stimme war ruhig, und du wandtest dich mir zu.

»Kommst du wirklich?«, fragte ich, als genügte es mir nicht, es nur einmal zu hören.

Du nicktest ein deutliches »Ja«. Mutter streckte die Hand aus, über den ganzen Tisch hinweg, und berührte dich. Sie lächelte.

Hinter dem Podium war ein Loch im Vorhang, durch das ich den Zuschauerraum gut sehen konnte. Nina, ihre Freundin und Mutter stachen mir gleich ins Auge. Aber du warst nicht da. Ich suchte weiter. Fast alle Plätze waren besetzt. Noch fünf Minuten, dann würde das Konzert beginnen. Die Saaldiener schlossen die Türen, aber der Sitz neben Mutter war leer geblieben. Ein drückendes Gefühl in der Kehle trieb mir Tränen in die Augen, ich versuchte zu schlucken und schaute ein letztes Mal in den Saal. Du warst da! Warum saßt du drei Reihen hinter Mutter? Da erst sah ich die Frau neben dir. Mit der großen Brille und dem roten Mund fiel sie in ihrem grünen Kleid sehr auf. Die Froschfrau. Sie war älter geworden, trug die Haare etwas kürzer, aber sie zog mit ihrem Aussehen viel Aufmerksamkeit auf sich. Ich blickte auf ihre Hand auf deiner Wange, sie küsste dich.

Zwanzig Minuten später stand ich auf dem Podium. Der Oboist spielte ein a, und das Orchester begann zu stimmen. Ich sah meinen Lehrer und warf einen raschen Blick zu Mutter hinüber. Sie lächelte mir zu, der leere Sitz neben ihr brannte auf meiner Netzhaut. Nina schwatzte mit ihrer Freundin. In deine Richtung wagte ich nicht zu schauen.

Das Violakonzert von Dittersdorf hatte ich mir ausgesucht, ich war gut vorbereitet und hatte dadurch viel Raum im Kopf für andere Gedanken. Zu viel Raum. Konzentration, ermahnte ich mich, Bogeneinteilung, Klangfarbe, Rhythmus, hämmerte ich mir ein, während das Orchester schon die Introduktion spielte. Der Schweiß rann mir am Nacken hinab ins Kleid. Er kribbelte hinter meinen Ohren, doch ich zählte weiter Takt für Takt und widerstand der Versuchung, ihn wegzuwischen. Schnell, langsam, Sechzehntelläufe in F-Dur, Sprung, hier auf den Dirigenten achten, atmen – es strudelte in meinem Kopf. Einmal stand ich mit dem Gesicht zum Orchester da, als suchte ich das Zusammenspiel. Doch vergebens, ich musste solo spielen, erinnerte ich mich, also zurück zum Publikum. Ich hatte dein breites, hämisches Grinsen im Kopf, aber ich gab nicht auf. Als ich die letzte Note mit großer Gebärde nach oben abstrich, wusste ich: Das war einmal und nie wieder, das habe ich ein einziges Mal gemacht, für dich! Es war vorüber, ich strahlte. Ich hätte am liebsten geschrien: Siehst du nun, dass ich es kann?

Der Applaus war gewaltig, ich verbeugte mich graziös, und bevor ich die Blumen in Empfang nahm, schaute ich in deine Richtung. Die Froschfrau spendete mir eine stehende Ovation, aber der Sitz neben ihr war leer.

11

Als sie das Studiogebäude betritt, steht ihre gesamte Gruppe redend um den Kaffeetisch versammelt. Sie nimmt die Treppe, bei jedem Schritt tropft das Wasser von ihrem Bratschenkoffer auf den Boden. Sie ist bis auf den Pullover unter ihrem Mantel durchnässt. Ein kalter Schauer läuft ihr über den Rücken, sie lässt den Kasten im Studio stehen und sucht die Toilette auf. Die Hände unter dem Warmwasserstrahl, schaut sie in den Spiegel und fragt sich wieder einmal, ob ihre Kollegen womöglich über sie geredet haben.

Zurück im Studio schiebt sie sich ans Notenpult und blättert in Puccinis *Madama Butterfly*. Diese Musik ist pures Feuer, davon wird ihr bald warm werden.

Puccini ist nicht unbedingt ihr Lieblingskomponist. Sie findet ihn zu lautstark und exzessiv. Er lebte mal in unerträglicher

Armut, mal in himmlischem Wohlstand, seine Freunde waren mal Obdachlose, mal Prinzen. Den einen Tag ernährte er sich von Wasser und Brot, am nächsten war ihm selbst Kaviar mit Champagner nicht gut genug. Kaum zu ertragen und zugleich fantastisch. Das gilt auch für seine Musik: Die Arien dringen einem tief in die Seele, oder man hält sie für hysterische Seifenblasen. Er war nicht an Ausgewogenheit interessiert, und er hasste die Mittelmäßigkeit. Dennoch fehlt Ev die Subtilität, die Nuancierung in seiner Musik, sein musikalisches Schwarz-Weiß-Spiel überzeugt sie nicht. So lieblich Cio-Cio-San auch im ersten Akt *Quanto cielo! Quanto mar!* singt, Ev glaubt Puccini nach wie vor nicht.

Die Bratschenstimme umfasst neunundsechzig Seiten, die Blätter sind mit Anmerkungen und Korrekturen gespickt, die sie mit Bleistift eingetragen hat. Das Original darunter ist fast nicht mehr zu erkennen, die Noten sind kaum zu lesen. Unsauber. Unschön. Wenn der Dirigent jetzt noch Interpretationsanweisungen gibt, wird das eine Woche des Radierens.

Die Kollegen kommen aufs Podium gelaufen. Ev übt die vertrackten schnellen Läufe, während sie an ihr entlanggehen. Ihre Finger werden wärmer. Franka setzt sich auf den ersten Stuhl.

»Guten Morgen, Ev«, sagt sie sanfter als gewöhnlich, »ich habe mich gestern mit Kees über dich unterhalten.«

Ev fühlt trotz allen Fröstelns ihre Wangen glühen.

»Du brauchst nicht alles still zu erdulden, wir stehen geschlossen hinter dir. Ganz bestimmt!«

Ev ist sich nicht sicher, ob sie ihr dankbar sein soll. Franka lächelt sie an, als wollte sie sagen: Alles wird gut. Dann dreht sie sich um, und Ev sieht ihre langen, roten Locken, die ihr auf den Rücken fallen.

»Wir lassen dich nicht so einfach gehen«, sagt Arthur plötzlich neben ihr.

Ev weiß nicht recht, was sie mit diesen Worten anfangen soll. Sie sieht ihre Kollegen an. Die tun sich auch alle schwer, nicken ihr zu und versuchen sie anzulächeln. Spielen, denkt Ev, weitermachen, und sie drückt die Finger aufs Griffbrett. Sie klemmt sich die Bratsche so fest unters Kinn, dass ihr der Kiefer wehtut.

»Buongiorno, professori«, ruft der italienische Dirigent munter und sucht nach bekannten Gesichtern im Orchester, die er mit einem Augenzwinkern begrüßt. Es ist unverkennbar, dass er nicht zum ersten Mal vor diesem Orchester steht, aber sie kann sich nicht an ihn erinnern. Die Fröhlichkeit im Orchester will nicht dazu passen, dass nun alle in ihrer Gruppe von ihrer drohenden Entlassung wissen. Der Dirigentenstock wippt, und die Ouvertüre beginnt. Ev setzt mit einem beherzten Vibrato ein.

Mit den Gedanken wieder bei Puccini, stellt sie sich das japanische Mädchen vor. Wie alt mag sie sein? Sechzehn? Achtzehn? Ev weiß es nicht mehr. Der amerikanische Leutnant Pinkerton erscheint, und Cio-Cio-San verliebt sich bis über beide Ohren in ihn. Eigentlich eine sehr moderne Geschichte. Nichts anderes zählt mehr, das Mädchen gibt seinen Glauben und sich selbst auf, um den Amerikaner heiraten zu können. Dann nimmt alles einen unguten Verlauf. Pinkerton verschwindet, und Cio-Cio-San bleibt schwanger zurück. Antonio, der Dirigent, lässt die Hände sinken, das Orchester hört auf zu spielen.

»Man muss das als Musiker verstehen«, sagt er, »oder noch besser fühlen! Liebe und Illusion, das Schicksal, der Fluch und der Tod«, Antonio legt die Fingerkuppen aneinander, »das sind die fünf Motive von Cio-Cio-Sans Tragödie. Diese Leitmotive kehren regelmäßig wieder, sie erzählen die Geschichte. Die Herausforderung besteht darin, sie erkennbar zu machen, der Zuhörer muss die Zusammenhänge zwischen den Szenen herstellen. *Prego,* nicht immer auf die gleiche Weise spielen, stärker nuancieren. Wo wir jetzt aufgehört haben, befindet sich das Todesmotiv, *la morte,* das hören wir später auch in der Schlussszene. Bassi und Celli, ich würde hier düsterer einsetzen, Bratschen nicht *mezzoforte,* sondern *pianissimo* anfangen. Das *Crescendo* kommt erst im vierten Takt. Und die gesamte Stimme durchweg mit mehr als intensivem Vibrato, *molto vibrato, con amore, professori ...*«

»Er redet zu viel«, flüstert Arthur und radiert die alten Beschreibungen aus, »was für verschmierte Noten, sind die von ihm?«

Ev kehrt in die Geschichte zurück, sowie Antonio wieder den Takt angibt. Schnell beschleicht sie das altbekannte Gefühl. Immer wenn sie Puccini spielt, wird sie ärgerlich. Kitsch, dröhnt ein Urteil in ihrem Kopf, Gefühlszirkus. Und dann hört sie die Stimme ihres Vaters: *Du bist ein Krümelchen Gottes, mehr nicht. Bilde dir nicht ein, dass je mehr aus dir wird.* Was fällt ihr ein, den großen italienischen Komponisten zu bekritteln? Sie kann ja nicht mal ihre Stelle behalten.

Sie fühlt sich ausgebrannt. Puccini traute sich schon zu, mehr als nur ein *Krümelchen Gottes* zu sein. Sie ist missgünstig. Missgünstig und wütend, weil sie sich nichts traut. Sie hat keinen Mumm. Wenn sie an die Zukunft denkt, mangelt es ihr an Einbildungskraft. Nach dem eigenen Willen leben, ungeachtet der Meinung anderer – wie macht man das? Den Weg finden, an dem sie vor vielen Jahren vorübergegangen ist.

Als sie nach Hause kommt, trifft sie Bo in der Küche an, sie freut sich, ihn zu sehen. Er bestreicht ein Brot mit Butter, klatscht hastig eine Scheibe Käse darauf und begrüßt Ev mit einem Kuss auf die Wange. »Ich bin gleich wieder weg, es ist hoffentlich okay, dass ich mir was zu essen genommen hab.«

»Na klar!« Ev muss unmittelbar an das letzte Gespräch mit Helga denken.

»Mein Dozent hat für heute eine Jamsession organisiert.«

»Jazz? Hardrock? Blues?« Ev lacht.

»Jazz natürlich, es kommen ein paar Kollegen von ihm. Ich bin supernervös«, sagt er. Seine Wangen glühen, Ev hat ihn selten so aufgekratzt gesehen.

»Also alles gut?«

»Normal, wie immer ...«

Normal, das Wort, das er so spontan benutzt, lässt sie erschauern. Für sie hat das Wort eine andere Bedeutung bekommen. Was ist für sie noch normal? Sie arbeitet noch normal im Orchester, Floris ist normal auf Geschäftsreise, dass Iris sie jeden Tag anruft, ist auch schon ganz normal, das hat sie sonst nie gemacht. Helgas Scheidung nimmt ihren normalen Lauf. Dass Ev im Anschluss an die Proben mit Els spricht, scheint jetzt ebenfalls schon ganz normal zu sein. Aber so, wie Bo es sagt, klingt es positiv. Sie hatte fast vergessen, dass sich, was normal ist, auch gut anfühlen kann.

»Ich muss in einer halben Stunde dort sein.«

»Wenn es in Hilversum ist, bist du im Nu da.«

Aber Bo hört nicht zu. Er rennt nach oben, um seine elektrische Geige zu holen. Als er nach unten kommt, hat er sich den langen Koffer auf den Rücken geschnallt und trägt den kleinen Verstärker in einer Plastiktüte aus dem Supermarkt.

»Wie wohnt sich's in Rotterdam?«

Er wird plötzlich ernst. »Können wir ein andermal darüber reden? Ich muss jetzt echt los.«

»Ist gut, keine Sorge, ich hab auch mit deinem Vater schon ...«

»Er will nicht mit mir reden.«

»Das stimmt nicht, Bo, er arbeitet hart und ...«

»Ich muss jetzt los, sorry, ich will nicht zu spät kommen ...«

Die Tür fällt hinter ihm ins Schloss. Ev seufzt und geht in die Küche zurück. Die Schnitte Brot liegt noch auf der Arbeitsplatte. Ev nimmt sie und rennt nach draußen. Bo fährt gerade auf die Straße raus. Sie holt ihn im letzten Moment ein.

»Bo! Dein Brot!«

Er wendet und kommt zu ihr. »Danke.«

»Bo, ich möchte dir noch ...«, setzt sie an, aber weiß nicht weiter. Was will sie eigentlich sagen? Etwas Ermutigendes? Hat sie ein schlechtes Gewissen, weil sie Bo und seiner Situation in den Gesprächen mit Floris nicht die nötige Beachtung geschenkt hat? Sie sieht ihm kurz in die Augen. Keine roten Flecken in seinem Gesicht, kein Zucken um den Mund, sogar die Pickel sind zurückgegangen. Er lächelt sie an, tritt ungeduldig in die Pedale und radelt davon.

13

Vater, in Polen bist du immer ein Deutscher gewesen. Aber in deinem polnischen Pass stand der Vorname Jan und nicht Ernst oder – wie du dich selbst gern nanntest – Hans. Die drei Namen gehörten den drei verschiedenen Männern, die du je nach den Umständen spieltest: Hans war der elegante *Bonvivant* und *Womanizer,* Ernst der aufrechte Deutsche, ein Kommunistenhasser, der sich vom Regime unterdrückt fühlte und seine Heimat vermisste, und Jan war der, den du nach außen hin zur Schau getragen hast, der fröhliche Pole und Schlesier, der, nicht immer im Einklang mit den Regeln, tat, was er konnte, um zu überleben. Manchmal wusstest du selbst nicht mehr, welcher von den dreien du wirklich warst.

Ich habe es recherchiert, in deiner Geburtsurkunde steht Ernst. Du bist in Ruda Śląska geboren. Ruda bedeutet Erz, und śląsk schlesisch. Diese Großstadt liegt nicht weit von Katowice entfernt und war länger in deutscher als in polnischer Hand. Unter den Herrscherhäusern konnte ich Habsburger und Preußen finden, aber kein polnisches Geschlecht, das hier länger das Sagen hatte. Kein Wunder, dass viel Germanisches spürbar war. Noch Jahre nach dem Ersten Weltkrieg war die Bevölkerung in deiner Stadt gespalten: Ist hier nun Polen oder Deutschland? Eine Mehrheit sprach sich dann für den Anschluss an Polen aus. Deine Eltern gehörten zur Minderheit.

Dein deutsches Herz stritt sich mit der slawischen Seele, wie das westliche Deutschland mit dem kommunistischen Polen. Vorgeben, was man nicht hat und wer man nicht ist, wurde zu deinem Markenzeichen. Lügen machten deinen Charme und Lebensstil aus, und es gab keinen, der dir nicht glaubte. Die triste kommunistische Realität, in der jede Frage mit einem Nein beantwortet wurde, hast du mit einem Ja für alle farbenfreudiger zu machen gewusst. Für alle außer deiner eigenen Familie. Du warst der einzige Kraftfahrer in ganz Schlesien, der einen eigenen – ich meine privatisierten – Betrieb hatte. Das gab es damals nicht in Polen. Während deine Kollegen bei sozialistischen Betrieben angestellt waren, konntest du in einem orangeroten Bedford mit der Aufschrift MÖBELTRANSPORTE MÜLLER auf der Tür paradieren. Das fiel auf, zumal Grau die vorherrschende Farbe in der Stadt war.

Alles in diesem Lastwagen funktionierte nach britischen Normen, und der monolithische Kommunismus machte es unmöglich, an die kleinste Schraube zu kommen. Eine Zeit lang versuchtest du, dich klammheimlich allein zu behelfen. Und dann warst du erstaunlich kreativ dabei, Handwerker dahingehend zu beschwatzen, dass sie Ersatzteile für dich schmiedeten. Sie fertigten für dich die Schrauben in Inches, kriegten mit polnischen Erfindungen den Motor wieder in Gang und bogen Blechplatten zurecht, um die Karosserie aufzumöbeln. Die Beschränkungen des Systems zu hintertreiben, schweißte die Menschen zusammen.

Die drei abwechselnd benutzten Namen haben dir aus jeder Situation herausgeholfen. Natürlich hat mich als Kind nie der Gedanke beschäftigt, dass der Weg zu den besten Spezialisten immer über deren Frauen führte. Elegante Frauen, Ehegattinnen, Amüsierdamen, die du dir mit anderen teiltest. Deswegen gingst du am liebsten allein überallhin, ohne Mutter.

»Es muss doch jemand bei dir bleiben«, hast du einmal gesagt, als du dir vor dem Spiegel eine himmelblaue Krawatte aus reiner Seide unter den schneeweißen Kragen deines Oberhemds geknotet hast.

»Meinetwegen braucht Mama nicht zu Hause zu bleiben«, entgegnete ich, »ich bin fast achtzehn!«

Du hobst den Blick, als würdest du mich zum ersten Mal sehen. »Als ob das Alter bei dir eine Rolle spielt, du bist noch ein Kind!«

Ich verfolgte deine Bewegungen im Spiegel. Du warst für mich die große, unbekannte Welt. Aber du bliebst mir fremd, ein Mann, den ich Vater nannte. Wie die Männer, mit denen ich später eine Beziehung hatte. Lange habe ich in meinen Partnern unbewusst dein Ebenbild gesucht, und das hat eine Beziehung nach der anderen in die Brüche gehen lassen. Bis ich schließlich, längst erwachsen, Floris kennenlernte. Er war es, der mir aufzeigte, wie schmal der Grat zwischen Groll und Gewogenheit ist. Da erst habe ich begriffen, wie sehr du in allen meinen früheren Beziehungen präsent gewesen warst.

Als Kind hatte ich mir oft ausgemalt, es gäbe dich nicht, und mir statt deiner jemand anderes ausgedacht: eine gute Fee, eine beste Freundin und für später einen starken Mann, der verständnisvoll ist und mich liebt. Doch damals, als du vor dem Spiegel gestanden und einen Windsorknoten in deine Krawatte geschlungen hast, bekam ich einen Satz von dir zu hören, den ich nie mehr vergessen sollte.

»Wenn man im Leben etwas erreichen will, darf man keine Kinder bekommen. Sie sind ein großes Hindernis ... genau wie du es bist.«

Kurz darauf sagtest du mir, dass ich ein Versehen gewesen sei, nicht gewollt. Das verstand ich nicht gleich.

Ein paar Tage danach, an meinem Geburtstag, fragte ich noch einmal nach, was du gemeint hattest.

»Ich hätte lieber einen Sohn bekommen. Na ja, man kann nicht alles haben. Heute bist du nun schon achtzehn, wie schnell die Zeit vergeht.«

Versehen und Enttäuschung waren also Begriffe, die du mit meinem Dasein verbunden hast. Seit ich das wusste, habe ich dir nicht mehr alles geglaubt.

Nach diesem achtzehnten Geburtstag wurde mir bald klar, dass alles andere besser war, als zu Hause wohnen zu bleiben, wo ich mir jeden Tag aufs Neue eine Portion Liebe verdienen musste. Ich entschied mich daher ganz bewusst für das Konservatorium in Krakau. Die siebzig Kilometer Entfernung waren für mich eine wahre Befreiung.

Sonntag, 1. Oktober 1983. An diesem Tag würde mein neues Leben beginnen. Ich saß im Zug, meinen Umzugskoffer unter den Füßen und die Bratsche auf dem Schoß. Ein Mann mir gegenüber las die polnischsprachige *Gazeta Robotnicza*, eine der ältesten schlesischen Zeitungen. Ronald Reagan prangte auf der Titelseite, den Mund weit aufgerissen, die Überschrift des Artikels konnte ich gerade nicht sehen. In einem kleineren Abschnitt darunter stand, dass Joanna Andrzejewska, die Schwester eines gewissen Leszek Andrzejewski, wegen »aktiver Anwesenheit bei einer illegalen Zusammenkunft von Studenten in Siedlce« zu einer Gefängnisstrafe und obendrein noch einem Bußgeld von 16.000 Złoty verurteilt worden sei. Ich wusste nicht, um wen es hier ging, aber schon, dass 16.000 Złoty ziemlich genau einem durchschnittlichen Monatslohn entsprachen. Umgerechnet etwa 20 Dollar, eine mir unerreichbar scheinende Summe. Der Mann faltete die Zeitung zusammen, schob sie in seinen Aktenkoffer, lehnte sich zurück und schloss die Augen.

Der Wagen ruckelte, draußen gab die Sonne ihr Bestes, um den Betonblocks mit dem entlang den Mauern in die Höhe geschossenen Unkraut ein fröhlicheres Aussehen zu verleihen. Ich war jetzt auch Studentin geworden, aber durfte ich darauf stolz sein? In den Zeitungen wurden Studenten mit unangepasstem Verhalten verbunden. Nach dem Motto: Wissen führt zu Dekadenz.

Mir war plötzlich zumute, als verstieße ich gegen die guten Sitten. Nach der Verhängung des Ausnahmezustands, der erst im Juli 1983 aufgehoben worden war, gab es eine feindselige Propaganda gegen Universitäten und akademische Bildung. War ein Bergarbeiter ein besserer Bürger als ich? Fest stand, dass ich mich mit meiner Ausbildung für einen Weg entschieden hatte, der keinen Rückhalt in der Gesellschaft genoss. Zum ersten

Mal wurde mir klar, dass selbstständiges Denken und Wissen für mich zu primären Lebensbedürfnissen geworden waren. Dank deiner Flunkereien in Bezug auf deine Herkunft und dem Austricksen polnischer Gesetze ging mir auf, dass Wissen sehr wohl einen Einfluss auf Entscheidungen hat.

Der Zug fuhr jetzt schneller, die Betonbauten machten grünen Wäldern und weiten Wiesen Platz. Die Sonne verschwand. Und doch hatte ich den Eindruck, dass die Welt heiterer wurde. Inzwischen hatten wir Schlesien hinter uns gelassen. Ich konnte es gar nicht erwarten, Krakau kennenzulernen. Neugierig fragte ich mich, wie wohl das Zimmer im Studentenwohnheim aussah, mit wem ich es teilen würde, und das Wichtigste: Konnte ich die Musik auch ohne dich in meinem Leben lieben?

Krakau, einst die Hauptstadt Polens, war schon immer das intellektuelle Zentrum des Landes gewesen. Hier hatte man nur eine Identität: die polnische. Hier war ich einfach Polin, den schlesischen Dialekt brauchte ich nicht mehr. Diese Einheit von Sprache und Gedanken, das Gefühl, dass in diesem Moment niemand Vorurteile gegen mich hatte und es keinen Besserwisser gab, der mir sagte, wie ich zu leben hatte, ließ mich überschäumen vor Glück.

In den ersten Monaten sagte ich mir, dass ich das Wort ›Enttäuschung‹ aus meinem Leben verbannen und mich dann der Angst stellen musste, nicht gut genug zu sein. Um das zu erreichen, übte ich viele Stunden am Tag. Mein Dozent kam alle zwei Monate aus Paris und unterrichtete uns jeweils halbe Tage lang. Das war angenehm intensiv, man spielte, und die Musik ging ins Blut. Alles Übrige erarbeitete ich mir mit seiner Assistentin. Es lief gut, schon bald gehörte ich zu den besten der studierenden Musiker und arbeitete mich in der Kammermusikwelt nach oben. Dennoch befiel mich regelmäßig Mutlosigkeit, denn in mir blieb etwas leer, und diese Leere schmerzte bei jedem Gedanken an zu Hause, an dich. Um den Schmerz zu lindern, las ich. Erst in der Stille der Bibliothek, mit einem Buch über eine Welt, die der meinen fern war, ließ der Schmerz nach. In der Stille, nicht in der Musik. Als ob die Noten nur Betäubungsmittel waren, die Literatur dagegen die richtige Arznei. Hatte die Musik für mich auf einmal ihren Sinn verloren?

Meine ersten erwachsenen Schritte begannen mir einen Bärendienst zu erweisen. Über meine Herkunft und die Vergangenheit redete ich so wenig wie möglich. Weit mehr identifizierte ich mich mit meinen Erfolgen, klammerte mich an die Bratsche und bereitete aus der Musik den Boden unter meinen Füßen und den Himmel über meinem Kopf. Ehe ich mich's versah, war ich auch mal Ernst, mal Hans, mal Jan – nur auf meine eigene Weise. Und mit einem Mal wurde ich wahrgenommen, respektiert und bewundert.

Es war im Dezember 1983, kurz vor Weihnachten. Im Anschluss an ein Konzert in der Filharmonia Krakowska, wo wir drei der sieben Streichquartette von Grażyna Bacewicz gespielt hatten, gingen wir, alle vier Musiker des Quartetts, noch kurz in eine Kneipe. Die Beleuchtung dort drinnen war spärlich, auf den Tischen lagen dunkelgrüne Tischtücher mit weißen Deckchen in der Mitte, auf denen Kunstnelken in Plastikväschen prangten. Kunstnelken, kein Weihnachtsschmuck. Wir bestellten eine Flasche süßen Wermut und setzten uns. Mit schmelzenden Schneeflocken im Haar unterhielten wir uns über das Konzert. Als die Flasche leer war, gingen die erste und die zweite Geigerin nach Hause. Ich blieb mit dem Cellisten am Tisch sitzen.

»Kennst du die Bilder von Kantor?«, fragte er mich.

»Von wem?«

»Von Tadeusz Kantor, einem hier fast verbotenen Künstler, der im Ausland Erfolg hat.«

»Im Ausland?«, fragte ich. »Warum nicht bei uns? Und warum müsste ich ihn kennen?«

Der Cellist seufzte, stützte beide Ellenbogen auf den Tisch und rieb sich die Hände.

»Du spielst gut, besser als die anderen hier, und dennoch bleibst du der Musik fern.«

Mir verschlug es die Sprache.

»Das ist schade«, fuhr er fort. »Musik ist mehr als Klang und geschriebene Noten. Es braucht noch etwas anderes, wenn du die Musik zu deinem Leben machen willst. Malerei, Literatur, Theater, aber vor allem dein eigenes Leben. Alles, was du hier siehst und hörst, wird von anderen bestimmt. Man merkt es nicht mal. Kantor ist in Polen verpönt, weil er die Grenzen überschreitet. Es geht mir nicht um Schönheit, es geht darum, dass man bei sich ist. Kantors Sprache ist keine Zeichnung oder ein Gemälde, sondern die von ihm bei anderen herbeigeführte Assoziation.«

Wirres Zeug, dachte ich. »Was soll ich denn machen?«

»Da sein, Ev! Da sein, statt nur was zu probieren oder auszuführen. Auch – oder gerade – wenn du spielst! Wer bist du? Warum bist du? Und was willst du in deinem Leben mit der Bratsche?«

12

Das Studio ist voll besetzt. Die Mittagskonzerte sind immer gut besucht. Aber heute ist sie zu müde, um mit Spaß bei der Sache zu sein, die Gespräche mit Els erschöpfen sie, sie braucht Ruhe. Auf der Bühne muss sie ein Gähnen unterdrücken. Am liebsten würde sie jetzt aufstehen und gehen, aber der Dirigent springt schon auf sein Podium. Sie legt den Bogen auf die Saite. Lass die Musik anfangen, vielleicht hilft das. Tschaikowskys sechste Sinfonie, ein Werk, das sie tief bewegt. Aber nicht heute. Die Finger verrichten schon ihre Arbeit, das Problem ist ihr Kopf. Um ihre Sinne zu schärfen, spürt sie der Geschichte hinter der *Pathétique* nach. Heute will es ihr nicht gelingen, die Kraft der schwankenden Emotionen in die klagenden Melodielinien zu übersetzen. Neun Tage nach der Premiere war Tschaikowsky tot. Vergiftet, sagt die Historie.

Das Gift in ihrem Körper ist heute die Müdigkeit. Ihr Spiel fühlt sich an, als schwimme sie gegen den Strom. Es geht, aber wahres Musizieren ist es nicht. Der erste Satz ist vorbei. Der zweite Satz will ein Walzer sein, doch in einem ungebräuchlichen Fünfvierteltakt, sie muss mit dem Kopf dabeibleiben. Jetzt beginnt der dritte Satz mit seinem Marschcharakter. Als der Ausbruch von Blechbläsern und Pauken seinen Höhepunkt erreicht, endet dieser Satz. Applaus, das Publikum denkt, es sei das Ende des Konzerts. Doch jetzt sofort, *attacca,* setzt das düstere Finale ein. Als hätte Tschaikowsky hier sein Ende nahen gefühlt.

Sie hat nun sechs Takte Pause zu zählen. Es ist fast geschafft, sie seufzt leise auf und lässt die Arme sinken. Die Pauke, die Tschaikowskys Herzschlag nachahmt, kriecht ihr unter die Haut. Sie zählt, doch die Müdigkeit ist zu groß, sie fürchtet, die Konzentration zu verlieren. Ihr Blick wandert über das Publikum. Ein lächelndes Gesicht sticht hervor. Ein junger Mann, die Leute links und rechts von ihm haben alle graue Haare. Der eine lauscht mit geschlossenen Augen, der andere mit konzentriertem Blick auf das Orchester. Sie schaut wieder zu dem jungen Mann. Er sieht Bo ähnlich. Es dauert etwas, bis ihr aufgeht, dass er es tatsächlich ist. Die Takte der Ruhe sind vorüber, sie spielt wieder, und doch steigt ihr Adrenalin, was macht er hier? Müsste er nicht in der Schule sein? Die Musik geht weiter, endlich der Schlussapplaus. Der Dirigent wird noch ein paarmal zurückgerufen und verbeugt sich, der Orchestermanager überreicht ihm, wie immer bei den Mittagskonzerten, ein Fläschchen Wein anstelle von Blumen. Als alles vorüber ist, sieht Ev Bo winken. Das Grinsen hat er immer noch im Gesicht.

»Boah, was für ein Getöse«, sagt er, als er bei ihr steht. Ev klemmt sich die Bratsche unter den Arm, ihre Kollegen gehen zu beiden Seiten vom Podium ab.

»Was machst du denn hier, Bo?«

»Sie wollen mich!« Er sieht sie an, als hätte er eine Million gewonnen.

»Wer? Was meinst du?«

»Jazzgeige, Konservatorium, weißt du noch?« Sein Grinsen wird noch breiter.

»Und das sagst du jetzt erst? Mensch, toll! In Amsterdam?«

»Ja, ich hab's gerade erfahren. Ich komme für eine studienvorbereitende Ausbildung in Betracht. Für die richtige Aufnahmeprüfung muss ich erst den Schulabschluss haben.«

»Ich bin echt stolz auf dich, hast du ein bisschen Zeit?« Der Gedanke an ihren Mittagsschlaf ist auf einmal wie weggewischt. »Wir könnten in den *Jonge Haan* gehen, das ist ganz in der Nähe, ich will alles hören.«

Der braune Tisch ist klebrig, der über die beiden Kaffeebecher fallende Sonnenstrahl zieht eine scharfe Linie zwischen ihnen. Die Schlagsahne auf Evs Apfelkuchen, den sie nicht so schnell verdrücken kann, zerfließt und tropft vom Teller auf den Tisch.

»Schon viel, was jetzt plötzlich alles passiert, hm?«

»Du bist die Erste, die es erfährt.« Bos Grinsen liegt wie festgeleimt um seinen Mund.

»Hast du es denn deiner Mutter noch nicht erzählt?«

»Nein, die kapiert das nicht.«

Ev spießt wieder ein Stückchen Kuchen auf ihre Gabel. »Würde ich an ihrer Stelle auch nicht kapieren.«

»Warum sagst du denn das?« Bos Stimme klingt plötzlich

unwirsch, »du weißt doch, wie es ist! Ich will da nicht bleiben. Schon gar nicht mit diesem Freund von ihr.«

»Ach, ich dachte gerade, du wärst froh, wieder bei deiner Mutter zu wohnen.« Der Apfelkuchen schmeckt ihr nicht, aber sie isst weiter. Als das Grüppchen junger Männer vom Nebentisch geht, wird es merklich ruhiger um sie herum. »Rotterdam ist übrigens eine spannende Stadt.«

Bo streckt die langen Beine unter dem Tisch aus, sein Teller ist leer, er lehnt sich nach hinten.

»Wir wollten hier doch meine neue Karriere feiern, ich dachte, du freust dich für mich.«

Ev lacht. »Erzähl, wie ist das alles gelaufen?«

Es dauert ein wenig, bis er sich gefangen hat, aber kaum, dass er wieder über Musik redet, ist seine Aufgekratztheit ganz zurück. Alle seine Zweifel sind im Nu wie weggeblasen. Noch vor ein paar Wochen war er ein ganz anderer Junge, er wirkt wie ausgewechselt. Ev hört zu und lacht. Aber klingt das nicht alles zu glatt? Zu schön? Sie unterdrückt ihr aufkeimendes Misstrauen.

»Mit der Theorie hab ich offensichtlich weniger Probleme als die andern. Nur die Praxis, daran muss ich arbeiten.«

»Hört sich so an, als müsstest du dich da mächtig ins Zeug legen.«

»Deshalb bin ich heute auch zu dir gekommen.« Er wartet kurz mit seinem nächsten Satz. »Mit meiner Mutter kann ich nicht darüber reden«, sagt er vorsichtig, »aber wäre es möglich, dass ich doch wieder zu euch ziehe?«

»Das wäre naheliegend, scheint mir, mit der Schule in Hilversum und später in Amsterdam, aber du wirst verstehen, dass ich das nicht allein entscheiden kann.«

»Ich will das jetzt echt.«

»Das brauchst du mir nicht zu erzählen.«

»Sowohl die Aufnahmeprüfung als auch die Ausbildung sind mit Kosten verbunden. Mein Lehrer hat das erst mal vorgestreckt, aber ich muss es ihm natürlich zurückzahlen.«

Ev sieht, wie Bo auf einmal über seine eigenen Worte erschrickt. »Meinst du, ich kann Pa darum bitten?«

Vater, dass du in allem, was ich tat, der Rahmen für mich warst, wurde mir erst in Krakau klar. In der Nacht nach dem Gespräch mit dem Cellisten konnte ich nicht schlafen. Ich hatte dich zu meiner Grenzlinie gemacht und verkleinerte damit mein Fassungsvermögen. Am Tag darauf übte ich noch länger. Am Tag danach auch. Der grau werdende Schnee auf den Stufen des Konservatoriums war die einzige Reminiszenz an die Weihnachtszeit. Weit und breit kein geschmückter Baum, keine Lichter in den Fenstern. Weihnachten feierte man damals in den eigenen vier Wänden, nicht auf der Straße. Die Geschäfte hatten ohnehin nichts zu bieten, man kaufte auf Lebensmittelmarken ein. Zweihundert Gramm Fleisch pro Monat. Ich ernährte mich von süßen Brötchen, Kartoffeln und hin und wieder einem Zipfel Wurst. An die traditionelle Hanfsuppe oder Karpfen mochte ich nun gar nicht denken, deine Traditionen verbannte ich aus meinem System. Die Bibliothek war mein neues Domizil. Ich forschte der Musik nach und dem Gehalt der Worte, die ich vom Cellisten gehört hatte.

In der stillen Zeit zwischen Weihnachten und Neujahr gönnte ich mir längere Besuche in der Krakauer Bibliothek, wo ich mich in die Briefe von Gustave Flaubert und das Paris der Jahre 1857 und 1863 vertiefte.

»Lesen Sie Montaigne, lesen Sie ihn langsam und in Ruhe!«, schrieb Flaubert an seine Freundin, die Schriftstellerin Leroyer de Chantepie. »(...) Nicht wie ein Kind, um sich zu amüsieren, und nicht wie die Ehrgeizigen, um sich zu belehren. Nein, lesen Sie, um zu leben. Schaffen Sie Ihrem Geist eine intellektuelle Atmosphäre, die aus der Emanation aller großen Geister bestehen wird. (...) Und wenn Sie etwas langweilt, müssen Sie sich darin festbeißen.«

Er korrespondierte neunzehn Jahre lang mit dieser Frau. Waren sie ein Paar? Seine Worte trafen mich. Ich las sie immer wieder. Aus dem letzten Satz machte ich für mich: Und wenn du etwas nicht begreifst, musst du dich darin festbeißen.

Anschließend eilte ich zur Ausleihe, um mir Montaigne zu besorgen.

»Den haben wir nur auf Französisch«, sagte die Frau dort lächelnd.

»Macht nichts«, erwiderte ich. Auch wenn ich nichts davon verstehen würde, konnte ich immerhin mit den Fingerspitzen an den Sätzen entlangfahren und seine Gedanken berühren.

»Das Buch dürfen Sie aber nicht mitnehmen.« Das Lächeln der Frau wirkte jetzt triumphierend.

»Aber ich kann es doch hier lesen, oder?«

»Können Sie denn Französisch?« Die Frau zog nun die Augenbrauen hoch und musterte mich von Kopf bis Fuß. »Wie heißen Sie?«

»Eveline Müller.«

»Müller?« Sie schnappte demonstrativ nach Luft. »Müller, Deutsche also?«

»Nein, Polin«, sagte ich leise und wusste selber nicht, ob ich nun gelogen hatte oder nicht.

»Das kann nicht sein, niemand in Polen heißt Müller mit ü. Sie griff nun zu einem großen Formular und begann zu schreiben. »Geburtsdatum, Namen der Eltern und Adresse.«

Sprachlos starrte ich sie an.

»Warum?« Endlich hatte ich meine Stimme wieder. »Damit ich hier ein Buch lesen kann? Und Sie haben ja meinen Studentenausweis, genügt das nicht?«

»Ob das genügt oder nicht, bestimme immer noch ich, junge Dame. Wenn Sie sich dem widersetzen, rufe ich die Polizei.«

Polizei, dachte ich, als ob ich etwas gestohlen hätte. Ich beschloss, nichts mehr zu fragen, und gab ihr, was sie haben wollte. Als sie nach ein paar Minuten fertig war, schickte sie mich zum Lesetisch zurück.

»Und das Buch?«, fragte ich.

»Welches Buch?«

»Die französischen Essays.«

»Wie gesagt habe ich nur ein einziges Exemplar, und das ist auf Französisch. Wenn Sie an dem Genre interessiert sind, habe ich auch glänzende Essays von Lenin und Marx und Engels.«

»Montaigne«, unterbrach ich sie, »ich möchte das Buch gerne einsehen.«

»Was hat denn das für einen Nutzen, wenn Sie die Sprache nicht beherrschen?«

Ich hätte am liebsten geschrien, dass sie das nichts angehe, aber ich sagte nur: »Bitte.«

»Setzen Sie sich, ich komme gleich zu Ihnen.«

Sie machte noch weitere Notizen, erhob sich und verließ den Saal. Die kommt nie wieder, war mein erster Gedanke, als ich sie hinter der hohen Tür verschwinden sah, und ich werde zur Strafe eingesperrt. Der Lesesaal war völlig leer. Um mir die Wartezeit und auch ein wenig, um mein Unbehagen zu vertreiben, las ich wieder in Flauberts Briefen. Ich war ungefähr zehn Seiten weiter, als sich dieselbe hohe Tür öffnete und zwei Männer in grauen Wintermänteln auf mich zukamen. Die Frau von der Ausleihe blieb an der Tür stehen.

»Eveline Müller?«, fragte der Mann, der sich links neben mich gestellt hatte.

Ich nickte.

»Kommen Sie mal mit.« Der Mann trug ein kleines Hütchen, das ihm tief über die Augen gerutscht war. Von der Krempe tropfte geschmolzener Schnee.

Jetzt kam die Frau herüber.

»Es geht auch hier, es ist ja sonst niemand da, die anderen Räume sind geschlossen.«

Wir setzten uns an einen anderen Tisch. Die Männer wollten wissen, warum ich an ausländischer Literatur interessiert sei und was mich mit Frankreich verbinde. Ich erzählte von Flaubert und meiner Bratsche. Sie sahen keinen Zusammenhang zwischen mir und der französischen Sprache.

»Sie lügen«, konstatierte der Mann, der das Wort führte. Ich sollte mit auf die Polizeiwache.

»Warum?«, fragte ich ängstlich.

»Weil Sie die Mitarbeiterin beleidigt haben und sich weigern, die Werke Lenins zu lesen.«

Ich blieb sitzen und konnte nichts mehr sagen. Kafka, dachte ich, das ist kafkaesk. Plötzlich bauten die Männer sich links und rechts von mir auf, und ich fühlte ihre Hände auf meinen Armen. Ich wurde abgeführt wie eine Kriminelle. Draußen schneite es so heftig, dass sie ihr Auto suchen mussten. Sie schoben mich vor sich her. Ich musste so schnell gehen, dass ich die aus meinem Mund kommenden Wölkchen wieder einatmete, zusammen mit dem Schnee.

Anstelle von Montaigne bekam ich eine Eintragung ins Strafregister. Und mir wurde untersagt, je wieder ein Buch aus dieser Bibliothek auszuleihen.

Nach den Weihnachtsferien beschloss ich, ein weiteres Fach zu belegen: Französisch. Der Reichtum an neuen Lauten und Worten machte mich hungrig. Hungrig auf ein Land, in dem es – so Flaubert – nach Lavendel duftete, das Essen köstlich und der Wein ein Erlebnis war. Aber vor allem auf ein Land, das Freiheit atmete. Wo man – so meine Meinung – nicht ohne Weiteres bestraft wurde für das, was man sagte.

Ich übte nun weniger auf der Bratsche, sondern blieb nächtelang auf, um mir die französische Sprache anzueignen. Die Nacht war zu meinem Tag und der Tag zu meiner Nacht geworden. Aber es tat sich noch etwas. Ich kam mit einer Barbara, einer Ella und einem Marek in Berührung, deren Lebensgeschichten und Meinungen mich bewegten. Und sie zeigten aufrichtiges Interesse an mir und mochten mich, was neu für mich war. Barbara lud mich zu einer Familienfeier ein, Ella holte mich jeden Tag ab, und wir gingen zusammen zum Konservatorium. Und mit Marek konnte ich endlos über Bücher reden. Sie schämten sich nicht für mich und räumten alle meine Zweifel aus.

Doch mein wachsendes Selbstvertrauen hatte auch eine Kehrseite. Blauäugig lief ich dem gefährlichen Übermut in die Arme und vergaß das Rüstzeug, das ich von zu Hause mitbekommen hatte: Bescheidenheit.

Es gab einen Dozenten, Gustav, der mir nicht nur viel Beachtung schenkte, sondern mich auch immer wieder spüren ließ, dass ich für ihn etwas Besonderes war. Zum ersten Mal in meinem Leben sah jemand in mir vor allem meine Pluspunkte.

Gustavs Frau hatte einen Monat zuvor einen Jungen zur Welt gebracht.

»Herzlichen Glückwunsch noch«, sagte ich, als ich es hörte. Die Kammermusikstunde war zu Ende, ich stand auf und legte mein Instrument in den Kasten. Gustav kam zu mir herüber.

»Vielen Dank, aber ich weiß nicht so recht, ob ich mich darüber freuen soll.« Er sagte es, ohne zu lächeln.

»Tja, Kinder, das ist nicht jedermanns Sache«, wiederholte ich einen Satz, den ich oft von meiner Mutter gehört hatte. Meine Kehle war trocken, betreten senkte ich den Blick auf die Saiten. »Ich wusste nicht mal, dass Sie …«

»Du, sag einfach Gustav zu mir.« Er stand jetzt ganz nah und fasste meine Hand. »Für dich bin ich Gustav, ich bin ja gar nicht so viel älter als du.«

Elf Jahre älter, ich hatte schon herausgefunden, dass er elf Jahre älter war. Mit einiger Verzögerung wurde mir bewusst, dass ich an der Reihe war, etwas zu sagen.

13

Es ist fast ein Uhr nachts, aber Ev liegt noch hellwach. Floris muss noch einen Tag länger in Bergamo bleiben. Wegen heftigen Sturms sind alle Flüge abgesagt worden. Der nächste Flieger nach Amsterdam würde erst am frühen Morgen gehen, sagte er, er wisse noch nicht, wann genau. Seine Hälfte vom Bett ist leer, sie legt die Hand auf sein Kissen. Sie denkt an das, was Els zu ihr gesagt hat: Warum versuchst du nicht, etwas aufzuschreiben? Allein schon, um die Gedanken in deinem Kopf zu ordnen. »Was hältst du davon?«, flüstert Ev ins Dunkel, als läge Floris neben ihr. Sie weiß, was er antworten könnte. »Alles wird gut«, lautet Floris' Rezept, wenn er keine Antwort weiß. Aber damit würde sie sich heute nicht zufriedengeben, sie lässt sich nicht mehr vertrösten.

»Wann hast du dir zum letzten Mal etwas wirklich gewünscht?«, hat Els sie neulich gefragt. Kleidung? Nein. Auf modische Taschen oder Markenschuhe ist sie schon längst nicht mehr erpicht. Das Haus, in dem sie jetzt wohnt, ist schöner und größer als nötig, sie fährt ihr eigenes Auto und besitzt von allem mehr als genug. Aber materielle Zufriedenheit macht noch nicht das wahre Leben aus.

Ihr kommt plötzlich der Gedanke, dass ihr ganzes Leben auf eine einzige Seite passen würde. Die Höhepunkte in einen einzigen Satz. In ein paar Wochen wird sie fünfzig, das ist ein halbes Jahrhundert.

»Du musst dir überlegen, womit du weiterhin deine Tage verbringen möchtest«, hört sie wieder Els' Worte. »Du hast eine Chance bekommen, Ev, eine Chance nachzudenken: Passt mein Leben noch zu mir?«

Fjodor kratzt an der Tür. Sie steht auf und lässt ihn herein. Er springt sofort aufs Bett. Sowie sie sich wieder hingelegt hat, drückt er sich an ihren Bauch. Dankbar legt sie die Hand auf sein Fell und fühlt sein kleines Herz pochen. Mit der anderen Hand greift sie zu ihrem Handy. Die letzte Nachricht von Floris kam gestern Abend um Viertel vor elf. Sie wischt auf der Suche nach der App von Radio 4 über das Display. Als sie den Sender antippt, schweben die Klänge einer Geige leise in die Nacht herein. Dann setzen die tiefen Streicher mit ihrer Erzählung ein. Ein berückendes Hornsolo schlägt ein neues Kapitel auf, andere Bläser versuchen, miteinander ins Gespräch zu kommen, was nicht so ganz gelingt, bis sie, endlich vereint, gemeinsam ein Fanfarensignal spielen. Danach überträgt ein Sopran die Musik *a cappella* in Worte. Auf Englisch. Ev versucht, das Stück einzuordnen. Wer könnte das komponiert haben? Klangfarbe und

Struktur sind anmutig, die Beschleunigungen des Rhythmus bleiben trotz der Intensität wohldosiert. Das Ganze hat eine Expressivität und Spannung, die Theaterszenarien wachrufen. Die kontrastierende Spielweise hat etwas Spannendes, der Sopran schwebt ganz allein zwischen den wechselnden Dissonanzen von Streichern und Bläsern. Ob Fjodor auch Musik hört? Im Anschluss verrät eine Männerstimme, dass sie eine Komposition von Sofia Gubaidulina gehört hat: *Hommage à T.S. Eliot*.

Für Eliot hat sie früher geschwärmt. Sie sieht das Foto aus ihrem Gedichtband noch vor sich, wie er, der unter einem beidseitigen Leistenbruch litt, im Sessel saß, die Pfeife in der Hand. Er inspirierte sie, sein Umgang mit der Sprache weckte in ihr die Sehnsucht, Schriftstellerin zu werden. Aber worin besteht der Metabolismus künstlerischen Schaffens? Welche Prozesse laufen im Künstler ab, wenn er oder sie Gedanken in Schöpfung umsetzt? Wann wird Erlebtes transformiert in künstlerischen Ausdruck? Sprache war ihrem Empfinden nach ein Mittel, die Wirklichkeit erträglich zu machen. Darin meinte sie den Kern des wahren Lebens zu erkennen. Als Teenager schrieb sie schlechte Gedichte, romantische Ergüsse und Schulgeschichten mit manch zweideutiger pubertärer Szene. Sie kann sich noch an einen Zustand der Einkapselung erinnern, als sie selbst zu schreiben versuchte. Je mehr sie las, desto intensiver schrieb sie. Es fühlte sich an, als flöge sie mit ihrer Seele und tanzte zur Musik, die sie spielte. Doch als ihre Eltern ihre Schriften entdeckten, war alles vorbei. Nun kontrollierte ihre Mutter jeden Tag ihre Schultasche, und ihr Vater verbot ihr zu lesen und zu schreiben.

»... den Fokus Eliots auf den Klang, den er eine *auditory imagination* nannte«, erzählt der Radiosprecher. »Gubaidulina ließ sich von der Bewegung der Zeit und der Suche nach der Neuschöpfung in seinen Gedichten inspirieren.«

Auf einmal fällt Ev ein, dass ihre Eliot-Ausgabe noch im Regal stehen müsste. Sie schwingt die Beine über die Bettkante und steht auf. Fjodor dreht sich herum und springt aus dem Bett. Auf der Treppe wird ihr schwindlig.

Unten hört sie von der Straße her Lärm, streitende Stimmen. Sie wirft einen schnellen Blick auf die Uhr, zehn vor zwei, macht das Licht aus und stellt sich ans Fenster. Da liegt etwas oder jemand auf der Straße. Ein Junge, mit dem Rücken zu ihr. Ein paar Meter weiter sieht sie ein Fahrrad liegen, dessen Reifen sich in der Luft drehen. Zu beiden Seiten davon scheint die Straße leer zu sein. Der Junge versucht sich aufzurichten, sackt aber wieder auf den Boden.

»Bo.« Ev durchfährt ein Heidenschreck, als sie sein Profil erkennt. »O mein Gott.«

Mit einem Sprung ist sie an der Haustür und eine Sekunde später bei ihm.

»Bo, was ist passiert?«, ruft sie.

»Was?«, murmelt er.

Er wälzt sich auf dem Asphalt.

Schock, denkt Ev, er hat einen Schock.

»Komm, kannst du aufstehen? Vorsichtig.«

»Mein Fahrrad«, sagt er plötzlich.

»Das hole ich gleich«, sagt sie.

»Scheiße, mein Bein, das tut weh.« Er sagt es mit gepresster Stimme. »Bist du allein? Wo ist Pa?«

»Er ist nicht da«, sagt Ev.

Bo lässt sich auf die Seite kippen und versucht auf Hände und Füße zu kommen. Es gelingt ihm, langsam rappelt er sich hoch. Er wankt, fasst Evs Hand, und gemeinsam gehen sie zum Haus. Als sie es betreten, vergisst sie das Fahrrad, das immer noch auf der Straße liegt.

Drinnen macht sie Licht.

»Hilfe, bloß nicht«, ruft Bo mit verzerrtem Gesicht und dreht sich schnell von der Lichtquelle weg.

»Ich rufe einen Krankenwagen.«

»Nein, bitte …« Seine Stimme überschlägt sich, und er fasst von Neuem ihre Hand.

»Und wenn du innere Blutungen hast?«

»Bestimmt nicht, ich bin nur vom Rad gefallen«, sagt Bo und lässt ihre Hand los, »nichts weiter …«

»Das ist gelogen, Bo, ich habe deutlich gehört, dass du dich mit jemandem gestritten hast.«

»Ich … ich …«

»Weiß deine Mutter, dass du hier bist?« Womöglich steht seine Mutter sonst noch hier vor der Tür.

Bo zögert, aber dann nickt er. »Ja, ich hatte heute Abend einen Auftritt in Hilversum, sie wartet nicht auf mich.«

»Warum hast du uns nichts gesagt?« Ev hat die neuesten Entwicklungen offenbar nicht mitbekommen.

Weshalb schlenkert er so seltsam mit den Armen? Als ob sein Körper aus unabhängigen Teilen besteht. Seine stark geweiteten Pupillen fallen ihr auch auf. Hat er getrunken? Sie riecht keinen Alkohol.

»Aber wo ist Pa?«

»Das hattest du schon gefragt. In Italien, weißt du nicht mehr? Wo hast du gespielt?«

»Typisch Floris, mal wieder nicht zu Hause«, murmelt Bo. »Darf ich ein Glas Wasser haben?«

Ev holt tief Luft und geht in die Küche. Zurück im Wohnzimmer sieht sie Bo nervös in seiner Hosentasche kramen.

»Hier«, sagt sie. Es dauert ein paar Sekunden, bis er mitbekommt, dass sie neben ihm steht.

»Mann ... was für ein Hirni ... so ein *Halouf«,* sagt er vor sich hin und trinkt das Wasser in einem Zug aus.

»Wer? Was heißt Halouf? Was bedeutet das?«

Bo spielt noch kurz mit dem leeren Glas in seinen Händen und stellt es dann auf den Tisch. »Darf ich hier schlafen?«

»Das brauchst du doch nicht zu fragen«, sagt sie, aber so selbstverständlich fühlt es sich nicht an.

Bo fährt sich mit den Händen durch die Haare, die sofort wieder Stand haben. »Ich hab ... Wir haben uns gezofft.«

»Du und Floris?«

»Yep.«

Bo lacht auf. »Weißt du, was er gesagt hat? Nur über meine Leiche!«

Ev fühlt sich machtlos. So kennt sie Floris nicht, falls Bo denn wirklich ihn meint. Bos Reaktionen wirken befremdlich. Ev seufzt verärgert: »Wo sind deine Geige und alle anderen Sachen?«

Doch Bo ruft immer wieder: »Was?« Seine unzusammenhängende, wirre Geschichte ist mit Schimpfwörtern gespickt. Ev versucht zu begreifen, was sie da hört. Bo hatte den Auftrag, mit ein paar anderen Musikern einen Abend lang bei Teije zu spielen. Aber wer Teije ist und wo der Auftritt stattgefunden hat, kann Bo nicht erklären.

»Das hast du nicht zum ersten Mal gemacht, oder?« Ev hat so eine Vermutung, was mit ihm los ist.

»Einer hatte einen Joint dabei, ich kiffe sonst nie, aber ich dachte ...Bloß ... es dauerte eine Weile, bis ich mein Fahrrad finden konnte.«

Bo ist benebelt und durcheinander. Er verliert immer wieder den Faden.

»Mein Pa hatte eine Idee«, Bo lacht und reibt sich mit den Händen übers Gesicht, »er meinte, ich könnte natürlich gerne fiedeln, wie er es schimpfte, wenn ich zuerst einen anständigen Beruf lernen würde. Dann bezahlt er mir alles und ...«

Plötzlich bricht er ab und sein Kopf knickt auf die Brust runter. Ev gerät in Panik und legt ihm vorsichtig die Hand auf die Stirn.

»Das war nur zum Spaß, nichts passiert, ich konnte mitkommen, kein Problem, weißt du? Echt geil gejammt ...«, fährt er auf einmal fort.

Ev wird böse. Nicht nur Bo, sondern auch Floris hat ihr nichts von dem Gespräch erzählt. Wollte er sie wegen der Spannungen bei ihrer Arbeit damit verschonen?

»Wann hattet ihr denn dieses Gespräch?«

»Und dann ging's schief.« Bo bekommt einen Schluckauf, sein ganzer Leib wird alle paar Worte durchgeschüttelt. »Da kam mir ein Auto entgegen, und da bin ich plötzlich hingeknallt. Der Idiot war betrunken, ist doch klar.«

»Hast du mehr als einen Joint geraucht?«

»Kleines bisschen nur.«

13

Vater, ich brauche es dir eigentlich nicht zu sagen, aber Gustav war das genaue Gegenteil von dir. Und ja, ich hätte es besser wissen müssen, aber ich war verrückt nach ihm. Mit ihm an meiner Seite wurde ich zu einer ganz anderen. Er war der erste Mensch, der mein Leben schöner machte. Zusammen zu musizieren war ein sinnliches Erlebnis. Sogar die kommunistische Tristesse wusste er mit Humor zu umschiffen.

»Dein Leben muss flach wie eine Schreibtischplatte sein, erst dann kannst du dem, was du erschaffst, Tiefe verleihen«, paraphrasierte er meinen geliebten Flaubert. Mit ihm war mein Leben übersichtlich und von tiefem Glück erfüllt. Das Glück hat ganze vier Monate gedauert. Ohne es zu merken, gerieten wir erst langsam, dann immer schneller in eine fatale Abwärtsspirale. Wir konnten nicht mehr ohne einander sein, und die gemeinsamen Stunden fühlten sich so wahrhaftig an, dass ich mich nicht einen Augenblick einer Verfehlung schuldig fühlte. Doch meine Freundin Barbara nannte unsere Beziehung einen Skandal. Ich hatte keinen Schimmer von den ungeschriebenen Gesetzen und Codes, die das Zusammenleben hier bestimmten.

›Unser‹ Skandal entwickelte eine Eigendynamik. Ich erhielt ein Schreiben, dass ich das Konservatorium binnen zwei Monaten zu verlassen hätte. Darunter stand nur ein Wort: Dekanat, ohne Unterschrift. Ein Grund für meinen Rauswurf wurde nicht genannt. Ich spürte, wie mir die Glut ins Gesicht stieg, nahm, so schnell ich konnte, meinen Mantel und marschierte zum Konservatorium. Zwanzig Minuten später stand ich im Dekanatszimmer. In der Ecke saß eine Sekretärin an einem Holztisch mit schwarzer Leselampe. Als ich zu ihr trat, tippte sie ihre Hornbrille an, deren obere Ränder spitz nach oben zuliefen. Als dann ihre Augen zu flackern begannen, musste ich an einen Schmetterling denken.

»Was wünschen Sie?«, fragte sie.

»Was soll das hier?«, erwiderte ich, legte ihr den Brief vor die Nase und schlug mit der flachen Hand auf den Tisch. »Letzte Woche habe ich für dieses Konservatorium noch den ersten Preis im Nationalen Bratschenwettbewerb gewonnen. Ist das der Dank?«

»Gustav darf auch nicht bleiben«, sagte sie.

»Was hat denn Gustav damit zu tun?« Ich stellte mich dumm.

»Schlampe«, zischte die Sekretärin.

»Das hätte uns im Westen niemals passieren können«, sagte Gustav, als wir uns am Abend darauf – natürlich heimlich – trafen.

Das Wort ›Westen‹ war für uns zum Synonym für Glück, Verheißung und Paradies geworden, dort konnte nur alles gut gehen. Wir hatten ja in Polen keinen Einblick, wie das Leben jenseits des Eisernen Vorhangs tatsächlich aussah. Doch gerade weil die kommunistische Regierung den Westen ins schlechteste Licht rückte, waren wir heilig von einem besseren Dasein dort überzeugt.

»Lass uns weggehen«, sagte ich fröhlich. Seit ich Gustav kannte, liebäugelte ich mit dem Außenseitertum, getragen von einem naiven Vertrauen ins Dasein, von der Vorstellung, dass irgendwo doch alles möglich sei. Ich wollte noch so viel sagen, fragen, doch Gustavs Schweigen verunsicherte mich. Warum sagte er nichts? Warum blieb er so auf Abstand? Auf einmal befiel mich die Angst, dass wir nicht dasselbe wollten. Er reagierte nicht auf meine Versuche, seine Hand zu ergreifen, ja drehte sich sogar von mir weg.

»Du bist ja Expertin in Sachen Hölle«, sagte er. Mit geschlossenen Augen lauschte ich seinen Anschuldigungen. Das klang nicht so, als dächte er noch mit der gleichen Inbrunst an uns wie ich. Und dann vernahm ich seine Schritte. Sie entfernten sich hörbar und immer schneller. Bitte nicht, geh jetzt nicht weg, schluchzte ich lautlos. Ich öffnete die Augen erst, als es ganz still geworden war.

Erneut wurde meine Bratsche zu meinem Halt. Ich mietete mir unweit vom Konservatorium ein kleines Zimmer, das einer Zelle glich. Einen Monat lang spielte ich von früh bis spät, ohne ein Ziel zu haben. Ich verstand die Welt nicht mehr, in allen Fächern hatte ich Bestnoten, ich war die Jahrgangsbeste, aber das schien keinerlei Bedeutung zu haben. Im Gegenteil.

Schon länger hatte ich gemerkt, dass meine Freunde mir aus dem Weg gingen, ich wurde in nichts mehr einbezogen, und in der Mensa standen sie vom Tisch auf, bevor ich mich setzte.

Warum hatte ich das nicht kommen sehen?

Andererseits: Was ging die anderen mein Privatleben an?

Am Konservatorium arbeiteten etliche Ehepaare. Ich hatte mir oft ausgemalt, wie Gustav und ich zusammen hingehen würden, er zu seinen Studenten, ich zu den meinen. Aus dieser Idealvorstellung ist nie etwas geworden.

Er wollte mich Knall auf Fall nicht mehr sehen.

Mir nichts, dir nichts. Oder auch nicht, denn er war zu seiner Frau zurückgegangen.

Ich arbeitete noch härter, bewarb mich immer wieder anderswo, um endgültig aus Krakau wegzukommen. Dennoch interessierte mich nicht, was werden würde, wenn ich die Aufnahmeprüfung bestand. Es war Kunst um der Kunst willen. Die Bratsche fungierte als Betäubungsmittel, und zugleich wollte ich beweisen, dass ich zu etwas taugte.

Tag für Tag harrte ich auf Post. Und dann kam ein an mich adressierter großer weißer Umschlag mit meinem Namen darauf. Verblüfft las ich, dass man mich zum Internationalen Musikwettbewerb der ARD in München zugelassen hatte. In München, im heiligen Westen. Meine Gedanken wanderten automatisch zu Gustav. Ich hätte es ihm so gern erzählt. Und ich musste daran denken, was er zu mir gesagt hatte: »Das könnte uns im Westen niemals passieren.« Doch jetzt zweifelte ich. Konnte uns das im Westen niemals passieren, weil es dort unmöglich war, oder konnte uns das im Westen niemals passieren, weil unsere Liebe zerstört war?

Als ich so mit dem Brief in der Hand dastand, wurde mir

klar, dass ich immer noch auf Gustav wartete. Ich glaubte eher, dass er sich besinnen und zu mir zurückkommen würde, als dass meine Zukunft im Westen lag. Also beschloss ich, nicht nach München zu gehen. Warum sollte ich? Erfolg zählte im Leben sowieso nichts, das hatte ich ja gerade in Krakau erfahren.

In einer Anwandlung, die im Widerstreit von Leidenschaft und Beseelung mit Wut und Zorn begründet lag, dachte ich zum ersten Mal daran, nach Katowice, nach Hause zurückzukehren. Ich erwog, mich dort am Konservatorium für die Zulassungsprüfung zum zweiten Studienjahr zu bewerben. Trotz allem fühlte ich mich stark. Ich wollte nicht, dass mein Studium den Bach runterging, weil die Beziehung zu Gustav zerbrochen war, und genauso wenig ließ ich zu, dass meine Beschämung und der Streit mit dir, Vater, dazu beitrugen. Wenn ich damals noch an etwas glaubte, dann an die Musik. Ich war fest entschlossen, eine Gewinnerin und keine Verliererin zu sein.

Die Überlegung hatte auch noch einen anderen Hintergrund: Ich wurde mir bewusst, wie abhängig ich von diesem Umstand war. Von wegen Freiheit. Verwundbar, wie ich war, wollte ich an den vertrauten Platz am Notenständer zurück, zur Bratsche, wo ich mich als Schülerin den Händen eines Lehrmeisters anvertrauen konnte. Der Dozent als Vaterfigur.

Ich bekam die Einladung zur Prüfung. Jener Mittwoch war sonnig und warm. Ein Tag, an dem alles möglich ist. Der Hauptbahnhof von Katowice war noch genau so wie in meiner Kinderzeit. Erstaunt schaute ich mich um: Die Stadt, die Menschen, die Gerüche und die triste Armut, die in Krakau weit weniger vorhanden waren, fühlten sich so vertraut an, dass es mir vorkam, als wäre ich nie weg gewesen.

Hätten wir damals ein Telefon gehabt, hätte ich zu Hause angerufen, dass ich da war. Aber der Kommunismus florierte, man bekam in den Läden nicht einmal etwas zu essen. Meterlange Reihen von Flaschen mit weißem Essig und trübem Rapsöl waren die einzigen Lebensmittel in den Supermärkten. Jeder bekam einmal im Monat Lebensmittelmarken, doch die hundert Gramm Schokolade oder das Kilo Fleisch und Wurst, die einem zustanden, waren ohnehin nicht erhältlich. Die Geschäfte waren leer. Man konnte sich glücklich schätzen, wenn man einen Bergarbeiter in der Familie hatte, weil der von allem die doppelte Ration bekam. Reine Propaganda: Wer hart arbeitete, durfte gut essen. Gehörte man jedoch einer Berufsgruppe an, in der nicht die körperliche Arbeit vorherrschte, galt man im Prinzip als Parasit. Ein Telefon war ein unerreichbarer Luxus, es sei denn, man war politisch tätig oder bei der *Milicja*, der Polizei.

Ich hielt mich also in der Stadt auf, ohne dass du oder Mutter etwas davon wussten. Ich hatte noch vier Stunden Zeit bis zur Prüfung. Nachdem ich eine Stunde lang durch die Straßen geschlendert war, hatte ich Lust auf einen Imbiss. Ich steuerte das *Kryształowa* an, eines der besseren Cafés in der Stadt. Als der Ober mir einen hohen Glasbecher mit rosarotem *Kisiel*, einem kalten Gelee aus gefärbtem Zucker, Kartoffelstärke und Wasser, vor die Nase stellte, sah ich in einer Nische mir schräg gegenüber am anderen Ende des Gastraums dich sitzen. Vor dir stand eine Sektschale mit viel zu viel Eis darin. Dein Name an diesem Tag war Hans. Die Frau, deren Hand du küsstest, saß mit dem Rücken zu mir.

Die hohe Lehne ihres Stuhls verdeckte sie zu drei Vierteln. Ich tauchte den langen Löffel in den Wackelpudding, aß aber nicht. Gebannt starrte ich auf deine sehnigen Hände, die die Frau streichelten und liebkosten und ihren Rücken entlang hinter der Lehne verschwanden. Sie beugte sich ganz zu dir hin. Als du dich ihr nähertest, bemerkte ich, dass deine nach hinten gekämmten Haare grauer geworden waren. Ich sah, wie du zu einer Zigarette griffst und eine Flamme dein Gesicht beleuchtete. Die glühende Zigarette stecktest du der Frau in den Mund. Nach ein paar Zügen nahm sie sie zwischen Zeige- und Mittelfinger und schob sie wieder dir zwischen die Lippen. Das in deiner Sektschale schmelzende Eis lief über das Kristall und tropfte auf die Tischplatte. Das *Tableau vivant* von euch beiden brannte sich in meine Netzhaut ein.

Mir wurde heiß. Ich sollte nicht hier sein, ich durfte nicht hier sitzen. Warum bloß war ich hierhergekommen? Was war in mich gefahren, dass ich mich ausgerechnet für dieses Café entschieden hatte? Ich schaute zu, wie deine Lippen die ihren berührten, und dachte an Gustav. Ich war auch nicht besser, hatte ihn seiner Frau weggenommen. Nur war das bei mir schon bald gestrandet. Ich stand auf, mir war, als breche eine Wunde in mir auf. Langsam ging ich zu dir hinüber. Du hast mich erst im letzten Moment bemerkt, nicht wahr?

»Ev!«, rief die Frau. Ja, sie war es. Älter und umso schöner.

Schnell wandte ich den Blick dir zu. Du sahst mich lachend an. Ich griff zu der Zigarette zwischen deinen Lippen, warf sie auf den Boden und trat sie aus. Dann hob sich meine Hand und traf mit hartem Schlag deine Wange. Als ich das noch einmal wiederholen wollte, hast du mein Handgelenk festgehalten.

»Verschwinde aus meinem Leben«, hast du auf Deutsch gezischt, und dein Speichel spritzte auf meine Hand. Das war *mein* Text, nicht der deine, dachte ich, als sich die Froschfrau zwischen uns stellte.

»Lass mich los«, habe ich dich angefaucht, »lass mich los, verdammt!«

14

Ev sitzt mit sieben anderen und einer Gesprächsleiterin in einem weiß gestrichenen Raum. Vor den hohen Fenstern sind die lichtdurchlässigen Rollos heruntergelassen, sodass sie die Straße nicht sehen kann. Als sie den ovalen Tisch berührt, bemerkt sie die Schweißflecken, die ihre Finger darauf hinterlassen. Sofort schaut sie auf die Hände der anderen, die mit einem Stift spielen oder einen Terminkalender gezückt halten, manche haben die Hände auch entspannt auf den Bauch gelegt. Natürlich, außer mir kann hier jeder fehlerfrei Niederländisch sprechen, denkt sie, sie werden mich später auslachen.

Die Frau, die den Coach gibt, um die fünfzig, wilde Mähne, lächelt, sodass sich in ihren Wangen tiefe Grübchen bilden. Sie sieht jeden einzelnen andächtig an, bevor sie zu sprechen beginnt.

»Ich heiße Henrietta Lemmens, und ich helfe seit zehn Jahren Musikern und Schauspielern bei der beruflichen Neuorientierung. Man hält ja manchmal an etwas fest, obwohl man gar nicht mehr dahintersteht, etwas, das eher Gewohnheit ist als wirkliches Bedürfnis. Wenn man sich das klarmacht, nimmt das Leben oft eine unerwartete Wendung.«

Ihre blassen Lippen bewegen sich, aber ihre Stimme dringt nicht an Evs Ohr. So sehr sie sich auch anstrengt, sie kann die Frau nicht hören. Sie schließt die Augen, noch drei Monate. Und dann? Keine Musik, kein Orchester, was bleibt dann noch von ihr übrig?

Deshalb ist sie heute hergekommen. Sie liegt im Streit mit ihren alten Gewohnheiten und ihrem festgefahrenen Lebensgefühl. Was will sie wirklich? Nichts hat mehr Bedeutung, selbst als Floris gestern aus Bergamo heimkam, fühlte sie sich matt und ausgebrannt.

Direkt gegenüber von Ev, zwischen zwei Fenstern, hängt eine Schwarz-Weiß-Fotografie von Utrecht. Die Atmosphäre der alten grauen Häuser spricht sie an. Als sie die Details betrachtet, hört sie plötzlich ihren Namen.

»Eveline Müller.«

»Ja?«

»Erzähl mal«, sagt die Gesprächsleiterin, »warum bist du heute hier ... Du bist so blass, geht es dir nicht gut?«

Ev will etwas sagen, doch ihre Stimme ist weg, aus ihrer Kehle kommt nur Luft.

»Magst du dich uns kurz vorstellen? Warum bist du hier? Wer bist du?«, hakt Henrietta nach. Es ist still im Raum, die Anwesenden schauen allesamt auf Ev. Der im Raum hängende Geruch von Putzmitteln und Kaffee erregt Übelkeit in ihr.

»Ich …« Wieso setzt sie plötzlich auf Deutsch an? Sie wirft alles durcheinander, ihr wollen nur noch deutsche Wörter einfallen. Sie forciert ihre Stimme, ihr Atem stockt, und dann fängt sie an zu husten, ja fast zu bellen. Es lässt nicht nach, und sie rennt aus dem Zimmer. Draußen vor der Tür presst sie den Rücken an die Wand und lässt sich auf den Boden gleiten. Warum ist sie überhaupt hergekommen? Notwendiges will nicht mehr gelingen. Einatmen, ausatmen, ganz ruhig, aber der Druck auf ihrer Brust beklemmt sie.

»Kann ich dir helfen?« Henrietta geht neben ihr in die Hocke. Ev schaut auf, sie hat sie gar nicht kommen sehen.

»… danke, es geht schon«, flüstert sie und schaut weg.

»Da drüben ist eine Damentoilette.« Henrietta schiebt Ev die Arme unter und hilft ihr auf. »Ganz ruhig, so ist es gut.«

»Wenn du so weit bist, kommst du einfach wieder zurück, wir machen jetzt eine kurze Pause.« Ev betritt die Toilette, und Henrietta lässt sie allein. Ev schaut in den Spiegel. Ihre Wimperntusche ist verlaufen. Als sie mit den Fingern darüberreibt, verschmiert sie alles nur noch mehr. Sie wäscht sich das Gesicht mit Seife. Alles weg, das Make-up, die Tränen, die schwarzen Streifen. Die Papiertücher, mit denen sie sich abtrocknet, scheuern auf ihren Wangen.

»Sauber, schmucklos und rein«, sagt sie laut.

Warum ist es so schwer, die Musik loszulassen?

Sie schaut abermals in den Spiegel. Hat sie den Mut, sich so zu zeigen?

»Die Wahrscheinlichkeit, dass ich meine Stelle verliere«, sagt Ev, als sie wieder Henrietta gegenüber am Tisch sitzt, »ist genauso groß wie die Möglichkeit, dass ich bleiben kann.« Auf einmal wird ihr bewusst, dass das, was sie gesagt hat, die harte Wahrheit ist. Sie möchte noch hinzufügen, dass ihr ein Leben außerhalb des Orchesters unmöglich erscheint, doch Henrietta redet schon weiter.

»Aber du hast in deinem Vorstellungsbrief geschrieben, dass du was mit Sprache zu tun hast. Meinst du die Sprache der Musik? Magst du etwas darüber erzählen?«

Das Wort ›Sprache‹ ruft bei Ev sofort Erinnerungen an ihre Jugend hervor, wie sehr sie von Geschichten besessen war. Mit ruhiger Stimme erzählt sie, dass jede Interpretation eines Musikstücks mit der Suche nach der Geschichte dahinter beginnt. Sie schließt mit: »Ich habe mir selbst lesen und schreiben beigebracht, als ich drei Jahre alt war.«

»Das ist aber außergewöhnlich«, entgegnet der Mann ihr schräg gegenüber, »mein Söhnchen ist jetzt drei, aber er kann noch nicht mal einen Stift halten.«

»Wie bist du damit umgegangen? Hast du selbst geschrieben? Oder viel gelesen? Wie kommt es, dass du so viele Sprachen sprichst?«, fragt Henrietta.

Ev lacht verlegen, und als sie die Hände auf den Tisch legt, sieht sie wieder kleine Schweißflecken unter ihren Fingerkuppen. Sie unterdrückt die schon bekannte Anwandlung sich zu entziehen und konzentriert sich auf ihre Wortwahl, um weiterzuerzählen.

»Mein Vater wollte, dass ich Geige spiele, und so fing ich im Alter von sechs Jahren mit Geigenstunden an. Alles andere ist Folge dieser Entscheidung.« Jetzt sagt sie es selbst: Sie ist Folge von Vaters Erwartungen und Willen, nicht von ihren.

»Wie war das für dich, als du die Buchstaben entdeckt hast?«

Ev schließt die Augen. Binnen Sekunden sieht sie das Buch vor sich, *Krasnal Gapcio*, schmunzelt über die großen schwarzen

Buchstaben, die Insekten aus Andersens Märchen gleichen, und spürt wieder die Aufregung, als sie den ersten Satz schreibt: *Ev ist Buchstabe.*

Die Jahre, bevor die Musik ihre Fantasie immer mehr beherrschte, muten noch immer unbefangen und glücklich an. Allein schon die Erinnerung an die zweiunddreißig Buchstaben des polnischen Alphabets, wie sie sich diese heraussuchte und nachschrieb, zaubert ein Lächeln auf ihre Lippen.

»Ich … weiß es nicht.« Sie befällt Beschämung darüber, dass ihr niederländischer Wortschatz nicht ausreicht, es zu beschreiben.

»Ich glaube, dass du sehr wohl weißt, was das mit dir machte – und noch immer macht, versuch es doch mal zu benennen.« Henriettas Stimme klingt sanft, aber zwingend.

Ev schließt wieder die Augen. Das R und das S waren ihre Lieblingsbuchstaben. Sie machten alles farbig und lebendig. Das elegante X entdeckte sie erst viel später, denn es kommt in der polnischen Rechtschreibung nicht vor. Jeder Buchstabe hatte einen anderen Charakter, manchmal bildeten zwei nebeneinander stehende Buchstaben, wie etwa ›rz‹ oder ›cz‹, ein Paar, manchmal wollten sie nichts miteinander zu tun haben und man las sie getrennt. Sie dachte sich ihre eigenen Buchstabenrätsel aus und löste sie.

»Die drei Jahre, bevor ich mit dem Geigenunterricht anfing … das war eine andere, glückliche Welt, aber ich war natürlich ein Kind.«

»Meinst du, dass du das wieder aktivieren könntest? Oder besser gesagt, dass du das Gefühl zurückgewinnen könntest?«

Ev schaut in die Runde und spürt, dass sie errötet.

»Wie … was soll ich in den Niederlanden mit Polnisch? Und wozu? Mich verbindet nichts mehr mit dieser Sprache.«

»Das muss auch nicht sein, du sprichst ja jetzt Niederländisch«, sagt Henrietta.

»Wenn du die polnische Sprache quasi hinter dir gelassen hast«, sagt eine Frau aus der Gruppe, »und du so problemlos Niederländisch sprichst, solltest du nicht vielleicht damit etwas anfangen?«

Als Ev das Gebäude verlässt, riecht sie Regen, aber es ist bereits wieder trocken. Sie muss quer durchs Zentrum von Utrecht zum Bahnhof. Dabei kommt sie an einer Buchhandlung vorüber. Sie bleibt automatisch stehen und schaut sich die ausgestellten Titel an. Sie weiß nicht mal, wie viele Buchstaben das niederländische Alphabet hat. Niederländisch scheint eine flexible Sprache zu sein, die sich schneller wandelt als andere Sprachen in Europa. Früher wollte Ev mal nach Frankreich. Nicht so sehr des Landes wegen, sondern weil sie in die französische Sprache verliebt war. Ob sie auch die niederländische Sprache lieben könnte? Ihr Handy klingelt in der Tasche. Sie geht dran.

»Und? Bist du schon unterwegs?«, hört sie Floris' Stimme. »Soll ich dich in Utrecht abholen?«

»Nicht nötig, ich bin in einer halben Stunde zu Hause«, sagt sie. Sie will noch ein Weilchen allein sein mit den Worten Henriettas.

Vater, ich erfüllte dir deinen Wunsch und hielt mich mehr als zehn Jahre von deinem Leben fern.

Die Welt lachte mir zu, doch inzwischen war ich verheiratet und wieder unglücklich. Nach außen hin hatte ich Ansehen und ein gutes Einkommen. Innerlich krümmte ich mich nach jedem Erfolg zusammen. Die Musik fühlte sich immer noch an, als sei sie *dir* zugehörig. Die Wurzeln, die du vergessen hattest aus mir herauszureißen, bildeten neue Verästelungen und fraßen meine gesamte Energie. Ich glaubte, dass ich endlich ungestört meinen eigenen Weg finden würde, wenn ich nicht nur keinen Kontakt mehr zu dir aufnahm, sondern mich auch vom Schlesischen abkehrte.

Als ich 1988 mit meinem neuen Mann Ulrich nach München zog, entdeckte ich die deutsche Sprache zum zweiten Mal. Die polnische, passive Vergangenheit versuchte ich abzuschütteln. Ich fand eine Anstellung bei einem Quartett und fing gleich an, Deutsch zu lernen. Die Neuentdeckung einer zwar schon bekannten Sprache, mit der ich mich aber nie befasst hatte, vermittelte mir schon bald das Gefühl, ein zweites Mal geboren zu sein.

Es war an Weihnachten 1989. Schneeflocken hüllten die bayrische Landeshauptstadt in stimmungsvolle Besinnlichkeit. Ich rief Mutter an, um ihr frohe Weihnachten zu wünschen, und sie fing an zu weinen. Du lagst nach einer Gallensteinoperation in einem Essener Krankenhaus. Es ging dir nicht gut.

»Essen? Was macht er denn in Essen, Mutter?«

Sie schwieg zu lange.

»Hallo, bist du noch dran?«

»Er liegt dort im Krankenhaus.«

»Das habe ich verstanden, aber warum dort und nicht in Katowice?«

»Das ist eine zu lange Geschichte, um sie jetzt am Telefon zu erzählen«, sagte Mutter. »Könntest du ihn besuchen?«

»Mama, das ist mehr als sechshundert Kilometer von mir entfernt, es ist Weihnachten, und du weißt, dass wir nicht mehr miteinander reden.«

»Ev, er ist dein Vater.«

Ich hatte meine Antworten darauf parat, aber sagte nichts. In meiner gesamten Jugendzeit hatten Mutter und du dafür gesorgt, dass die Familienbande mit mir gestört waren. Und jetzt appellierte Mutter an meine Verbundenheit mit dir.

Ulrich sah mich zum ersten Mal weinen. Ich hatte meine Vergangenheit so tief vor ihm vergraben, dass er mich nun perplex anstarrte. Ich rief Nina an.

Sie erzählte mir, dass du, kurz nachdem ich aus Polen weggegangen war, zur Froschfrau – Adele – gezogen seist. Das sei schon bald schiefgegangen, du habest sie verlassen, aber Mutter habe dich nicht mehr zurück gewollt. Du habest deine Sachen gepackt und die Familie deiner Eltern in Deutschland aufgesucht. Seit ein paar Jahren lebtest du nun in Essen, wo du als sogenannter Vertriebener eine hübsche finanzielle Beihilfe bekämst. Nina erzählte mir auch von deiner Operation im Essener Krankenhaus.

»Es ist schrecklich, wenn du an Weihnachten in einem Krankenhausbett liegst und keiner dich besuchen kommt. Er tut mir richtig leid«, sagte sie.

Das konnte ich von mir nicht sagen. Nina begriff nichts von der Beziehung zwischen dir und mir.

»Ich weiß nicht, ob ich die geeignete Person bin, ihn zu besuchen«, sagte ich.

»Aber siehst du denn nicht, dass er dich braucht?«

»Wofür? Ich bin die Letzte, die er gerne sehen würde.«

»Ihr seid euch einfach zu ähnlich, das ist die Crux.«

»Sprüche, die hast du immer schnell bei der Hand. Wie kannst du so etwas sagen, wir konnten nie gut miteinander ...«

Aber natürlich wollte sie das nicht mit mir ausdiskutieren, ihr Mann und ihre zwei Töchter warteten am Tisch. Bei der Vorstellung, dass sie jetzt zusammen Weihnachten feiern würden, schossen mir die Tränen in die Augen. Ulrich war schon außer Haus. Er spielte in einem Kirchenensemble, das an diesem Abend die Nachtmesse begleiten würde. Obwohl ich ihm versprochen hatte zuhören zu kommen, blieb ich den ganzen Abend allein zu Hause.

Ich dachte an unsere Kinderzeit. Im kommunistischen Polen hieß Weihnachten feiern, dass man schon eine Woche vorher und schon nachts anstehen musste, um einen lebenden Karpfen zu ergattern, der dann tagelang in der Badewanne schwamm, damit er seinen schlammigen Geschmack verlor. Ich fand es toll, mit den Fischen zu spielen. Anfangs gab ich ihnen auch noch Namen, doch das ließ ich bald bleiben, als mir klar wurde, dass es Bolek oder Snoopy war, der am Heiligabend neben dem Sauerkraut auf meinem Teller lag.

Oft lösten Nina und ich Mutter auch bei minus achtzehn Grad in der Schlange vor der noch geschlossenen Schlachterei ab. Sie ging dann nach Hause, um sich aufzuwärmen, und kam erst zurück, wenn die Schlachterei um acht Uhr morgens die Tür öffnete. Nur so hatte man eine Chance, den raren *Pieczeń*, Sukkadefleisch, und ein Stückchen von einer besseren Wurst zu ergattern. Um zehn Uhr war schon alles ausverkauft.

An den Feiertagen gingen wir in unseren besten Kleidern und meistens neuen Schuhen – was für mich nicht galt, weil ich die Schuhe von Nina auftragen musste – zu einer Frühmesse in die Kirche. Das war wichtig, denn so konnten die Nachbarn sehen, dass es uns gut ging.

Dennoch war diese Zeit immer etwas Besonderes für mich – zumindest wenn du zu Hause warst. Nicht schön, nein, aber doch etwas Besonderes. Ach ja, das fing schon mit den pflichtmäßigen Geschenken an, ich habe nie an ein wundersames Wesen wie das Christkind oder das polnische Äquivalent *Gwiazdka* geglaubt, das die Geschenke bringt, nein, das übernahmen wir selbst. Selten gelang es mir, ein Geschenk zu finden, das dir gefiel. Nina bewies da größeres Geschick.

In der Musik sah ich zu dieser Zeit eine Befreiung von familiären Pflichten – lieber spielte ich mit einem kleinen Ensemble in der Kirche. Das *Weihnachtsoratorium* von Bach, Vivaldis

Concerti grossi oder alte Weihnachtslieder und dergleichen. Hauptsache, ich brauchte nicht drei Tage lang zu Hause zu bleiben. Einmal bist du am Heiligabend völlig betrunken mit dem Christbaum nach Hause gekommen. Ich erinnere mich noch, wie du damals im Wohnzimmer im Stehen eingeschlafen bist, die Arme um den großen Baum gelegt, als wäre er eine Geliebte. Mutter war wütend, weil du zu spät gekommen warst, denn der Christbaum musste ja noch geschmückt werden. Aber Nina freute sich so sehr über den Baum, dass aus der geladenen Stimmung ein Fest wurde. Wir sangen Weihnachtslieder, lachten und schmückten den Baum. Als wir fertig waren, setzten Nina und ich uns an den Tisch und Mutter kam mit dem festlichen Karpfen ins Zimmer. Du lagst schnarchend auf dem Sofa.

»Der Karpfen schnarcht!«, rief Nina und lachte so ansteckend, dass Mutter und ich mitlachten. Wir schauten dich an, wie du mit offenem Mund auf der Seite lagst, genau so wie der gebratene Fisch auf dem Tisch.

Am selben Abend, kurz vor Mitternacht, bin ich mit dir in die Messe gegangen. Du warst wieder auf dem Damm und bester Stimmung, Mutter war zu müde, um mitzugehen, und Nina blieb bei ihr. Im Gottesdienst hast du die polnischen *Kolędy* aus voller Kehle mitgesungen. Dabei hast du dich nicht an die Hauptmelodie gehalten, sondern eine zweite Stimme gesungen, die zwar dazu passte, den religiösen Weihnachtsliedern aber etwas von einem *Bing-Crosby-Makeover* verlieh. Ich stand neben dir, hielt dich bei der Hand, weil du noch ein klein wenig unsicher auf den Beinen warst, und blickte in die Gesichter derer, die sich stirnrunzelnd zu uns umdrehten. Die unerwünschte Aufmerksamkeit ließ mich beben und lähmte mir die Stimme. Weil ich nicht mehr singen konnte, rezitierte ich eben den Text der Weihnachtslieder, ganz so, als wollte ich deinen melodischen Überschwang mit nüchternen Worten ausbalancieren.

»Weißt du, warum *Jingle bells* und *I'm dreaming of a white Christmas* in der Kirche verboten sind?«, hast du gemurmelt, als wir uns von der Bank erhoben, um am Altar das Abendmahlsbrot zu empfangen. Und dann plötzlich dramatisch: »Diese Scheißkommunisten, die kapieren Gott einfach nicht.« Beschämt zupfte ich dich energisch am Ärmel, dass du still sein solltest, worauf du mir einen ungelenken Rippenstoß gabst.

»Sei nicht so ein Schisser«, riefst du noch lauter, um dann den Mund zum Empfang der Hostie aufzusperren. »Amen!«

Als wir durch den hohen Schnee nach Hause liefen, begegneten wir unseren Nachbarn. Sie hatten deinen Zirkus in der Kirche miterlebt. Am Eingang unseres Wohnungsblocks konnten sie nicht mehr an sich halten und fragten dich, warum du die polnischen *Kolędy* boykottiert hättest.

»Ich kann schwerlich die deutschen Weihnachtslieder so singen«, hast du geantwortet, »die sind ja gute Musik, aber die polnischen brauchen ein bisschen mehr Pep, sonst sind sie genauso schal wie der ganze zensierte Kirchenbetrieb.«

»Dämlicher Sauerkrautfresser!«, schimpfte dich der Nachbar da und schüttelte den Kopf. Seine Frau sah gleich weg. Ich wusste nicht so recht, was er damit meinte, und fragte dich.

»Die Polacken sind ein missgünstiges Völkchen, das solltest du dir merken«, hast du geantwortet. Und ich habe gedacht: Ja, Mutter kann das allerbeste Sauerkraut der Welt machen. Vor allem zu Heiligabend.

15

»Eine Trennlinie zwischen Musik und Schreiben ziehen, ich weiß nicht … Muss das denn sein?«, fragt Ev. Sie badet mit Floris in einem großen runden Swimmingpool, einen Steinwurf von Siena entfernt. In dieser luxuriösen Umgebung kann sie das Leben richtig genießen und faulenzen. Floris lässt sich mit geschlossenen Augen auf dem Rücken treiben. Sie schaut auf seinen runden Bauch, der ein wenig aus dem Wasser ragt, und die vielen Haare darauf, weit mehr als auf seinem Kopf. Es fühlt sich unwirklich an, dass sie auf einmal in Italien in einem Swimmingpool liegen. So friedlich es hier auch ist, Ev ist ruhelos.

»Ist das Thermalwasser?«, fragt sie und paddelt mit den Beinen, das Wasser spritzt in alle Richtungen.

»Ich weiß nicht, es riecht schon nach Schwefel.« Floris öffnet die Augen und bewegt die Arme unter Wasser.

»Du musst dich doch nicht für das eine oder das andere entscheiden, Ev, ich bitte dich, du bist schon so lange im Orchester und …«

»Und ich weiß nicht recht, wie es ohne weitergehen soll.«

Sie hört irgendwo in der Ferne einen Vogel, den sie nicht einordnen kann. Floris hat recht, sie sollte mal loslassen, wenigstens für die paar Tage, die sie hier sind.

»Natürlich gehe ich davon aus, dass ich weiterhin arbeiten werde, aber angenommen, das funktioniert nicht.« Ev gerät von Neuem in Stress.

»Versuch dich doch mal zu entspannen, du hast heute Geburtstag, ich möchte diesen einen Tag mal nicht darüber reden, Ev, okay?«, sagt Floris entschieden.

Er legt die Hand auf ihre Schulter. »Du wirst nur einmal fünfzig«, sagt er und küsst sie.

Mit fünfzig beginnt das Altwerden, denkt sie, aber sie sieht das bei sich noch nicht. Sie ist dreißig Jahre jünger als ihr Vater. Er hat heute nicht angerufen, aber der Tag ist ja noch nicht um.

Ein allzu vertrautes, nerviges Geräusch stört die Stille.

»Ist das dein Handy?«, fragt Floris.

Ev hebt den Kopf und hört konzentriert hin. Automatisch blickt sie zu ihren Bademänteln hinüber und sieht das Display in ihrem Liegestuhl aufleuchten. Vielleicht doch ihr Vater? Mit Nina hat sie heute schon gesprochen. Sie schwimmt zu dem weißen Treppchen. Das Klingeln bricht ab. Ev greift zu ihrem Bademantel und zieht ihn an. Dann erst nimmt sie das Handy auf. Es war Helgas Nummer. Wie lieb, dass sie sie nicht vergessen hat. Als sie zurückrufen will, sieht sie die Anzeige, dass sie keinen guten Empfang hat. Sie streckt den

Arm hoch und dreht sich nach links und rechts, um eine bessere Verbindung zu suchen.

»Das sieht aus, als wolltest du mit dem Ding Mücken erschlagen«, sagt Floris lachend aus der Distanz.

»Ich geh aufs Zimmer, um zurückzurufen, bin gleich wieder da.«

Floris nickt und winkt, das Wasser ist türkisfarben und sieht unnatürlich aus. Sie durchquert die Hotelhalle. Man kommt sich hier vor wie in einem Grabsteinwerk, denkt sie, als sie beinahe auf dem Marmorfußboden ausgleitet. Im Aufzug legt der Spiegel gnadenlos ihr Alter bloß.

»Ev? Gut, dass du zurückrufst.« Helga klingt, als sei sie außer Atem.

»Hallo.« Ev wartet auf Helgas Geburtstagswünsche, doch sie hört nur deren beschleunigtes Atmen. »Ist etwas?«

»Bo ... Bo liegt hier, bei mir, im Krankenhaus.«

Ev sinkt aufs Bett. »Was?! Was ist denn passiert?«

»Er hat ... er hat eine Vergiftung. Ich dachte, du solltest das wissen. Es geht ihm nicht so gut.«

»Du meine Güte ... Was denn für eine Vergiftung?«

»Er hat einen Joint geraucht und ...«

»Ich verstehe nicht viel von Drogen, aber Cannabis ist doch eher harmlos.«

»... Es sei denn, du kombinierst es mit harten Drogen und Alkohol.«

»O nein, Mist ...«

»Es ist sein Herz, das protestiert ...« Helga seufzt. »Und da ist noch etwas.«

»Was denn?«, fragt Ev. Sie läuft schon ans Fenster, um Floris zu rufen. Aber dann hört sie Helga weiterreden.

»Er will nicht, dass sein Vater etwas hiervon erfährt.«

»Darauf lasse ich mich nicht ein«, sagt Ev, aber sie tritt dennoch nicht näher ans Fenster.

»Ev ... Es ist ernst ... ich vermute ...«

»Ja?«

»Dass Bo das mit Absicht getan hat. Sag mal, ist irgendetwas zwischen den beiden vorgefallen? Er war furchtbar wütend auf seinen Vater ... Was du mir neulich darüber erzählt hast ...«

»Helga, ich habe heute ... Ich bin nicht zu Hause.«

»Er hat auch ein paarmal hintereinander deinen Namen gerufen, bevor er das Bewusstsein verlor.«

13

Vater, achtzehn Jahre später lagst du erneut im selben Krankenhaus. Und wieder wurde dir ein Gallenstein entfernt. Diesmal gab Nina mir Bescheid.

»Ruf ihn an!«, befahl sie mir. »Ich habe alle Hände voll mit Mutter zu tun. Sie ist tatterig, will nicht mehr essen, und ihr Koordinationsvermögen wird von Tag zu Tag schlechter. Und sie sucht sich keine Hilfe, weil Parkinson keine tödliche Krankheit ist. Hör mal, ich hab ihr noch nichts von Vater gesagt.«

Als du nach Deutschland gezogen warst, hatte Mutter Depressionen bekommen. Sie sah keinen Sinn mehr im Leben. Hinzu kam, dass Ninas Kinder älter wurden und viel weniger Zeit für ihre Oma hatten. Das alles riss ein Loch in Mutters Leben, das sie nicht mehr zu füllen wusste. Für jemanden wie sie, die sich gern nützlich machte, war das nicht leicht. Ihre

Welt hatte darin bestanden, uns um sich zu haben und für uns zu kochen und zu sorgen, doch auf einmal war niemand mehr da, der etwas von ihr wollte. Die Welt um sie herum wurde still, und damit erlosch auch ihre Energie. Sie wusste sich nicht mehr zu helfen, vertraute mir ihre Sorgen aber auch nicht an.

Immer wieder bekam ich von ihr zu hören: »Wenn du niemandem mehr nütze bist, ist dein Leben vorbei.« Das sagte sie auch, als ich sie einige Monate zuvor besucht hatte.

»Hallo, bist du noch dran?«, vernahm ich wieder Ninas Stimme im Hörer.

»Ja, natürlich.«

»Gut, ruf mich an, wenn du ihn gesehen hast, tschüssi!«

Sie legte auf. Sie hatte mein »Ja, natürlich« so verstanden, dass ich Vater besuchen würde. Ich hatte gemeint: Ja, natürlich bin ich noch dran.

»Es gibt Komplikationen«, sagte der Arzt, als ich im Krankenhaus in Essen anrief. Ich hätte dich anrufen sollen, Vater, mit dir sprechen sollen, aber das konnte ich noch immer nicht. Zum letzten Mal hatte ich dich im *Café Kryształowa* gesehen. Da wolltest du dann nichts mehr mit mir zu tun haben. Seither waren mehr als sechstausend Tage vergangen, rechnete ich schnell im Kopf aus.

»Die Operation ist gut verlaufen, aber Ihr Vater hat heute Nacht hohes Fieber bekommen«, fuhr der Arzt nach kurzer Stille fort. »Wir forschen immer noch nach der Ursache.«

»Ähm … und was nun?«

»Wir behalten ihn hier, solange es nötig ist. Sobald sich sein Zustand bessert, können Sie ihn natürlich umgehend abholen.«

»Ich?«

»Ja, Sie sind doch die Tochter?«

»... Natürlich, Pardon ...«

»Wenn Sie Ihren Vater sprechen möchten ...«

»Nein, vielen Dank ... Ich meine ... ich ... ich habe selbst seine Nummer«, log ich.

»Ach, dann ist das Telefon nun wohl doch schon angeschlossen, er wollte nämlich überhaupt keinen Apparat am Bett haben.«

Ich geriet ins Stottern: »Tut mir leid ... Ähm ... ich ... danke Ihnen.«

Bevor er noch eine Frage stellen konnte, unterbrach ich die Verbindung. Ein Kribbeln im Hals trieb mir Tränen in die Augen. Ich brach in bellendes Husten aus. Nach Luft schnappend wie eine Sängerin, die eine hohe Note nicht erreichen kann, musste ich plötzlich an deine asthmatischen Hustenanfälle denken. Gene, Veranlagung, einander gleichende Lebensmuster – das ist auch Familie. Ich fragte mich, wer von uns beiden sich wohl stärker verändert hatte.

Die Strecke von Essen nach Hilversum war genauso lang wie die von Hilversum nach Essen – du hättest mich genauso gut aufsuchen können. Eine Stunde nach unserer Begegnung im *Café Kryształowa* hatte ich ein Vorspiel am Konservatorium der schlesischen Hauptstadt. Es gelang mir, mein Studium von Krakau in meine Geburtsstadt zu verlegen. Aber jetzt hatte ich ein Problem, denn ich war ja gehalten, aus deinem Leben zu verschwinden. Wo sollte ich wohnen? Mein erster Wohnsitz war immer noch zu Hause in Katowice, daher stand mir kein Platz im Studentenwohnheim zu. Finanzielle Unterstützung konnte ich von dir nicht mehr erwarten. Ein Jahr lang wohnte ich mal bei Freunden, mal bei Fremden.

Um mich zu verändern, bewarb ich mich schon im zweiten Studienjahr bei verschiedenen Orchestern in der Region. Unverhofft wurde ich noch im selben Jahr von einem der besten Orchester Polens eingestellt: dem Nationalen Radio- und Fernsehorchester in Katowice. Ungläubig unterschrieb ich den Vertrag, und mit dem ersten Tag in diesem Orchester änderte sich mein Leben erneut. Ich war das jüngste Mitglied und seinerzeit die einzige Frau in der Bratschengruppe. Die Kollegen, mit denen ich nun täglich am Notenpult saß, reifere Männer in den unterschiedlichsten Lebensstadien, waren allesamt zielstrebig und lebenslustig. Auf einmal hatte ich elf Ersatzväter um mich herum, die bewiesen, dass Männer auch aufrichtig und freundlich sein konnten.

Schon bald fühlte ich mich dort besser aufgehoben als am Konservatorium. Als ich vier Jahre später mein Abschluss-Rezital spielte, saß die gesamte Bratschengruppe im Saal. Du warst nicht da. Mutter und Nina auch nicht.

»Ich hatte nichts anderes erwartet«, sagte Mutter, als ich sie anrief, um ihr mitzuteilen, dass ich mein Studium mit Auszeichnung bestanden hatte. »Nicht auszudenken, wenn es anders gekommen wäre.«

Ulrich, ein Kontrabassist aus Deutschland, den ich schon seit gut einem Jahr kannte, freute sich ganz besonders für mich. Wir hatten uns auf einer Orchestertournee durch Süddeutschland kennengelernt, und er hatte trotz seines westlichen Hintergrunds großes Interesse an Polen und Schlesien bewiesen. Er gab regelmäßig Workshops am Konservatorium und nahm an Konzerten teil. Durch ihn lernte ich zu lachen und daran zu glauben, dass Musik ein Menschenleben verändern kann. Spätabends feierten wir in einem zu dunklen Lokal im Stadtzentrum bei spärlichem

Kerzenlicht meine bestandene Abschlussprüfung. Er bestellte eine ganze Flasche Igristoje, russischen Schaumwein. Wir stießen an, und ich sah, noch bevor ich den ersten Schluck nahm, etwas auf dem Boden meines Glases funkeln. Ich schob das Glas näher zur Kerze hin, konnte aber nicht erkennen, was es war.

»Du musst das Glas schon ganz leeren«, sagte Ulrich lachend. Ich war mir nicht sicher, ob ich das wollte.

Um den festlichen Moment nicht zu verderben, aber auch, um mir keine Blöße zu geben, trank ich drei große Schlucke hintereinander.

»So«, sagte Ulrich und lachte noch mehr.

Ich ließ den Gegenstand aus dem Glas auf meine Handfläche gleiten. Es war eine kleine goldene Rose mit winzigen Blättern und noch kleineren Dornen. Ein Anhänger für eine Halskette. Ich sah Ulrich an, ohne zu begreifen.

»Ich wusste ja, dass du als Geigerin nicht gern Ringe trägst, deshalb habe ich mich für so eine Rose entschieden. Eine Rose als Symbol für das Leben, sowohl was die Farbenpracht als auch die Dornen angeht.«

Ich hatte mich noch gar nicht von dieser Geste erholt, als Ulrich sich plötzlich von seinem Stuhl auf die Knie fallen ließ: »Möchtest du meine Frau werden?«

Nach Erhalt meines Diploms zog ich mit Ulrich im Oktober für immer aus Polen weg. In München vermisste ich meine Kollegen vom Nationalen Radio- und Fernsehorchester schrecklich; trotzdem habe ich nichts dafür getan, den Kontakt aufrechtzuerhalten. Auch dabei standen mir die Familienbande im Weg. Obwohl die Kollegen in so kurzer Zeit mehr für mich geworden waren als meine eigene Familie, war das Bedürfnis, dir alles zu erzählen, stärker. Dir in die Augen schauen und sagen zu können: Vater, ich bin glücklich. Bei allem, was ich in München erreicht habe, warst du in meinen Gedanken. So vergiftete ich allmählich das alltägliche kleine Glück. Jedes Konzert, das ich spielte, war dir gewidmet, jeder erfolgreiche Tag voller Liebe von Ulrich erfüllte mich mit einem Triumphgefühl. Ohne es zu merken, lebte ich für andere.

Die Bratsche war jetzt nicht mehr nur ein Halt, sondern das schlagende Herz meines Daseins. Binnen weniger Wochen saß ich wieder in einem Orchester am Notenpult. Diesmal in dem Kammerorchester, bei dem Ulrich fest angestellt war. Seine direkte Nähe vermittelte mir ein Gefühl der Geborgenheit, aber auch der Enge. Als behinderte sie mich. Ich ergriff die Flucht vor Ulrichs Bevormundung, suchte mir wieder andere Musikensembles. Die Musik lenkte mich ab und baute mich auf. Schon sehr bald kam ich in einem Quartett unter.

»Kammermusik hat so etwas Unmittelbares, angefangen bei den stimmungsvollen kleinen Konzertsälen, und man bildet eine richtige Quartettfamilie«, sagte Ulrich, als ich ihm die Neuigkeit mitteilte.

›Familie‹ – ein Wort, und du warst wieder ganz nah, Vater.

Ich fragte mich, ob du wohl auch irgendwann einmal Quartett gespielt hattest. Ich dachte an uns vier: Du die erste Geige, Mutter die zweite, und Nina sah ich das Cello streichen. In Gedanken staffierte ich uns mit barocken Kostümen aus, spielte träumend die schönste Musik mit euch und legte mich mit Nina an. Sie konnte sich nicht für die Barockzeit erwärmen.

»Warum? Magst du Telemann oder Scarlatti etwa nicht?«, fragte ich.

»Ich hab den *Basso continuo* satt. Pa fiedelt ewig in den

höchsten Tönen, Ma kann auch ab und zu was Nettes spielen, aber meine Stimme hat immer nur Ziffern statt Noten. Wenn du dich mit deinem bescheidenen Begleitpart begnügst, bist du selbst schuld.«

Sie hatte schon recht, erst viel später bemühte sich Joseph Haydn um eine Gleichberechtigung der Stimmen im Quartett.

Meine Arbeit beim Quartett kam einer Entdeckungsreise gleich. Die Solorolle der Bratsche in so einem kleinen Ensemble war etwas ganz anderes als das Zusammengehörigkeit stiftende Spiel im Orchester. So sehr ich mich auch bemühte, ich konnte mich mit dieser Musik nicht ganz anfreunden. Dann erhielt ich nach etwa einem Jahr aus heiterem Himmel die Einladung, bei den Münchner Philharmonikern einzuspringen. Zunächst wollte ich ablehnen, doch dann sah ich Bruckners siebte Sinfonie auf dem Programm stehen, und mich packte das Verlangen, in seine Klänge einzutauchen, mich an der modulationsreichen Harmonik zu wärmen und wieder Teil eines Orchesters zu sein. Ich sagte zu.

Auf dem Dirigentenpodium stand niemand Geringeres als der berühmte Chefdirigent der Philharmoniker. Wie sich herausstellen sollte, war er nicht nur ein begnadeter Dirigent, sondern auch ein schrecklicher Despot. Er bestimmte alles: die Interpretation der Musik, die Dauer der Proben, die er manchmal um mehr als eine Stunde überzog, und vor allem das Tempo, das sich in keinster Weise mit dem deckte, was dem Komponisten vorgeschwebt hatte. Außerdem untersagte er jederlei Konzertaufnahmen für CDs, Radio oder Fernsehen. Musik war für ihn eine transzendente Erfahrung, die ausschließlich bei einer Live-Aufführung zustande kommen konnte. Seine strikten Auffassungen hatten ihn zur Kultfigur gemacht. Die Orchestermusiker jedoch teilten sich in zwei Lager auf: Hasser und Liebhaber. Schon bald fand ich heraus, dass Erstere in der Mehrheit waren.

Ich saß bei der ersten Probe vor Anspannung auf der äußersten Stuhlkante. Der Dirigent nahm langsam auf seinem hohen Hocker Platz und hob die Hände. Mein Bogen schien das *Tremolo* der Geigen abzuwarten, um, nachdem die Hörner und die Celli eine Melodie begonnen hatten, ganz von selbst auf der G-Saite zu landen und dem Thema zu folgen. In ein paar Sekunden war ich nicht mehr da, sondern von den Klängen verschluckt.

E-Dur assoziiere ich seither mit übernatürlicher Schönheit und klarem Geist. Ich war wieder zu Hause. Bruckner drang zur wortlosen Essenz der Musik vor. Auf den Chefdirigenten ließ ich von da an nichts mehr kommen. Die Gänge des Gasteig hallten wider von den Beschwerden über sein exzentrisches Gehabe. Die Musiker kommentierten seine Äußerungen und verurteilten seine Arbeitsweise. Ich verlor schon bald das Interesse an ihren zynischen Bemerkungen. Mir ging es um die Musik, nicht um den Dirigenten. Die Bratsche schien von allein zu spielen, und durch meinen Geist sprudelten die Worte. Das Adagio traf mich mitten ins Herz. Ich fühlte mich wie Alice im Musikwunderland. Bilder, Farben und Worte tanzten in meinem Kopf herum. Ich sah mich wieder am Küchentisch mit Zeitungswörtern spielen. Noch nie hatten sich dic Spuren meiner polnischen Vergangenheit so gegenwärtig angefühlt.

Das Scherzo riss mich aus meinen Gedanken. Meine Finger kobolzten *dansant* im Rhythmus. Das war kein gemächlicher Ländler, sondern ein grotesker, dämonischer Dreivierteltakt. Da lugte sogar die Musik Wagners um die Ecke. Nach einem munter *pizzicato* gespielten Hauptthema stimmten die Bläser einen mehrstimmigen Choral an. Alles lief fließend ineinander über, Bruckner Wagner machte nun mit Mahler bekannt. Der Dirigent leitete die bizarre Konfrontation an, ohne vom Kern abzulenken.

Nach Beendigung der Probe war die Welt wieder normal. Draußen regnete es, und die Straße war umso grauer. Aber das sah ich nicht. Bruckner erfüllte mich noch tagelang mit seinen immensen Klangkathedralen, wo sich Musik und präzise sprachliche Anweisungen treffen. Seither beginne ich jedes Mal, wenn ich Bruckner spiele, mit dem Lesen der Tempi: *sehr feierlich und sehr langsam, etwas langsamer, bewegt, doch nicht schnell.*

Auch durch Bruckner wurde mein Wunsch angefacht, endlich deine Sprache zu lernen. Ein Deutschkurs an der Volkshochschule erschien mir als ein guter erster Schritt, zu meiner vernachlässigten Welt der Worte zurückzukehren. Einer Welt, die ich jahrelang auf Eis gelegt hatte. Nun bekam meine Sprache endlich wieder einen Anstoß, und das leitete eine Wende ein. Je besser mein Deutsch wurde, desto mehr wurde mir bewusst, dass dies dein Land war. Ich wohnte in deinem Geist und in deinem Körper. Ich wusste nicht viel über deine Vergangenheit, aber die Deutschen und ihr Land waren dir immer heilig gewesen. Erst jetzt spürte ich, dass du einer von ihnen warst. Du warst ein Deutscher, der im falschen Land lebte, ein Mann, der versehentlich eine Familie gegründet hatte. Was die Musik in mein Leben gebracht hatte, begann mir die Sprache zu verdeutlichen. Und da realisierte ich, dass ich nicht in deinem Land bleiben konnte. Deutschland war das Land, das du verloren hattest, und wenn ich weiterhin dort musizierte, würde ich nie von dir loskommen.

Wusstest du, dass ich 1991 von Ulrich geschieden wurde?

Noch im selben Jahr bekam ich eine neue Anstellung am Radio Filharmonisch Orkest in Hilversum. Mit einem Koffer und meiner Bratsche verließ ich Deutschland. An der Grenze lachte ich laut auf: Ich war frei. Frei von Ulrich und frei von dir.

16

Die Generalprobe im Amsterdamer Concertgebouw zieht sich in die Länge. Auf dem Notenpult steht ein dickes Buch, die Partitur der Oper *The Tempest* von Thomas Adès. Ein deutscher Dirigent legt alles daran, die Solisten und das Orchester in dem rhythmischen Cluster zu vereinen. Ev zählt die Takte bis zu ihrem Einsatz. Die Bratschenstimme ist nicht kompliziert, noch zwei Takte, sie nimmt das Instrument unters Kinn und schaut zum Dirigenten. Die Passage liegt auf der A-Saite in der sechsten Lage, den richtigen Ton zu treffen, kommt akrobatischer Hochgebirgskletterei gleich. Sie klimmt mit der linken Hand bis nah an den Bogen heran und fühlt das klebrige Harz auf den Fingerkuppen. Sie blickt um sich herum, die Bratschengruppe ist in sechs verschiedene Partien aufgeteilt, Ev spielt die dritte, aber alle suchen ihre Töne in ebendieser sechsten Lage. Jetzt kommt noch ein *Accelerando* hinzu. Wie der Blitz wandern die schwarzen Läufe auf dem Papier abwärts. Der Sopran Ariel skandiert ein paarmal nacheinander ein hohes G, das Ev wie eine spitze Nadel ins Trommelfell sticht. Der Dirigent peitscht die Passagen bis zu einem Ausbruch an. Evs Handgelenk versteift sich durch die heftigen, schnellen Bewegungen mit dem Bogen über die Saiten. Schneller, ruft der Dirigent, breitet die Hände über dem Orchester aus wie eine Fledermaus ihre Schwingen, verharrt so und schneidet dann mit einer knappen Gebärde den Ton ab. Stille, Schluss. Hört sie ihren Sitznachbarn atmen? Nun setzen Kontrafagott und Tuba im tiefen Register ein. Achtundsechzig Takte Ruhe für die Bratschen.

Sie ist noch hier, auf der Bühne, in ihrem Orchester. Die Zeit ist fast abgelaufen, aber sie hat noch nichts von Kees gehört. Die Musik der vergangenen Wochen hallt in ihrem Kopf wider. Sie fragt sich, wie viele Werke sie wohl schon als Orchestermusikerin gespielt hat. Macht das etwas aus?

Ja, das macht etwas aus. Nicht so sehr die schiere Menge, aber die vielen Stunden, in denen sie mit etwas anderem als Alltäglichkeiten befasst ist. Seit dem Gespräch mit Kees sieht sie ihre Arbeit anders. In dieser Woche versetzt *The Tempest* von Thomas Adès sie in die Zeit Shakespeares und macht ihr bewusst, dass die Welt nicht allein aus Dingen besteht, die sie sehen kann, sondern dass die unsichtbaren Kräfte weitaus größer sind.

Wie jetzt gerade. Sie lenkt ihre Aufmerksamkeit zurück zu dem Stuhl, auf dem sie sitzt, sie schaut auf die Noten und spitzt die Ohren. Ihr ist, als reise sie mithilfe der Musik durch die Zeit. Für einen Moment verliert sie die Kontrolle, und der

Bogen fällt ihr aus der Hand. Ein lauter Schlag. Die Kollegen drehen die Köpfe. Rob lacht, spielt aber weiter. Sie bückt sich und hebt den Bogen wieder auf.

Wo muss sie jetzt anfangen?

Rob tippt mit der Bogenspitze auf die Takte auf der rechten Seite. Sie nimmt die Läufe auf, und binnen weniger Sekunden stellt sich das vertraute Lebensgefühl ein: Sie ist wieder Teil des Ganzen. Das Podium unter ihren Füßen fühlt sich fest an, das Publikum, das auf den roten Sitzen Platz nimmt, vertraut. Im Orchester erfährt sie eine Metamorphose, ist für eine Weile nur noch mit den Klängen vibrierende Energie. Dieser Zustand ändert sich erst wieder nach dem Ende des Konzerts, wenn es still ist. In der Stille kehrt sie dann in das Hier und Jetzt zurück.

Doch heute fühlt es sich anders an. Sie schaudert. Worte schieben sich vor die Musik.

Darf sie dem vagen Sehnen nach der Literatur, nach dem Schreiben folgen? Würde die Musik noch dieselbe Bedeutung für sie haben, wenn sie nicht mehr täglich mit ihr befasst wäre?

Es ist Pause, Ev legt ihre Bratsche weg und setzt sich in den Zuschauerraum. Die Bühne leert sich, alle gehen in die Kantine im Keller. Sowie Ev fast allein im Saal ist, trüben die Ereignisse der vergangenen Wochen ihre Gedanken ein. Als sie die Augen schließt, schrumpft der Boden unter ihren Füßen zu einer kleinen Insel zusammen. Wie in einem Traum verliert die Zeit ihre Einheit. Ev schweift zu der langen Nacht gestern ab, die sie mit Lektüre zu verkürzen versuchte. Das hat immer gut funktioniert. Auch derzeit noch. Vorübergehend ist sie in eines anderen Leben eingetaucht, dachte entlang des Geschriebenen, schmunzelte und schmeckte aus der niederländischen

Übersetzung die Fremdsprache heraus. Ein Dialog, ein Bild genügte schon, um in die Welt des Buchs einzutreten. Doch dann ist sie plötzlich aufgestanden und hat zum Stift gegriffen. Wie von einer höheren Macht gelenkt brachte sie ein Wort nach dem anderen zu Papier, ging ihnen auf den Grund und forschte nach der Quelle der Emotionen. Ohne es noch zu begreifen, wusste sie, ob ein Satz funktionierte oder nicht. Sie durfte nur nicht groß nachdenken, denn dann ging meistens verloren, was es für sie bedeutete. Sie spornte sich an, ihrer Intuition zu folgen, zu durchfühlen, in die Tiefe ihrer rastlosen Gedanken zu schauen. Sie erfuhr diese Konfrontation, als blickte sie in Abgründe. Schmerz. Stille. Hoffnung.

Ev öffnet die Augen und schaut sich um. Bis auf ein paar andere sitzt sie immer noch allein im Saal. Sie hat noch ein Weilchen Zeit, die jüngsten Ereignisse zu rekapitulieren.

»Hoffnung ist in Wahrheit das übelste der Übel«, sagte Henrietta bei der wer weiß wievielten Gruppensitzung in Utrecht zu ihr, »Worte von Nietzsche, wohlgemerkt, nicht von mir.«

Das war kurz nach Evs fünfzigstem Geburtstag im Mai.

»Ich habe mich zu einem Kurs an der Schriftstellerschule in Amsterdam angemeldet«, hat Ev darauf mit Entschiedenheit erwidert.

»Richtig so.« Henriettas Blick hellte sich auf. »Es wird Zeit, dass du dein eigenes Leben lebst.«

Ein paar Tage später hat Ev Iris davon erzählt, als sie in einem Café saßen. Iris kamen die Tränen.

»Endlich, Ev, du bist immer so sehr mit deiner Vergangenheit beschäftigt. Das finde ich richtig stark.«

Ev musste ein paarmal blinzeln, vielleicht weil sie so etwas bis dahin noch von niemandem gesagt bekommen hatte.

Und nun war gestern schon die dritte Unterrichtseinheit an der Schriftstellerschule gewesen. Der Schreibstift ist in ihren Händen zu einer Nähnadel geworden. Wie mit Garn heftet sie ihre Sprachflicken aneinander. Die Worte schlüpfen durch das Nadelöhr und verwandeln sich in täuschend echte Bilder. Nacht für Nacht näht sie ihre Erzählungen zusammen, von Geschehnissen, die aus einem anderen Leben stammen. Wenn es draußen schon hell zu werden beginnt, gönnt sie sich ein paar Stunden Schlaf. Dann übernehmen wieder Automatismen die Regie über den Tag.

Die Kollegen strömen wieder auf die Bühne, die Pause ist vorüber. Mechanisch nimmt Ev ihr Instrument und läuft zu ihrem Stuhl im Orchester zurück. Von den Rängen kommen ihr goldene Lettern entgegen, als wollten sie ihr etwas zuflüstern. Samt und sonders Namen von Komponisten, Mahler mit Bruckner zur Linken und Franck zur Rechten.

Die Lettern beginnen zu wackeln, die Oboistin stimmt Läufe an. Schlägel mit großen runden Filzköpfen bringen die tiefen Kupferpauken hinter ihr kräftig zum Tönen. Sie legt die Bratsche an ihre Schulter und sieht sich die technisch schwierigen Passagen an.

Der Dirigent springt auf sein Podium und hebt die Hände. Ev versucht, die goldenen Lettern auszublenden. Die Musik überrumpelt sie, atmen, denkt sie, ruhig weiteratmen. Was spielt sie da noch? Sie erkennt die Musik nicht. Weiter, weiter, weiter.

Schon bald schweifen ihre Gedanken ab. Sie stellt sich Herren im Frack vor, die Frauen in eleganten Kleidern vor dem Konzertsaal in der Van Baerlestraat aus den Kutschen helfen.

Eine Frau hält sich ein Programmheft vom Einweihungskonzert im Concertgebouw vor. Werke von Wagner, Haydn, Bach und Händel. Sehr leichte Kost, urteilt Ev, nichts für das Amsterdamer Publikum.

Immer öfter lösen die Worte die Musik ab. Buchstaben strahlen Ev an, Noten nicht.

»Ev«, hört sie.

»Ja?«

»Schläfst du? Wir sind schon hier, schlag die Seite um«, sagt Rob.

Sie blättert hastig um. Mit Mühe schiebt sie ihre Gedanken beiseite und kehrt in die Musikwelt zurück. Doch vergeblich, denn eh sie sich's versieht, hat sich die Gesangsstimme der Zauberertochter Miranda mit der Geschichte in den Bratschenpart hineingedrängt. Kein Wunder, Thomas Adès' Musik atmet Oper und Theater. Während Ev die Trompeten hört, sündigt sie prompt und fragt sich, ob Shakespeare sich wohl selbst in Prospero sah oder sich bei dieser Figur von Thomas Harriot inspirieren ließ, der zu seiner Zeit die Reputation hatte, ein Magier zu sein.

»Vielen Dank, wir sehen uns morgen wieder«, sagt der Dirigent, und Ev entspannt sich. Irgendjemand lacht, die Oboistin spielt noch einmal den letzten kleinen Lauf.

»Kommst du klar?«, fragt Rob. Er macht ein besorgtes Gesicht. »Das ist echt beschissen für dich. Hattest du schon eine Unterredung mit Els?«

Ev antwortet nicht, Rob erhebt sich von seinem Stuhl und klopft ihr auf die Schulter. Sie bleibt noch kurz sitzen. Rob ist ein feiner Kollege, und überhaupt ist die ganze Bratschengruppe wie eine Familie zu ihr. Deren Besorgnis um sie rührt sie, jedes

Mal wenn sich jemand nach ihrem Befinden erkundigt, kämpft sie mit den Tränen.

»Möchtest du vielleicht etwas trinken?«, ruft Rob hinter ihr.

»Nein, vielen Dank.« Ev zückt einen Bleistift und tut so, als schriebe sie etwas in die Noten hinein. Kommt sie klar?, wiederholt sie sich Robs Frage. Hm, sie ist noch hier, sie sitzt auf der Bühne und hält sich an ihrem Instrument fest. Als sie aufschaut und den Saal in sich aufnimmt, denkt sie an all die Stunden Musik, die sie hier im Laufe der Jahre gespielt hat. Sie liest die Namen der Komponisten, die in der Ehrengalerie aufgeführt sind. Die goldenen Lettern schimmern im Scheinwerferlicht und ziehen ihre Aufmerksamkeit auf sich. Mit einem Mal verspürt sie ein Prickeln in den Fingern, genauso wie beim Schreiben. Die Buchstaben sind wieder bei ihr.

Es ist Abend, im Haus duftet es nach Brathähnchen. Fjodor läuft Ev dauernd vor den Füßen herum, weil er hofft, einen Bissen abzubekommen. Floris schenkt Rotwein in zwei bauchige Gläser. Wie wird er wohl reagieren, wenn Bo nachher vor der Tür steht? Dass sie sich mit Bo getroffen hat, nachdem er aus dem Krankenhaus entlassen war, hat sie für sich behalten. Bo erzählte, dass er nach seiner Vergiftung therapeutisch betreut worden sei. »Wird es nicht mal Zeit für ein ernsthaftes Gespräch mit deinem Vater?«, hat Ev gefragt. Bo hatte versprochen, bei ihnen vorbeizukommen.

Mit Floris über Bo zu reden, ist unmöglich geworden. Was treibt ihn als Vater um? Sie geht rasch in die Küche und nimmt das Hähnchen aus dem Ofen. Beim Zerteilen fällt das Fleisch auseinander, wie Floris es gern mag. Zum Hähnchenfleisch gibt sie den Salat auf die Teller. Floris sitzt mit einer Zeitung am Tisch. Zwischen den Weingläsern brennen zwei weiße Kerzen.

»Ich hab einen Mordshunger, das sieht richtig gut aus«, sagt er fröhlich.

Sie nimmt ihm gegenüber Platz und greift zum Weinglas, doch Floris steht plötzlich auf.

»Ich hab was für dich.«

Er verschwindet kurz und kehrt mit einem in Geschenkpapier eingewickelten Päckchen zurück, das der Form nach ein Buch sein dürfte. Er legt es neben sie und gibt ihr einen Kuss. »Ich bin so stolz auf dich!«

»Aber wieso denn?«, sagt sie und denkt an ihre Überraschung nachher. Sie fühlt, wie ihr die Glut in die Wangen steigt.

Floris küsst sie noch einmal und nimmt wieder auf seinem Stuhl Platz. Ev reißt das Papier auf und fördert ein Buch von Miroslav Holub zutage.

»*Die Geburt des Sisyphus. Gedichte*«, liest sie laut. Der Autor sagt ihr nicht viel.

»Das ist ein slawischer Dichter, der wegen des kommunistischen Regimes fast nie – und auch da nur unter einem Vorwand – sein Land verlassen konnte. Da hat er am Poetry International Festival in Rotterdam teilgenommen.«

»Holub ist in der Tschechoslowakei geboren«, liest Ev. Sie versteht Floris nicht, was hat Holub mit ihr zu tun?

»Es geht darum, wie er zum Schreiben kam. Ich fand es witzig, dass er sich genau wie du eigentlich mit einer anderen Welt beschäftigte, er war Immunologe und Wissenschaftler, dass aber die Worte, die er in sich trug, stärker waren. Und er hat nie aufgegeben.«

»Was hat er nicht aufgegeben?«

»Die Worte, das Schreiben, er glaubte an die Kraft der Worte, an seinen Beitrag dazu.«

Der Wein ist stark, sie nimmt noch einen großen Schluck. Floris ist der Einzige in ihrem Leben, der immer an sie geglaubt hat. Wie auch jetzt wieder. Als sie sich das Buch ansieht, muss sie plötzlich an Bo denken. Warum glaubt Floris nicht genauso an seinen eigenen Sohn?

»Übrigens, das Hähnchen schmeckt köstlich«, sagt Floris mit vollem Mund. Sie schaut auf und sieht, dass er schon mit dem Essen angefangen hat. Ihre innere Anspannung steigt von Minute zu Minute, sie stochert ohne rechten Appetit in ihrem Salat. Um nicht die ganze Zeit an Bos Besuch zu denken, konzentriert sie sich auf das Buch von Holub. Sie schreibt jetzt regelmäßig, aber könnte sie je eine Erzählung oder Gedichte zustande bringen? Sie hat noch zu wenig Vertrauen in ihr Niederländisch. Wie kann sie sich diese Sprache je richtig aneignen? Floris murmelt etwas über seine Arbeit und das Tagesgeschehen. Sie bemüht sich, einen interessierten Eindruck zu machen.

»Hast du heute an deinem Schreibauftrag gearbeitet?« Floris nagt an einem Knochen und leckt sich dann die Finger ab.

»Ja, aber ich hab nicht das Gefühl, dass ich vorankomme.«

»Jeden Tag ein kleines Schrittchen. Und bei deiner Arbeit?«

»Du hörst dich an, als wärst du mein Lehrer.« Ev zweifelt kurz, dann sagt sie: »Apropos Niederländisch. Die Sprache fühlt sich manchmal an wie ... wie ein Kleid, das ich gerne tragen würde, aber von dem ich nicht weiß, ob es mir steht. Seit der ersten Stunde an der Schriftstellerschule komme ich mir wie eine andere vor, die Sprache macht mich neugierig, fordert mich heraus. Sonst habe ich immer einfach eine

Fremdsprache gelernt, aber Niederländisch ist wie ein spannendes Abenteuer.«

»Meinst du das ernst?«

»Ja, es ist verrückt. Es scheint fast, als müsste ich das Niederländische ... leben. Ja, leben, erfahren und nicht so viel darüber nachdenken. Die Worte bekommen sofort Gehalt, ich übersetze nicht ins Polnische oder Deutsche, sondern sehe bei *bloesems* gleich Blüten. Das Niederländische hat etwas Physisches an sich, was man denkt, das ist man. Irgendwie bin ich die Sprache, so fühlt es sich an ... Komisch, nicht?«

»Ich kann dir tatsächlich schwer folgen, aber das hat vielleicht etwas mit deiner ...« Floris wird von der Türklingel unterbrochen, die zweimal betätigt wird. Fjodor rennt sofort aus dem Zimmer.

Ev schaut auf die Uhr, es ist schon nach halb neun. Bo ist spät dran, sie springt auf und geht an die Tür.

»Komm rein.« Sie tritt beiseite.

Aber Bo zögert, wirkt unsicher. Es dauert einen Moment, bis er über die Schwelle tritt. Sie gibt ihm einen kleinen Schubs. Als sie zu zweit ins Wohnzimmer kommen, sieht Floris sie mit gerunzelten Brauen an.

»Ja, ich hätte es dir erzählen müssen«, sagt sie möglichst unbekümmert, bleibt jedoch bei der Wahrheit: »Ich habe Bo eingeladen. Es gibt viel zu besprechen, und das kann nicht mehr warten. Um Musik geht es und um Bos Entscheidungen ...«

»Und das aus deinem Mund, wo du nah dran bist, deine Stelle zu verlieren«, entfährt es Floris. Hört sie da Aggression? »Warum hast du mir nichts gesagt?«

»Ich fürchtete einfach, dass du abspringen würdest.«

»Wieso?«, fragt Floris.

»Ist das wahr?«, fragt Bo gleichzeitig, und sein Gesicht läuft rot an. »Bist du deinen Job los? Im Orchester?«

»Moment … ganz so ist es nicht. Wie wär's erst mal mit einem Tee? Oder Kaffee?« Ev fühlt heiße Flammen aus ihrem Bauch auflodern. »Ich hab auch einen Kuchen gebacken.«

Als Bo am Tisch Platz nimmt, verfinstert sich Floris' Gesicht. Kein Wort der Begrüßung zwischen Vater und Sohn, für Ev sind die Spannungen fast greifbar. Sie geht schnell in die Küche, wo sie ganz langsam ein paarmal tief durchatmet. Ihr fällt ein, was sie bei Henrietta gesagt hat: Die Wahrscheinlichkeit, dass ich meine Stelle verliere, ist genauso groß wie die Möglichkeit, dass ich bleiben kann. Fifty-fifty, wiederholt sie ein paarmal innerlich, bevor sie mit dem Tablett ins Wohnzimmer zurückkehrt. Bo und Floris springen auf und helfen. Sie stellt den Kuchen mitten auf den Tisch.

»Als wir in Italien waren, ist Bo im Krankenhaus gelandet«, eröffnet sie das Gespräch.

Floris horcht sofort auf. Bo reibt sich über die Fingerknöchel und beginnt dann, den Blick auf den Tisch geheftet, ruhig zu erzählen.

»Mir ist manchmal schon gleich morgens so, als wär ich mit dem falschen Bein zuerst aufgestanden. Ich bin geladen, ohne zu wissen, wieso. Das soll nicht heißen, dass ich Probleme hab, echt nicht.« Bo schaut jetzt seinen Vater an und lehnt sich mit dem ganzen Körper zurück, sodass es aussieht, als sei er plötzlich größer geworden. »Es fühlt sich … fühlt sich eher so an, als ob sich in meinen Träumen so viel auftürmt, dass mich das ganz kribbelig macht.«

»Wie kommt das denn?«, fragt Ev.

»Ich weiß nicht genau … aber … Ich kann nicht so gut reden.

Wenn ich dann zur Geige greife und was improvisiere, hilft mir das, wieder runterzukommen.«

»Wie denn?« Ev lässt nicht locker.

»Keine Ahnung … Vielleicht dadurch, dass ich an die Läufe denke, die Melodie im Kopf hab und unter den Fingern spüre, das tut so gut. Dann kann ich wieder weiter.«

»Und wenn du das nicht machst?« Floris sieht Bo eindringlich an.

»Dann … dann bau ich Mist …«

»Wie zum Beispiel?«, fragt Floris weiter. Er rutscht an seine Stuhlkante vor.

Aber Bo antwortet nicht gleich. Er sucht Blickkontakt mit Ev. Sie lächelt ihn ermunternd an.

»Worum geht es hier eigentlich?« Floris legt die Hände übereinander auf den Tisch und beugt sich vor. Sein Blick wandert von Ev zu Bo und wieder zurück. Er hat die Zähne so fest aufeinandergepresst, dass sich seine Stimme seltsam anhört. Ev hat ihn noch nie so angespannt gesehen. »Das hat doch jeder in deinem Alter. Ich hatte auch Songs, die mir wichtig waren, aber das legt sich wieder. Wenn du das nicht beizeiten einsiehst, tut es dir später leid.«

»Floris, was Bo mit Musik hat, ist mehr, als dass ihm irgendwelche Songs wichtig sind.«

»Du kennst meine Meinung«, erwidert Floris schroff.

»Es geht hier nicht um dich«, kontert Ev irritiert.

»Darf ich ein Stück Kuchen haben?«, fragt Bo nach einer Pause. Ev legt jedem ein Stück auf den Teller.

»Wenn ich meine eigene Musik mache …«, nimmt Bo den Faden wieder auf.

»Wenn, wenn, wenn … *Get to the point*, Junge«, blafft Floris.

»Lass ihn bitte ausreden.« Ev haut unwirsch mit der flachen Hand auf den Tisch. Verdutzt sehen die beiden sie an.

»In der Schule läuft's gut …«

»Das ist es ja gerade«, unterbricht ihn Floris, »dir steht im Leben weit mehr offen, als nur Jazz zu spielen. Das kannst du immer noch, aber dann lieber als Hobby.«

Ev legt die Hand auf Floris' Arm. »Bitte.«

»Ich weiß langsam nicht mehr, wo mein Zuhause ist …« Bos Worte kommen jetzt im Fluss. Er spricht über seine Mutter, ihren Umzug, ihren Freund, und beklagt, dass Floris nie da sei, damit sie mal reden könnten. Floris hat sofort wieder Einwände, doch Bo fährt unbeirrt fort und jagt Floris einen gehörigen Schrecken ein, als er anspricht, dass er, als er das letzte Mal Mist gebaut habe, im Krankenhaus gelandet und psychologisch betreut worden sei.

»Wie ist es dazu gekommen?«

»Genau so, wie ich gesagt habe, wenn sich Sachen auftürmen und ich nicht weiter weiß, dann … dann läuft's schief. An dem Abend konnte ich auch nicht mehr mit der Band mit. Ich war frustriert und hab zuerst Bier in mich reingeschüttet. Dann hat mir jemand Schnee angeboten. Ich fühlte mich gleich besser, hab dann aber aus lauter Übermut auch noch einen Joint geraucht. Da fing vor meinen Augen alles an zu tanzen, und ich bin erst im Krankenhaus am Herzmonitor wieder aufgewacht.«

»Was bist du doch für ein verdammter Dummkopf! Ist dir eigentlich klar, dass du dabei hättest draufgehen können?«, ruft Floris. »Soll ich das etwa auch noch witzig finden? Hast du dir mal überlegt, was gewesen wäre, wenn sie dich nicht gerettet hätten?«

Ev hält sich mit einer direkten Replik zurück. Ihr wird jetzt erst bewusst, wie viel Glück Bo hatte, und sie sucht nach den passenden Worten für eine Entgegnung. Aber Bo kommt ihr zuvor.

»Nein, aber du warst nicht da, und Ma hat ihren Freund und ist zurzeit auf einem anderen Trip. Was soll's, ich komme echt prima allein zurecht. Das passiert mir garantiert kein zweites Mal«, sagt er, aber überzeugend klingt es nicht.

Als er aufstehen will, fasst Floris ihn beim Arm. »Setz dich«, sagt er und zwingt Bo auf seinen Stuhl zurück.

Ev sieht, dass in Floris' Blick etwas gebrochen ist. Seine ganze Verärgerung ist schlagartig weg. Mit sachter Stimme beginnt er zu erzählen, warum er und Bos Mutter sich getrennt haben, als Bo zwei Jahre alt war. Er spricht ruhig, sein Körper hat sich entspannt. Bo hört mit offenem Mund zu.

»Ich mach noch mal Tee«, flüstert Ev und verlässt das Zimmer. Als sie die Tür hinter sich schließt, fällt ihr ein, dass sie Bo gar nicht erzählt hat, wie es sich nun mit ihrer Stelle verhält. Aber egal, es geht heute Abend nicht um sie. Sie füllt den Wasserkessel und setzt ihn auf. Die gedämpften Stimmen im Wohnzimmer zaubern ihr ein Lächeln aufs Gesicht. Floris ist endlich mit Bo im Gespräch. Sie kann sich fast nicht mehr erinnern, wann sie die beiden zum letzten Mal miteinander reden gehört hat.

Vater, geografisch war ich dir gerade näher gekommen. Hilversum lag keine zweihundert Kilometer von Essen entfernt. Es schien, als folgte ich einer Kurve, die mich in meiner Laufbahn voran, aber auch dir näher brachte. Die Stelle in einem sehr guten Orchester gab mir finanzielle Sicherheit. Und ich konnte nicht nur meine Rechnungen bezahlen, sondern noch dazu dem frönen, worin ich gut war – Bratsche spielen. Du hattest früher oft gesagt: »Erfolg heißt, dass man mit dem, was man kann, Geld verdient.«

War ich in deinen Augen nun endlich erfolgreich?

Ich ging zwar mit Neugier zu Werke, und es drängte mich zu musizieren, aber glücklich und zufrieden war ich dennoch nicht. Vom ersten Tag an musste ich in meinem neuen Job an dich denken. Als hättest du die Stelle bekommen und nicht ich.

Jeden Morgen, wenn ich mir die Zähne putzte und die Haare kämmte, schaute mich dein Gesicht aus dem Spiegel an.

»Siehst du? Ich kann es besser als du, ich habe erreicht, was du nicht konntest«, flüsterte ich gehässig. Was sollte das? Wie hatte die Musik uns so weit auseinandertreiben können?

Ungefähr von da an begann ich mich wieder zu fragen, warum du nicht an die Musik geglaubt hattest. Wie hattest du so einfach aufgeben können? Warum hattest du die Existenz als Kraftfahrer derjenigen als Geiger, Flötist oder Jazzmusiker vorgezogen? Was war in deinem Leben passiert, dass du dein größtes Talent derart vernachlässigt hast?

»Abteilung ... Viszeralchirurgie, Zimmer 80«, sagte eine junge Frau am Empfang des Alfried-Krupp-Krankenhauses. Auf ihrem weißen Kragen war ein Kaffeefleck. Ich blickte auf ihre linke Brust, wo ein laminiertes Schildchen mit Symbolen, Ziffern und dem großen fetten Buchstaben K prangte: K. Ich schweifte sofort ab und mir entging, was sie sagte. Die Frau hielt die ganze Zeit den Blick gesenkt.

»Entschuldigung, könnten Sie das noch einmal wiederholen?«, bat ich und heftete den Blick auf den Kaffeefleck.

Jetzt sah sie mich endlich an. »Zweiter Stock, Abteilung Allgemein- und Viszeralchirurgie, Zimmer 80. Sie können den Aufzug oder die Treppe nehmen. Erst hoch, und dann auf der anderen Seite wieder runter. Folgen Sie den grünen Pfeilen.«

»Zimmer 80, Zimmer ... K ... KV 80, natürlich, Köchelverzeichnis Nummer 80, Mozarts erstes Streichquartett ...«, murmelte ich und ließ den Aufzug links liegen. Meine Beine glichen einem Metronom, ich lief im Dreivierteltakt die breite Treppe hinauf, das G-Dur in meinem Kopf schuf Klarheit, und ich hörte die ersten Takte des Musikstücks. Dein Gesicht tanzte auf meiner Netzhaut, wie mochtest du jetzt, nach so vielen Jahren, aussehen?

Meine rechte Hand hinterließ feuchte Spuren auf dem Treppengeländer. Mit der Linken drückte ich einen kleinen Blumenstrauß an meine Brust. Ich hatte ihn vormittags in der Blumenboutique neben meinem Hotel gekauft. Erst danach fiel mir ein, dass dir nie etwas an Blumen gelegen hat.

An der Wand neben deiner Zimmertür sah ich wieder die 80. Dein Name auf dem Schildchen darunter trieb mir die Tränen in die Augen. Ich trat schnell ein.

Drei Männer schauten mich aus ihren Betten an, einer davon begrüßte mich. Du lagst ganz hinten, den Kopf zum Fenster gedreht. Ich stellte mich leise an dein Fußende und sah, wie tief du schliefst. Ein weißer Bart umrahmte deine geöffneten Lippen. Welcher Kummer hatte die scharfen Furchen um deinen Mund gekerbt? Deine tief in den Höhlen liegenden Augen bewegten sich, als schautest du dir in einer anderen Welt einen Film an. Was mochtest du sehen? Von was träumen? Du warst es, und du warst es nicht. In deinen Armen steckten Kanülen. Dein magerer alter Körper reimte sich nicht mit meinem Bild von dir. Verdi, dachte ich, du siehst aus wie Verdi.

»Er hat ein Schlafmittel bekommen«, sagte jemand hinter mir mit bayrischem Akzent. Ich drehte mich um. Die Schwester war einen Kopf kleiner als ich, ihre großen dunklen Augen strahlten Mitleid aus.

»Er hat sehr starke Schmerzen … Sind Sie die Tochter?«

Ich nickte. »Wo kann ich die Blumen hinstellen?«

»Kommen Sie, ich zeige Ihnen, wo die Vasen stehen«, antwortete sie. »Ich weiß nicht, ob wir überhaupt eine passende haben.«

Ich folgte ihr aus dem Zimmer. Es dauerte eine Weile, bis ich eine Vase und einen Wasserhahn gefunden hatte. Als ich ins Zimmer zurückkam, stand eine Frau an deinem Bett. Sie sah zu mir herüber.

»Ev!«, entfuhr es ihr, und sie schlug die Hand vor den Mund. Ihr Haar war blondiert, sie war klein geworden und so mager, dass ihr um die Mitte gegürtetes Kleid Packpapier glich.

»Ev, *ty tutaj* ...?«, sagte sie auf Polnisch. Und ich war mir nun sicher. Aber was war mit ihrem Haar geschehen? Und wo waren ihre schicke Brille, ihr mit irgendeiner auffallenden Kette geschmücktes schönes Dekolleté und ihre Eleganz? Aber sie war es schon, die Froschfrau.

»Adele?«

Mit zwei Schritten war sie bei mir und umarmte mich mit erstaunlicher Kraft. Sie küsste mich auf beide Wangen. Ich roch Tigerbalsam und Rosen.

»Es sieht nicht gut aus für deinen Vater«, sagte sie.

Die Tränen, die ihr über das Gesicht strömten, waren offenbar nicht die ersten, die sie an diesem Tag vergoss. Ich konnte getrocknete Spuren von Schminke auf ihren Wangen erkennen.

»Er war kurz wach, aber er hat mich nicht erkannt. Sie haben beschlossen, ihm etwas zum Schlafen zu geben, siehst du die Kanüle hier? Er bekommt sehr starke Medikamente direkt in die Adern.«

So schlimm konnte es wohl nicht sein, wenn er nicht auf der Intensivstation lag, relativierte ich das für mich.

»Wie gut, dass du hier bist, Ev, wie gut«, wiederholte sie ein paarmal nacheinander und rieb sich mit den Händen über die Arme. »Du siehst gut aus.«

Ich lächelte und suchte nach Worten, doch mein Polnisch war blockiert, ich konnte nur deutsch denken. Ich bekam nichts heraus.

»Es kann Stunden dauern, er wird nicht so bald wieder wach. Wollen wir ... wollen wir einen Kaffee trinken gehen?«

»Die Blumen ... Ich ...«, stammelte ich und ließ Adele stehen. Was sollte ich mit ihr? Die Blumen überbrachte ich auch im Namen von Nina und Mutter, dachte ich unwillkürlich. Und als wollte ich dir das verdeutlichen, stellte ich die Vase möglichst nah zu dir hin, auf das kleine Schränkchen neben deinem Kopf. Der Geruch, dein Körpergeruch stieg mir in die Nase. Der hatte sich nicht verändert. Mit den Fingerspitzen berührte ich dein Haar. Unser einzigartiges Wiedersehen war durch die Anwesenheit der Froschfrau gestört worden. Da war ich jetzt fast froh, dass du nicht wach warst. Was musste ich mir jetzt wieder von dir bieten lassen, Vater, lebtest du mit ihr zusammen?

Als ich mich von deinem Bett entfernte, schob Adele die Blumen sofort weiter von dir weg.

»Gut«, sagte ich, als sie mich nun scharf musterte, »lass uns in die Stadt gehen.«

»Berührt werden, darum ging es«, sagte Adele, als wir uns in einem so gut wie leeren Café gegenübersaßen. Durch das Fenster schaute ich auf einen gepflasterten Platz mit mächtigen Blumenkästen, wo auf übergroßen Bänken sehr junge Mütter mit Kinderwagen saßen. Keine von ihnen achtete auf ihr Kind.

Außer uns saß noch ein Mann im Café, der nach draußen starrte. Die Bedienung brachte den Kaffee. Die Tassen hatten das Format von Suppenterrinen.

»Dein Vater hat meine Wahrnehmung umgekrempelt, wie ein Kunstwerk das manchmal tut.«

»Wie meinst du das?«, fragte ich. Der erste Schluck Kaffee schmeckte bitter.

»Er inspiriert mich, seine Art zu lieben durchbricht jedes gängige Muster.«

Adeles Augen schwammen in Tränen. Sie sah mich nicht mehr an.

»Mit Hans fühle ich mich stark, auch heute noch. Seinetwegen bin ich schon vor Jahren aus meinem komfortablen Leben ausgestiegen. Er ist so frei in seinem Tun, als sei er die Schönheit des Lebens selbst. Seine Besessenheit, etwas daraus zu machen, hat mir einen Schubs gegeben.« Sie lacht kurz, streicht sich eine Haarsträhne aus der Stirn und fährt fort: »›Hauptsache, du gehst deinen eigenen Weg, Adele‹, das sagt er heute noch zu mir.«

Sie hatte noch keinen Schluck getrunken.

»Durch ihn wurde mir zum ersten Mal klar, dass man das Schicksal oder Widrigkeiten nicht nur erdulden muss, sondern auch etwas aus einem Leben machen kann. Er hat oft von dir gesprochen, Ev, er ist so stolz auf dich.«

Ich verschluckte mich und fing an zu husten, der Kaffee stieg mir in die Nase. Und weil ich kein Taschentuch dabei hatte, rannte ich zur Toilette. Das grelle Licht über dem Waschbecken fiel auf die dunklen Ränder unter meinen Augen. Adele hatte gesagt, ich sähe gut aus. Ich konnte das nicht feststellen. Du? Stolz auf mich? Dass ich nicht lache! Sofort sah ich dein Gesicht im Spiegel.

»Ich war in deinen Augen doch immer eine Summe von Misserfolgen, oder?«, fragte ich laut, doch dein Spiegelbild verschwand wieder. Ich wusch mir die Hände und ging zum Tisch zurück. Adele hatte ihren Kaffee immer noch nicht angerührt.

»Geht's wieder?«

»Ja, entschuldige.« Ich wollte nicht hören, was sie zu sagen hatte, und was tat ich? Ich blieb sitzen und entschuldigte mich auch noch.

»Wusstest du, dass dein Vater manchmal behinderten Kindern geholfen hat?«

»Womit?«

»Er brachte sie in die Stadt, an Orte, die sie sonst nicht so ohne Weiteres erreichen konnten. Die Eltern waren ihm sehr dankbar. Du weißt doch wohl, dass man im kommunistischen Polen Ende der Siebzigerjahre lieber verschwiegen hat, wenn jemand behindert war, oder?«

Ich konnte mich noch an die Nachbarin aus dem ersten Stock erinnern. Ihren kleinen Sohn, der im Rollstuhl saß, hast du manchmal auf dem Arm nach unten getragen, wenn sie mit ihm zum Arzt musste. Aber Mutters Aussage nach hattest du etwas mit dieser Frau. Stimmt es, was Adele erzählt, oder wäre ich da naiv?

»Eines Tages kam er mit einem Jungen zu mir, der das Williams-Beuren-Syndrom hatte.«

»Was ist das?«

»Das sind Menschen mit kognitiven Einschränkungen, die aber oft ein gutes Gespür für Musik haben. Der Junge war geradezu musikbesessen, und Hans meinte, wenn jemand etwas für ihn tun könne, dann ich. Anfangs war ich skeptisch, doch ich habe es trotzdem versucht. Das war eine so unglaublich starke Erfahrung, dass ich beschloss, eine Musikschule für behinderte Kinder aufzumachen. Es war nicht immer leicht, aber ich hatte das Gefühl, etwas Sinnvolles zu tun, für Bedürftige etwas bewirken zu können, verstehst du?«

Ich war mir nicht sicher, ob ich das verstehen konnte. Ob ich es verstehen wollte. Es war ein Schock für mich, dass ich vielleicht jemand anders in dir sehen musste. Erst jetzt weiß ich, dass das an dem Tag selbst lag. Nach so vielen Jahren hatte ich einen Schritt auf dich zu gemacht, doch mein Schritt war zu klein gegenüber der Lawine, mit der Adele mich überrollte. Ich war gekommen, um etwas zwischen Vater und Tochter zu klären. Und dann entwarf Adele das Bild von einem Mann, das dich für mich zum Fremden machte. Ich war nicht offen dafür, nichts von ihrer Geschichte trug für mich erkennbare Züge. Adele hatte eine ganz eigene Version von dir. Eine Version, die zu ihrem Leben passte. Ich hatte seit mehr als zwanzig Jahren einen genetischen Abdruck von dir mit mir herumgetragen, der total anders war. Was Adele erzählte, machte dich für mich zu einem Rätsel. Da war es besser zu schweigen.

»... Ich weiß, dass du auf der Seite deiner Mutter stehst, aber ...«, hörte ich Adele weiterreden.

»Ich stehe auf meiner eigenen Seite, meine Mutter hat in diesem Gespräch nichts zu suchen«, unterbrach ich sie scharf.

»Vielleicht hast du recht, ich habe noch gar nicht gefragt, wie es dir geht.«

Adele war die Letzte, mit der ich über mein Leben sprechen wollte.

»Du hast deinen Kaffee noch nicht getrunken«, sagte ich gereizt.

»Nein, weil ich Tee wollte und du Kaffee bestellt hast.«

War das wirklich so oder wollte sie mich provozieren?

»Du scheinst manchmal zu ignorieren, was andere sagen, Ev, wie früher schon, als du noch zum Unterricht zu mir kamst.« Sie blieb entspannt. »Du ähnelst deinem Vater, wusstest du das? Deshalb geratet ihr so aneinander. Nur sein Gefühl für Humor hast du nicht. Er kann sehr witzig sein.«

»Warum erzählst du mir das?«

»Wir saßen mal abends in einem Biergarten in Berlin.« Ihre Stimme war jetzt wärmer und höher, sie wirkte mit einem Mal jünger. »Es war spät, die meisten Leute waren schon gegangen und die Tische neben uns verlassen. Dein Vater und ich hatten das letzte Glas halb leer, als plötzlich ein Mann vor uns stand. ›Geld her, auf den Tisch damit, los!‹, rief er und fuchtelte mit einem Messer. Ich war zu Tode erschrocken. Aber dein Vater schob ruhig die Hände in seine Hosentaschen und holte ein Schweizer Taschenmesser hervor. ›Hast du auch einen Zahnstocher dran?‹, fragte er den Mann und klappte sein Messer auf. Der Mann zog die Brauen zusammen, und ich dachte, jetzt sei es gleich um uns geschehen. Aber er sah uns nur an. ›Oder einen Dosenöffner? Auch nicht? Nein?‹, fragte dein Vater weiter. ›Meine Güte, wo hast du denn dein Messer gekauft? Das taugt doch nichts!‹ Der Mann war so verdutzt, dass er an seinem Messer herumzufummeln begann. Sie haben ihre Messer verglichen, und es wurde fast gemütlich am Tisch. Zum Schluss hat Hans dann doch noch seine Geldbörse gezückt und dem armen Kerl zwanzig Mark gegeben.«

Adele lachte herzlich und fuhr sich mit der Hand durch die Frisur. Auf einmal wurde ich neidisch auf die Geschichten von dir, die sie sich angeeignet hatte.

»Nur musizieren kann dein Vater wirklich nicht«, fuhr sie seufzend fort.

»Was sagst du denn da?«, rief ich.

»Dein Vater ist ein Lebenskünstler, aber die Musik in ihm ist zertreten worden.«

»Ach ja, mach ihn nur zum Opfer. In deiner Verherrlichung siehst du nicht, wie mein Vater wirklich ist, Adele.«

Sie blieb immer noch ruhig.

»Ev, er kann wunderbar mit Menschen umgehen«, erwiderte sie, »er kann sie mit seiner Begeisterungsfähigkeit erheben, besondere Gefühle wecken und sie beseelen. Aber selbst Musik machen kann er nicht.«

»Das ist nicht wahr. Er kann auf jedem Instrument spielen, das er in die Hände kriegt!«

Adele lächelte, hob ihre Tasse und trank endlich ein paar Schlucke.

»Ich pflichte dir bei, er erweckt schon diesen Eindruck, aber er spielt immer dasselbe, ein paar jazzig klingende Akkorde, eine kurze traurige Melodie und eine Tonleiter, das ist alles.«

Das war mir nie aufgefallen. Ich musste tief in meiner Erinnerung graben.

»Er spielt alles gleichermaßen hölzern«, fuhr sie fort. »Es kommen zwar Töne heraus, aber keine Musik. Hat dich je bewegt, was er spielte? Konnte er dich mit einem Stück bezaubern? Wie er ohne die geringste Scheu zu wer weiß welchem Instrument griff, war eindrucksvoll, aber seine Musik hatte keine Seele.«

»Doch, er hat wundervoll Mundharmonika gespielt!« Die hatte sie dich bestimmt nie spielen hören. Sie beurteilte dich mit ihrem Ohr für Klassik. Wusste sie überhaupt, dass du früher mal in einer Big Band gespielt hast?

»Jedes Übermaß tötet die Subtilität eines inneren Staunens«, setzte Adele wieder an. »Ohne das gewinnst du keinen Zugang zu Musik. Du spielst doch selbst Bratsche. Wie vielen Instrumenten könntest du die gleiche Aufmerksamkeit schenken? Du weißt doch, wie du Geige gespielt hast und wie sehr sich deine Liebe zur Bratsche davon unterscheidet. Wie viele Instrumente kann man auf so hohem Niveau beherrschen?«

»Aber er ist besonders …« Das war mir unwillkürlich herausgerutscht. Ich errötete.

Adeles Hand lag jetzt auf der meinen.

»Er konnte der Geige nicht treu bleiben. Wie er seiner Frau nicht treu bleiben konnte …«

Der Klingelton meines Handys unterbrach sie. Dankbar griff ich nach meiner Tasche unter dem Stuhl und zog es hervor. Ich betete, dass du es warst, dass du aufgewacht warst, die Blumen gesehen hattest und anriefst, wo ich denn bliebe. Wegen der hereinfallenden Sonne konnte ich nicht richtig sehen, was auf dem kleinen Display stand. Ich drückte auf die grüne Taste.

»Ja?«, rief ich hastig. »Ja?«, rief ich noch einmal, doch am anderen Ende blieb es still. »Hallo?«, rief ich noch lauter.

Ich hörte Geräusche, die ich nicht einordnen konnte.

»Ev, Nina kann im Moment nichts sagen«, hörte ich nach kurzer Stille die Stimme von Stan, Ninas Mann. »Eure Mutter ist soeben gestorben.«

17

Der Dozent ist jünger, als Ev erwartet hatte. Sein blondes Haar ist streng nach hinten gekämmt und sieht aus wie auf den Kopf geklebt. Seine schönen blauen Augen lassen die Schatten darunter nur noch dunkler erscheinen. Sander van Laanen ist ein junger Autor, der für seinen zweiten Roman im vergangenen Jahr den Libris-Preis bekommen hat. Jetzt arbeitet er an seinem dritten Buch. Er sitzt heute Abend einem nur vierköpfigen Grüppchen gegenüber, drei Kursteilnehmer fehlen.

»Mach deinen Kopf leer, Ev, und fülle deine Erzählung mit Leben«, sagt er, als sie ihre Arbeit besprechen. »Dein Text über die Begegnung von Antonio Vivaldi mit der mysteriösen Gräfin ist zu weit von dir weg.«

»Aber es geht doch vor allem um Musik.« Ev spürt, dass sie in Atemnot gerät, und macht sich Henriettas Übung zunutze:

Nimm Kontakt zur Erde auf und achte auf deine Atmung, dann bekommst du deine Emotionen in den Griff. Es funktioniert.

»Ja, schon, aber der Abschnitt über Musik steht für sich. Das eigentliche Drama in deiner Geschichte liegt in den Figuren und nicht in der Musik.« Sander verstummt für eine Weile, während er mit den Fingern über den Ausdruck von Evs Geschriebenem fährt. »Alles, was du schreibst, sollte einen Kern haben, der Assoziationen ermöglicht. Such nach deiner Basis, einem Zentrum, aus dem heraus du etwas erschaffen kannst, auch wenn es zunächst noch grobe Linien sind. Du brauchst nicht alles zu erzählen, aber du solltest wissen, wie das tiefste Innere dessen, was du schreibst, aussieht. Denk an eine Pflaume, das Innerste einer Pflaume ist ein Kern, den du nicht siehst. Dennoch weißt du, dass diese Frucht niemals ohne Kern entstehen, wachsen und zur Frucht werden könnte – das meine ich mit dem Schreibprozess. Wie groß oder klein dein Text auch sein mag: Denk darüber nach, was du wirklich sagen willst.«

Ev nickt.

»Aber fang nicht an, andere Autoren zu imitieren«, fährt Sander fort. »Das, was du selbst erlebt hast, was du gut kennst und weißt, ist oft viel interessanter als die wer weiß wievielte erfundene Liebesszene.«

Ev schweigt, stellt die Füße unter dem Tisch noch etwas breitbeiniger auf. Doch diesmal gelingt es ihr nicht, das Husten zu unterdrücken.

»Was ist?«

»Na ja ... Bücher sind für mich ... eine Flucht in eine andere Welt. Ich meine Fantasie, gerade die Fantasie, die Geschichte an sich, lässt mich das Hier und Jetzt vergessen.« Ev zwingt sich, langsam zu sprechen, und achtet auf ihre Atmung. Der Husten verebbt.

»Du sagst es«, Sanders Stimme geht in die Höhe, »Bücher! Aber jetzt bist du mit dem Schreiben befasst.«

»Was ist der Unterschied?«

»Schreiben und lesen sind Gegenpole. Ein begeisterter Leser verspürt noch längst nicht den Drang zu schreiben, sondern er konsumiert und nimmt, was ihm gegeben wird. Ein Schriftsteller erschafft, ergründet und hat gewiss etwas zu geben. In ihm entsteht ein anderes Leben, eine andere Geschichte. Diese Geschichte sucht über ihn den Weg nach draußen, zum Leser. Man flüchtet sich in seine Einbildung, wenn man liest, aber wenn man schreibt, folgt man einer tiefen inneren Stimme, das ist ein großer Unterschied.«

Ev schüttelt den Kopf. »Kannst du mir das noch besser erklären?«

Sander beugt sich jetzt mit den Ellenbogen auf dem Tisch nach vorn. Ein junges Mädchen neben Ev seufzt auf.

»Du bist doch Musikerin, nicht? Du hast also, ohne dass ich deinen Beruf herabwürdigen möchte, eine ausführende Funktion: Du gibst wieder, was schon komponiert worden ist.«

»Ja … und nein.« Ev wehrt sich gegen diese Simplifizierung. Die drei anderen Kursteilnehmer sehen sie jetzt an. »Ich meine, dass es Riesenunterschiede gibt, wie man Bach oder wie man Bruckner interpretiert.«

»Das begreife ich.« Sander schließt kurz die Augen. »Was ich meine, ist, dass du nicht komponierst, sondern Musik vom Blatt spielst, vorgefertigt, oder?«

Ev weiß nicht, was sie antworten soll. Nein, was sie spielt ist nie vorgefertigt. Sie fühlt sich geradezu mitverantwortlich für die Komposition. Ohne Musiker gibt es keine Musik. Um es mit Sanders Worten zu sagen: Musiker sind der Kern des Klangs, sie kreieren die Tonkunst, sie bringen zum Leben, was lediglich als Idee geschrieben steht und sonst reglos bliebe.

Sander gibt nicht auf und sieht sie wieder an. »Die großartigste Geigerin oder der berühmteste Pianist auf der Welt oder welcher Interpret auch immer, sie mögen in ihrem Fach noch so gut sein, ihr Beruf ist die Interpretation und nicht die Schöpfung, so wie ein Leser liest, was jemand anders geschrieben hat.«

Ev rutscht an die Stuhlkante, alles in ihr will diesen Standpunkt widerlegen, obwohl sie intuitiv ahnt, dass Sander irgendwie recht hat. Aber noch ist der Groschen nicht gefallen. »So siehst du es«, sagt sie unsicher. Ein Kribbeln, verdammt, nicht husten jetzt. Sie greift zu ihrer Tasse Tee. Es ist mucksmäuschenstill im Raum. »Schöpfung und Interpretation sind zwei Welten, die einander berühren, aber nicht ausfüllen«, sagt sie laut nachdenkend. »Wenn ich schreibe, suche ich nach einem neuen Weg, nach der Umsetzung von Assoziationen in Sprache und Worte, welche die Vorstellung anregen. Ich mache etwas Neues, einen neuen Text.« Sie nimmt sich Zeit, bevor sie weiterspricht. »Aber wenn ich Musik spiele, bin ich auch schöpferisch tätig. Auf einer anderen Ebene, aber ich bin schon diejenige, die den Klang und die Musik hervorbringt, mag es auch eine Wiedergabe sein. Und das ist einmalig, niemand kann mir das nachmachen.«

Sie hält kurz inne, aber da alle sie noch immer konzentriert ansehen, spricht sie schnell weiter. »Es ist also durchaus von einem kreativen Prozess die Rede. Das Musikersein gibt einem ja gerade die Freiheit, in der Musik aufzugehen und seinen eigenen

Weg zu suchen, obwohl man zugleich einer vorgeschriebenen Route, einer Komposition folgt.«

Sie kann sich an Aufführungen unter der Leitung von Dirigenten erinnern, die ihr in der Seele wehtaten, weil die Sicht des Maestros, die sich in einer anderen Auffassung von der Phrasierung oder einer schlampigen Ausarbeitung niederschlug, nicht die ihre war. In einem Orchester besteht keine Demokratie, die Musiker sind verpflichtet zu spielen, was dasteht, das ist schon wahr.

»Wenn die Magie zwischen Dirigent und Ensemble stimmt, entsteht eine kollektive Schöpfung, die sich von anderen Interpretationen in Tempo, Dynamik und so weiter unterscheidet.« Sie hat wieder Mut gefasst und spricht weiter. »Was zählt, ist das Zusammenwirken von Fertigkeit, Erfahrung und Umgang mit den Details. So sehe ich es. Hat das Grenzen? Gibt es überhaupt eine Grenze? Das Spielen versetzt mich in eine kreative Trance. ›Noten wiedergeben‹ hat nichts mit Musik zu tun, das wird einem jeder Musiker sagen. Musizieren heißt, einen Klang zu erschaffen, dabei aber mit der Essenz des tragenden Gedankens des Komponisten verbunden zu bleiben. Dann erst entsteht Musik. Vielleicht hat es damit zu tun, dass Musik ein Produkt der Zusammenarbeit ist und Schreiben eine höchst solistische Tätigkeit.«

»Ich verstehe, was du meinst, Ev«, sagt einer der anderen Kursteilnehmer, »denn Noten auf Papier sind in der Tat keine Musik, genauso wie geschriebene Buchstaben noch keine Literatur darstellen. So sehe ich es.«

Der junge Mann neben Ev streckt geräuschvoll die Füße unter dem Tisch aus.

»Danke, das ist genau das, was ich meine. Ein französisches

Chanson zum Beispiel, von … sagen wir … Édith Piaf oder Jacques Brel«, fährt sie fort. »Ob man es von ihnen selbst gesungen oder von jemand anderem interpretiert hört, ist ein himmelweiter Unterschied. Aus Brels Mund klingen die Worte *Ne me quitte pas* ganz anders, als wenn sonst irgendjemand dasselbe Chanson singt.« Sie merkt, dass noch andere zu Wort kommen wollen.

Sander beugt sich vor. »Ruhe bitte. Wir hatten bei Lesern und Schreibenden angefangen. Lesen ist natürlich viel passiver als ein Instrument zu spielen, und …«

»Ja, stimmt.« Ev lacht. »Aber lesen ist meiner Ansicht nach auch nicht nur passiv. Wenn man liest, löst das eine Menge in einem aus, das Lesen ist ein dreidimensionales Abenteuer: Es aktiviert zugleich Wissen, Erfahrung und Sinne. Das Schöne ist, dass man der Welt dann aus eigener Kraft besser gewachsen ist. Mein Schreibdrang resultiert ja gerade aus meinem Leseverhalten.«

»So erlebe ich das auch«, sagt wieder der andere Kursteilnehmer, »die Bilder entstehen hinter den Worten. Aber da ist auch noch eine zeitliche Komponente, deine Assoziationen sind mit dem Buch verbunden, solange du darin liest. Ein Teil deines Hirns bleibt immer bei dem Buch. Wenn ich schreibe, geht es mir genauso!«

Alle reden wieder durcheinander.

»Ruhe, Ruhe …«, Sander greift ein. »Aber zurück zum Thema, Ev. Als Leser folgt man einer Erzählung, und als Schreibender stellt man selbst die Welt dar. Das genau ist der Unterschied zwischen lesen und schreiben. Ihr müsst euer eigenes Universum kreieren. Und das tut man nicht, wenn man etwas interpretiert. Versteht mich nicht falsch, aber das ist wirklich etwas anderes als das, was Ev mit dem Spielen eines Instruments meint.« Sander sieht die anderen an, als erwarte er eine Bestätigung.

»Das ist doch logisch, ich kapiere nicht, wieso du das nicht begreifst«, kommentiert ein junges Mädchen mit langen Haaren, das sich bis jetzt nicht geäußert hatte, unwirsch.

»Tut mir leid, wahrscheinlich kommt das durch meine Erfahrungen als Bratschistin. Oder ich bin schwer von Begriff«, sagt Ev und lacht verlegen.

»Scheint so«, erwidert das Mädchen brüsk, »aber vielleicht kommt es auch dadurch, dass Niederländisch nicht ... nicht deine Muttersprache ist. Du gebrauchst echt viel zu viele Worte, um was zu erklären.«

Klatsch. Plötzlich sitzen alle regungslos auf ihren Stühlen. Ev bleibt ruhig. Darf sie nicht in einer Sprache schreiben, mit der sie nicht aufgewachsen ist?

»Manon, was hast du denn für heute Abend geschrieben?« Sander verlagert seine Aufmerksamkeit auf das Mädchen.

Sie schüttelt den Kopf, sodass ihre Haare über die Schultern zurück fallen.

»Ich fand die Aufgabe ... na ja ... Ich hab nichts hingekriegt, also ich ... ich bringe meine Arbeit nächstes Mal mit.«

Sander ist jetzt ganz bei Manon. Ev hat den Eindruck, dass man sie selbst nicht für voll nimmt. In ihrem Kopf hallt Henriettas Stimme: *Glaub an dich; wenn du fühlst, dass deine Emotionen die Oberhand gewinnen, hol dich aus dem Kopf in den Körper, schau auf deine Hände, deine Beine und sag dir, dass du gut genug bist.*

Ev greift mit der rechten Hand zum linken Ellenbogen. Sie ist, sie ist hier in Amsterdam und tut, was ihr größter Wunsch ist. Das fühlt sich gut an, mag Niederländisch auch nicht ihre

Muttersprache sein und natürlich auch nie werden. Sie hat eine Poetik, die ihre Auffassungen leitet, die hat jeder. Manon denkt so, weil ihr Sprachgefühl ein anderes ist als Evs. Sie sieht Manon an und macht sich bewusst, dass Worte nicht nur auf konkrete Dinge verweisen, sondern wie Töne in einem Musikstück Emotionen und Ideen abbilden. Darum geht es. Deswegen will sie schreiben.

»Du kommst dir gern besser vor als die andern, was?«, sagt Manon in der Pause, als sie beide an der Kaffeemaschine stehen.

Ev zieht die Augenbrauen hoch, sie weiß nicht, worauf die Bemerkung abzielt.

»Falls du als Ausländerin es noch nicht wusstest, wir Niederländer sind allergisch gegen Hierarchie und Autorität.«

»Muss man das unbedingt wissen?«

»Warum solltest du mit deinem Hintergrund etwas Besseres sein als ein Niederländer?«

»Ich verstehe nicht, was du meinst.« Ev merkt, dass sie sich in die Defensive drängen lässt.

»Warum schreibst du eigentlich nicht auf Deutsch? Oder auf Polnisch? Das kannst du bestimmt besser als Niederländisch!« Manon bohrt jetzt den Zeigefinger in Evs Pullover. »Ja, da fällt dir nichts mehr ein, was?«

Jetzt kommt Sander hinzu. Manon läuft sofort rot an und trollt sich.

»Manon ist ... sehr jung, noch keine zwanzig. Weiter zur Schule gehen will sie nicht, aber Schriftstellerin werden, das unbedingt. Ich bin sehr froh, dass sie zur Feder greift, es ist viel wert, wenn jemand einen entschiedenen Willen hat.« Sander nippt an der Tasse Kaffee, die er mit beiden Händen umfasst. »Das Schreiben setzt manchmal tief Verborgenes in uns frei.

Das gehört zum Prozess, und das ist auch bei Manon so.« Er lächelt Ev an.

»Du brauchst dich nicht für sie zu rechtfertigen, es ist okay. Und Niederländisch ist nicht meine Muttersprache, das ist einfach so«, erwidert Ev. Sie sagt, was sie denkt. Und es fühlt sich an, als habe sie eine Last von ihren Schultern abgeworfen. »Ja, Niederländisch ist meine bewusste Entscheidung, meine neue Chance.«

13

Vater, ich weiß noch so gut, dass es in der Kapelle nach Kerzen roch. Das Licht kam von der elektrischen Lampe, die wie ein großer eiserner Blumenstrauß an der Decke hing. Ich schaute auf Mutters entblößte Schultern. Sie waren weiß balsamiert und straff. Dieser Teil ihres Körpers war nie gealtert. Er hatte keine Falte bekommen, war nicht dick oder schlaff geworden und sah auch an diesem Tag noch gut aus.

»Sie ist noch so schön, ich kann nicht glauben, dass sie nicht mehr ist«, sagte Nina unter Tränen.

Ein schauriger Gedanke. Auf mich wirkte Mutter befremdlich, wie sie da lag: eine tipptopp zurechtgemachte Dame, die sie nie gewesen war. Beziehungsweise: die ich nie in ihr gesehen hatte. Jemand hatte ihr die Lippen geschminkt, zu knallig, zu rot. Sie lag im Sarg auf einem weißen Kissen. Das üppig gewellte, noch kaum ergraute Haar zurückgekämmt zu einer Frisur, die sie nie getragen hatte. Ihr Hals war straff, ihre Haut hob sich ungemein weiß von ihrem schwarzen Kleid mit dem Carmen-Dekolleté ab. Kurz dachte ich: Gleich steht sie auf und scherzt und lacht. Ich konnte mich noch gut an dieses schlichte schwarze Abendkleid ihrer jungen Jahre erinnern. Nach meiner Geburt hatte sie es nie mehr getragen. Sie gab mir die Schuld daran, dass sie zu dick geworden sei, denn nach der Schwangerschaft mit Nina habe es ihr noch wunderbar gepasst. Das Kleid hing unter einer Plastikhülle im Schrank, und ich konnte sie mir immer schwer darin vorstellen. Es war zu einem Symbol für ihre verlorenen glücklichen Jahre geworden.

»Was soll denn das?«, fragte ich.

»Das wollte sie gern so, für mich war das auch alles nicht ganz nachvollziehbar«, Nina nahm ein neues Papiertaschentuch und schnäuzte sich die Nase. »Ich hab noch zu ihr gesagt: Du willst doch wohl nicht, dass ich dir dieses Kleid anziehe, wenn es so weit ist? Aber sie wollte nach ihrem Tod aussehen wie Sophia Loren.«

»Im Ernst?«, sagte ich auf Niederländisch. Nina und Stan schauten auf.

»Ja«, fuhr Nina fort, als hätte sie mich verstanden, »ich musste auch noch schwarze Lackschuhe mit hohem Absatz und eine schwarze Strumpfhose für sie kaufen, da, schau.«

Jetzt erst sah ich, dass ihre dünnen Beinchen in eleganten Schuhen mit silberner Spange an der Seite steckten.

»Ach je, sie hat doch nie hochhackige Schuhe getragen und schon gar keine schwarzen Strumpfhosen.«

»Meinst du, das kam durch den Parkinson?«, fragte Nina.

Das glaubte ich nicht. Mutter betrachtend versuchte ich

Sophia Loren in ihr zu sehen. Mutter hatte ihren eigenen Plan ausgeheckt. Wann hatte sie damit angefangen, ihre unglücklichen Stunden aufzureihen wie Perlen auf eine Schnur? Diese Schnur oder vielmehr die Kette dürfte am Ende sehr lang geworden sein. Was hatte diese Frau alles mit dir durchmachen müssen, Vater? Ich dachte an ihre Geburtstage, an denen du nie da warst, an Weihnachtstage, die wir häufiger ohne dich als mit dir begingen, an Silvester, wenn du in einer Big Band wer weiß wo zur Unterhaltung anderer Menschen beitrugst. Und Mutter wartete und wartete und wartete ... Ich stellte mir die Wochentage, die Freitagabende und die Wochenenden vor, an denen sie keinerlei Beschäftigung hatte. Du warst nicht da, ich wohnte zu weit weg, und Nina kümmerte sich schon mehr als genug um sie.

Zemsta, Rache, war etwas, worüber sie viel nachgedacht hat. Ihr letzter böser Streich sollte dir wohl noch nach ihrem Tod Gewissensbisse machen. Doch ihr letzter Wunsch ging nicht in Erfüllung: Du warst gar nicht da. Natürlich hatte sie keine Sekunde lang gedacht, dass du nicht zu ihrer Beerdigung kommen würdest. Ihre kläglich gescheiterte Vendetta versetzte mir einen schmerzhaften Stich, und ich brachte ein stoßweises Krächzen hervor, das meine Atmung blockierte und sogar Tränen in meinen Augen brennen ließ.

»*Tata* hätte hier sein müssen«, sagte ich.

Ein paar Tage, nachdem Stan angerufen hatte, war ich von Schiphol nach Katowice geflogen. Obwohl ich kein Wort mehr mit dir gewechselt hatte, wusste ich von der bayrischen Schwester im Essener Krankenhaus, dass du inzwischen seit drei Tagen wieder zu Hause warst. Ich zählte nach. Aber da war noch etwas. Adele war bei dir.

Du hättest jetzt hier sein müssen und nicht zu Hause mit einer Fremden an deiner Seite. Du hättest deine Frau, Tina Müller, unsere Mutter sehen müssen. Sie hatte dir ihr Leben gewidmet, sie hatte dir Nina aus Liebe geschenkt und mich aus Versehen – aber das hatte sie nie zu mir gesagt. Wie schön sie jetzt im Sarg aussah. Sie hatte alles für dich getan, selbst jetzt noch. Hattet ihr noch miteinander gesprochen, als du im Krankenhaus lagst? Ich entsann mich, dass Nina gesagt hatte, Mutter habe von nichts gewusst.

Ich fragte Nina, ob Mutter noch etwas gesagt habe, bevor es so weit war.

»›Wenn du im Regen stehst, ist es einerlei, ob du weinst‹, das hat sie gesagt und gelächelt. Ich sah sie an und dachte, sie lächelt mich an, aber sie war tot.« Nina schlug die Hände vors Gesicht, ich hörte sie schluchzen. »Als hätte sie mich schon aus der anderen Welt angesehen.«

Die letzten Worte Mutters, die ja keine Leserin gewesen ist und keine Frau, die in einem literarischen Kontext über das Leben nachdachte, riefen bei mir sofort musikalische Bilder hervor. Hier, in dieser Szene an ihrem Sarg, musste ich an *Die sieben letzten Worte unseres Erlösers am Kreuze* von Haydn denken. Es war ein Widerstreit zwischen Wort und Musik. Ich schloss die Augen. Was oder wen hatte Mutter mit ihrem Ausspruch über Regen und Weinen gemeint? Er klang wie eine Kalenderweisheit – je öfter ich die Worte wiederholte, desto überzeugter war ich, dass es nicht ihre eigenen Worte waren. Sagen sie dir etwas?

Warum hatte Mutter nie mit mir über ihre Probleme gesprochen? Ich kannte die Antwort – weil ich nie mit ihr über die meinen sprach. Aber ihre letzten Worte trafen mich, sie widersprachen den Vorurteilen, die ich ihr gegenüber hatte, meiner Gleichgültigkeit und meinem Schubladendenken.

»Mutter, ich habe mir nie die Mühe gemacht, dich wirklich kennenzulernen«, flüsterte ich, als ich sie zum letzten Mal auf ihre kalte Stirn küsste.

Du, Vater, wolltest jemand anders werden, sie war ihr ganzes Leben lang jemand anders gewesen. Es war zu spät, ihr das zu sagen, aber ich war dankbar dafür, dass mir das noch klar geworden war. Eltern akzeptieren ihr Kind bei der Geburt. Oder auch nicht. Kinder lieben ihre Eltern vorbehaltlos, solange sie klein sind. Ich hatte mich in der Pubertät allmählich entfernt. Nun war Mutter nicht mehr da. Würde es zwischen dir und mir noch jemals wieder gut werden?

»Was Mutter da gesagt hat, war auf mich gemünzt«, sagte ich. Nina wollte etwas entgegnen, doch in dem Moment kam der Priester herein. Zwei Männer legten den Deckel auf den Sarg, und wir wurden gebeten, zu beiden Seiten davon in die Kirche zu gehen.

Für meine Begriffe war ich dem Tod physisch noch nie so nah gewesen. Wenn Omas, Opas oder Tanten gestorben waren, hatte ich immer den Sarg gesehen, aber nie die Leichname. Und dennoch war ich nicht so traurig wie Nina. Der Tod ist für mich Teil des Lebenskreislaufs. Man wird geboren, man lebt und man stirbt. Was ist natürlicher? Diese Sicht der Dinge ist mir durch die Musik eingegeben. Tod als Inspiration – weil alles vergeht –, Tod als Glaube – weil nach dem Ende etwas Neues beginnt –, Tod als Grenze, die ein Leben sinnvoll macht. Mozarts *Requiem*, die unvollendete zehnte Sinfonie von Mahler, *Falstaff*, die letzte Oper Verdis, Beethovens neunte Sinfonie – samt und sonders letzte Werke großer Komponisten, die nicht mehr unter uns sind. Aber auch andere Werke, die ich täglich spielte, waren von Menschen geschrieben worden, die schon lange nicht mehr lebten.

Ich vergegenwärtigte mir Mutters nackte Schultern und dachte, dass wir manche Kunst dem Tod verdanken. Man hätte Mutter so malen können, und sie wäre auf diese Weise, als Werk eines Künstlers, auf der Erde geblieben. Sie hatte bildschön ausgesehen, aber für mich war sie nicht die Frau gewesen, die ich gekannt hatte. Ich hatte nach einem vertrauten Detail in ihrer perfekt inszenierten Totenmaskerade gesucht, gestand ich mir ein. Nach etwas, was mich in diesem Leichnam meine Mutter hätte erkennen lassen.

Nina, Stan, die Onkel und Tanten, deren Kinder und noch ein paar andere Leute, die ich nicht einzuordnen wusste, standen rund um das Grab. Ich spürte keine Verbundenheit mit ihnen. Nina war die Einzige, für die ich etwas empfand. Während der Priester das Grab mit Weihwasser besprengte und Erde darauf warf, dachte ich an unser Zuhause, unsere Kinderjahre und an die polnische Sprache. Von nun an würde das Polnische für mich nur noch durch Nina zum Leben erweckt werden. Durch dich wurden meine germanischen Wurzeln intakt gehalten, nicht die polnischen. Mutter hatte Polnisch mit mir gesprochen und darauf geachtet, dass ich nicht ins Schlesische verfiel, und so hatte sie mich unbewusst und in dem guten Glauben, dass das besser für mich sei, eurer Abstammung entwurzelt. Ich hörte sie noch die Straßennamen nennen, Wieczorka, Koszalińska, Armii Czerwonej, hörte ihre Stimme, wenn sie mir auftrug, die Zeitung *Gazeta Robotnicza* oder *Dziennik Zachodni* kaufen zu gehen, doch sie fehlte mir nicht.

Mit Mutters Tod wurde ich endgültig von diesem Land abgekoppelt. Die Gesichter der Anwesenden überdeckten sich, weil sie Mutters Leben noch so nahestanden. In der einen Person sah ich Mutters Augenaufschlag, in der anderen ihre Gebärden. Für den Moment füllten wir den Raum zwischen Mutters Tod und unserem eigenen Leben aus, doch ich empfand eine innere Leere.

»Du hast dich also gar nicht mit deinem Vater getroffen?«, fragte Stan beim Leichenschmaus nach der Zeremonie, als ich an seiner Seite Tee trank.

»Doch, ich war bei ihm, aber er hat geschlafen. Man hatte ihm ein starkes Schlafmittel gegeben, und er war völlig betäubt. Eine Stunde später hast du angerufen, um mir zu sagen, dass Mutter gestorben ist, und ich bin Hals über Kopf abgefahren. Ich hab nicht mal an mein Gepäck gedacht.«

»Hast du danach noch mal im Krankenhaus angerufen? Geht es ihm besser?«

»Ich denke schon, er ist seit Freitag wieder zu Hause.« Ich dachte an Adele, und meine Atmung rebellierte, als hätte ich mich verschluckt. Als ich mich wieder gefangen hatte, sah ich Stan etwas denken, doch er sagte nichts. Die Gäste kamen einer nach dem anderen zu uns, um ihr Beileid auszusprechen. Ich war zur Exotin der Familie geworden, man wusste jede Menge über mich und meinen Lebenslauf, aber ich hatte zu keinem mehr Kontakt.

»Ich will es auch gar nicht wissen«, sagte Stan auf einmal. »Das sind nicht meine Angelegenheiten.«

18

»Niederländerinnen lassen sich so sehr von ihrem Willen leiten, dass für Zärtlichkeit oder Romantik kein Platz mehr ist«, sagt Casper Boomgarden, ein Mann in den Sechzigern mit ungepflegten langen grauen Haaren, während er mit dem Zeigefinger über die Knöpfe seines Oberhemds fährt. Das Oberhemd spannt über seiner Brust. Richtig dick würde man ihn noch nicht nennen, da trifft es ein wunderbarer anderer Ausdruck besser: beleibt, er ist beleibt. Keck sieht er in seinem rosafarbenen Sakko aus. »Es klingt vielleicht übertrieben, aber ich vermisse die Romantik in den Büchern, die von unseren Frauen gegenwärtig geschrieben werden. Ich meine damit nicht, dass sie Schnulzen schreiben sollen, sondern Literatur mit merklichem Zartgefühl. Man braucht sich nur die Flamen anzusehen, aber gut, ich schweife ab.«

Ev sitzt in einem kahlen Zimmer an der Herengracht. Das Fenster ist geöffnet, die hereinströmende Luft setzt Spinnfäden an der Wand gleich hinter dem Direktor in Bewegung, fast so, als atmeten sie. Es ist kurz still im Raum. Ev hat schon von Schlesien, von ihren deutschen Wurzeln und von ihrer Suche nach der Sprache erzählt. »Ich fand den Schreibkurs bei Sander van Laanen sehr interessant und …«, setzt sie erneut an.

»Tja, Schreibkurse sind eine echte Frauensache«, seufzt Boomgarden. Er reibt sich mit den Händen übers Gesicht, mit den Niederländerinnen ist er offenbar noch nicht fertig.

»Ich erwäge jetzt, die vierjährige Ausbildung an der Schriftstellerschule zu machen. Sander hat mir geraten, Kontakt zu Ihnen aufzunehmen.«

Boomgarden sieht sie nun zum ersten Mal interessiert an. Ein Schauder läuft ihr zwischen den Schulterblättern hinab.

»Ja, ja, Sander hat mich schon angerufen, und ich habe mir deine Arbeiten angesehen«, erklärt er abermals seufzend und zieht eine Schublade seines Schreibtischs auf. Er nimmt einen Stoß DIN-A4-Seiten heraus, eine fällt herunter. Er bückt sich ächzend unter den Tisch, hebt das Blatt auf und sagt dann sehr lange nichts. Er liest, zieht die Mundwinkel herunter und schüttelt den Kopf. Danach breitet er die Seiten auf dem Tisch aus. Ev schluckt.

»Ach ja, das war's. Ja, ja, jetzt weiß ich es wieder.« Boomgardens Stimme ist dunkel. »Du musst noch viel an deinem Niederländisch feilen.«

Angespannt blickt sie ihm ins Gesicht. Lass dich nicht entmutigen, schärft sie sich ein.

»Dein Sprachniveau … tja …«, sagt er, ohne sie anzusehen, und schiebt die Finger in seine Hosentasche. Ein blaues Taschentuch kommt hervor, mit dem er sich über die Augen tupft, um es dann wieder in die Hose zu stecken.

Tief durchatmen. Während ihres Plädoyers für Musik und Literatur in Sanders Unterrichtsstunde hat sie sich stark gefühlt, und das will sie jetzt wieder wachrufen. Das Schreiben ist eine Urkraft in ihr, sie lässt sich heute nicht abwimmeln. In ihrem Kopf wirbeln die Szenen aus der letzten Zeit herum, Manon mit ihrem abschätzigen Lachen, die Ermunterungen Henriettas, Iris' Tränen und Floris' Glaube an sie.

»Ich habe also falsche Erwartungen?«, fragt sie feindselig, sie kann nicht mehr an sich halten.

»Unsere Studenten, vielleicht nicht alle, aber doch die überwiegende Zahl, sind schon literarisch aktiv, bevor sie diese Ausbildung beginnen. Nicht selten haben sie bereits während der Ausbildung ihre ersten Erfolge. Was ich damit sagen will, ist, dass das Niveau hoch ist. Es handelt sich hier nicht – bei allem Respekt – um einen Volkshochschulkurs, sondern hier sind erwachsene Menschen, die ernsthaft schriftstellerisch tätig sind. Wir sind streng, und das wissen die Studenten zu würdigen.«

Das ist Ev nicht neu, aber sie hat nun mal noch nichts veröffentlicht, und was noch schlimmer ist, ihr sprachliches Vermögen ist nicht gut genug. Ein sich zusammenziehender Bauchmuskel hindert sie daran, gleich aufzustehen. Ihre Beine sind bleiern, ihre Knie lassen sich nicht bewegen.

»Aber … Ich meine … Was …« Sie kriegt nichts Sinniges heraus. Das hier ist die Exekution meiner Träume, schreit eine Stimme in ihr. Dieser Mann kann sie enthaupten, töten, aber mein Vater soll nicht recht bekommen: Ich kann schon was – und das werde ich beweisen.

»Aber wer bin ich, dass ich sagen könnte, du schaffst das

nicht?« Boomgardens Blick ist noch immer auf die Seiten gerichtet.

Träumt sie, oder hat er das wirklich gesagt?

»Niederländisch kann man lernen, und das beweist du ja schon. Wenn ich deinen ersten und deinen jüngsten Text miteinander vergleiche, sehe ich einen großen Unterschied, du hast binnen zwei Monaten erheblich besser zu schreiben gelernt. Dein sprachlicher Ansatz würde die Mühe auf jeden Fall lohnen.«

Ihr Gesicht hellt sich auf, das bleierne Gefühl verflüchtigt sich. Erleichtert ist sie. Bildet sie es sich nur ein, oder fällt jetzt tatsächlich ein Sonnenstrahl auf den Tisch?

»Sprachlicher Ansatz? Welches Wort ...«, unterbricht sie Boomgarden.

»Deine Art zu erzählen ist ansprechend, das fällt mir als Erstes auf. Das hat etwas mit Stil zu tun, der ist zweifellos vorhanden, mag er auch noch nicht ... perfekt sein. Was mir auch auffällt, sind deine Präferenzen.«

»Präferenzen?« Sie versteht nicht.

»Ja, meiner Meinung nach manifestiert sich in allen deinen Texten deutlich ein Thema. Du wirst während der vierjährigen Ausbildung genügend Gelegenheit bekommen, deine Sprachbilder in die passende Form zu gießen.«

Hört sie richtig? Hat sie es geschafft?

»Also ich ... ich darf ... Was muss ich noch einreichen? Oder genügt dieses Gespräch?«

Boomgarden sieht sie befremdet an.

»Die Entscheidung trifft die Zulassungskommission, nachdem alle Mitglieder deine Texte gelesen haben.« Zum zweiten Mal zückt er das blaue Taschentuch und wischt sich über die Augen. »Aber warum zweifelst du?«

»Sie haben gerade gesagt, dass …«

»Sag bitte du zu mir«, fordert er sie leicht ungehalten auf, »ich heiße Casper.«

Er versichert ihr, dass die Kommission nach diesem Gespräch reine Formsache sei, zumal sie schon einen Kurs mit Erfolg absolviert habe. Als sie das Zimmer verlässt, hört sie ihn ihren Namen rufen und dreht sich um.

»Aber schreib bloß nie zu niederländisch«, sagt er lachend und wedelt mit der Hand.

Draußen gießt es, aber Caspers Worte bewirken, dass Ev den Regen gar nicht spürt. Sie ruft gleich Floris an.

»Ich hatte nichts anderes erwartet.« Seine Stimme ist sanft. Sie sieht förmlich, wie er die Schultern hochzieht und sich entspannt.

»Heute Abend erzähl ich dir alles Übrige, jetzt muss ich schnell zum Concertgebouw, die Probe fängt in einer halben Stunde an.«

Der Tristan-Akkord geht Ev durch Mark und Bein, als sie mit dem Orchester auf der Bühne des Concertgebouw spielt. Die extreme Musik von *Tristan und Isolde* überwältigt sie, aber in ihrer eigenen Gedankenwelt hängt sie der Aussicht auf die Ausbildung an der Schriftstellerschule und Floris' Reaktion nach. Die Spannung in der Musik schwillt an, die wiederkehrenden kurzen musikalischen Suggestionen lösen sich nicht auf und treiben Evs rasende Gedanken immer wieder von Casper zu Floris. Auch mit Sander diskutiert sie im Geiste. Kann sie verwirklichen, was sie will? Doch mit dem Tristan-Akkord bleibt auch die Antwort darauf in der Schwebe.

Der Dirigent auf seinem Podium ist unmutig und lässt die

Arme herabsacken wie zwei zu schwere Äste. Seine kurzen, aggressiven Sätze, mit denen er seine Unzufriedenheit äußert, lenken sie von dem Karussell in ihrem Kopf ab. Wieso schreit er so?

»*Mezzopiano!* Tjam, tjam ... *pi-a-no!* Nein, nein, nein ... Das müssen wir wiederholen, das ist es noch nicht. Noch einmal, ab Takt zweiundfünfzig.«

Sie müssen das ganze Blatt noch einmal spielen. Ev taucht erneut in ihre eigene Chromatik ab, warum hat Floris ihre Freude nicht geteilt? Irgendwas stimmte nicht, so reagiert er normalerweise nicht. Die sich im Kreis drehenden Sätze überschneiden sich mit den Melodiefetzen, in ihrem Kopf entsteht eine ewige Bewegung, Wagners *unendliche Melodie* treibt sie in einen Zustand der Verwirrung. Ein unerfülltes Sehnen, das Wagner in dieser Oper schwelen lässt, spiegelt sich in Evs Gemüt wider. Was, wenn sie den Erwartungen nicht genügt? Wird sie dann für den Rest ihres Lebens nach etwas verlangen, was sie möchte, aber nicht kann?

Ihr Atem wird kürzer, sie fühlt das Holz der Bratsche und blickt auf den Bogen in ihrer rechten Hand. Ein Schauder überläuft sie, was, wenn sie alles erdichtet, selbst die Wirklichkeit? Nicht denken, nicht verzweifeln, weiter, weiter, weiter. Endlich ist die Probe vorüber.

Gemeinsam mit ihren Kollegen läuft sie zu dem am Concertgebouw wartenden Bus. Wie immer ist Kees der Fahrer, der sie nach Hilversum zurückbringt. Er sieht jeden, der einsteigt, aufmerksam an, sagt aber nichts. Ev hält inne.

»Steht dir gut, deine neue Brille«, sagt sie.

»Du bist die Erste, die das bemerkt.« Er strahlt und streicht mit der Hand über sein blaues Oberhemd mit dem roten

Schlips. »Man kommt nicht drum rum, wir werden alle älter«, sagt er und ergreift überraschenderweise ihre Hand. Er könnte Schlachter sein, so fleischig fühlen sich die Finger an, die sich um ihre Hand schließen. Ev lacht und geht weiter. Kaum dass sie Platz genommen hat, vibriert ihr Handy.

»Ich bin's«, hört sie Ninas Stimme.

»Ja?«

»Wo sollen wir Vaters Fest feiern?«

»Welches Fest?« Ev schaut aus dem Fenster, der Bus bleibt in einer engen Kurve stehen, ein paar Autos müssen zurücksetzen, um ihn durchzulassen.

»Er wird achtzig, weißt du noch?«

Sie fahren jetzt durch die Van Baerlestraat. Ev hört, wie die anderen über den Dirigenten witzeln, es wird laut gelacht. Als der Bus abrupt vor einer Ampel abbremst, prallt Ev mit der Stirn gegen die Rückenlehne des Vordersitzes. Nicht jetzt, sie will hier im Bus nicht über Vater sprechen.

»Ja, ich weiß, aber was meinst du mit ›Fest‹?«

»Er will seinen Geburtstag in Polen feiern.«

»Ja, und?« Ev verliert die Geduld.

»Wie kriege ich fünfzehn Leute von Deutschland nach Polen?«

Ev denkt an ihr Gespräch, als sie von Żywiec nach Katowice kam, um bei Nina zu übernachten. »Ich ruf dich an, wenn ich zu Hause bin, okay?«

Sofort ist alles wieder da, die Vergangenheit holt sie ein.

13

Vater, das Radio Filharmonisch Orkest Hilversum sagte dir nichts, obwohl ich dort fest angestellt war – dein Traum, den du nie verwirklichen konntest. Ich dachte, du wüsstest nicht mal, wo Hilversum liegt, aber da hatte ich mich geirrt. Es war der erste Sonntag im Juli, die Saison im Orchester lag hinter mir. Ich wurde von der Sonne wach, die durch die Jalousien in meinem Schlafzimmer schien. Der Wecker zeigte zehn nach sieben an. Ich hatte noch keine Urlaubspläne, doch schon die Aussicht auf sechs freie Wochen vermittelte ein Gefühl von Entspannung. Ich stand auf und öffnete die Balkontür weit. Die frische Morgenluft roch nach nasser Erde. Es hatte geregnet, das Laub der Bäume glitzerte im Sonnenlicht. Der Blick auf den Alten Hafen mit seinem Grün hätte einem Gemälde aus dem vorigen Jahrhundert entstammen können. Es klingelte an der Tür, dreimal hintereinander. Sonntag früh – wer konnte das sein? Schnell zog ich den Morgenmantel aus dem Schrank und stolperte die Treppe hinunter.

Durch die Scheibe der Haustür sah ich eine männliche Gestalt. Es dauerte einen Moment, bis mir aufging, dass du das warst, Vater.

Ich blieb wie vom Donner gerührt stehen, warst du es wirklich? Als ich die Tür öffnete, glotzten wir uns an, als wären wir schwer von Begriff. Dein glatt rasiertes Gesicht, deine hängenden Schultern, dein wieder gerundeter Bauch – ich musterte dich von oben bis unten und verglich dich mit dem, den ich zuletzt im Krankenhaus gesehen hatte.

»Darf ich rein?«, fragtest du auf Deutsch.

»*Witaj*«, begrüßte ich dich auf Polnisch und streckte dir automatisch die Hand hin.

»Ich komm dich abholen«, sagtest du wieder auf Deutsch. Keine Begrüßung, deine Hände blieben in den Hosentaschen. »Es wird Zeit, dass wir miteinander reden.« Dann hast du die Tür aufgedrückt und bist an mir vorbei ins Haus gegangen.

»Kommst du direkt aus Essen?«, fragte ich, als wir in meinem Wohnzimmer standen.

»Nein, ich war gestern schon hier, aber da warst du nicht zu Hause. Ich habe im *Hotel Ravel* übernachtet.« Und noch einmal sagtest du: »Ich komm dich abholen.« Du hast dich im Zimmer umgesehen und bist mit dem Rücken zu mir an der Balkontür stehen geblieben. »Wie lange brauchst du, um eine Tasche zu packen?«

»Wer sagt denn, dass ich so ohne Weiteres weg kann?« Ich war selbst erstaunt, wie leer es in mir blieb, ich hätte nachfragen müssen, doch mein Denkapparat war ausgeschaltet und mein

Körper bebte. Es gelang mir nicht, bei mir zu bleiben. Als wäre mit deiner Anwesenheit meine Existenz ausradiert, reduziert auf eine einzige Tatsache: Ich war deine Tochter. Nicht mehr und nicht weniger. Ich presste die Hände zusammen.

»Du fährst ein paar Tage mit mir zum Beskidy. Na, sagen wir, eine Woche«, legtest du fest. Und dann hast du dir ohne meine Einladung einen Stuhl genommen und dich hingesetzt.

Beskidy gehörte zu meiner Studentenzeit. Dieses schlesische Gebirge war eine feste Adresse für Wochenenden und spontane Wanderungen mit meiner damaligen Zimmergenossin. »Wieso Beskidy? Wieso können wir nicht hier und jetzt reden?«

Du hast nur geseufzt und wieder auf den Garten hinausgeschaut. Die Sonnenstrahlen machten ihn schöner, als er es in Wirklichkeit war.

»Was willst du?« Ich verschluckte mich und presste mit kurzen, bellenden Lauten dramatisch die Luft aus meiner Lunge.

»Entschuldige, mir ist ein bisschen schwindlig«, sagte ich und setzte mich dir gegenüber an den Tisch. Herrgott, wieso entschuldigte ich mich in meinen eigenen vier Wänden? Du hast mich angesehen und bist in die Küche gegangen, um ein Glas Wasser zu holen. Nein, nicht für mich, sondern für dich selbst.

»Ich muss meine Medikamente einnehmen«, teiltest du mir mit und stelltest das Glas auf den Tisch. Du setztest dich wieder und zogst zwei silberne Tablettenstreifen aus der Hosentasche.

»Wie sieht es mit deiner Lunge aus?«, fragtest du.

»Wieso?«

»Na, hör mal, diese Art von Husten kenne ich, ich habe auch Asthma.« Kopfschüttelnd leertest du dein Glas.

»Ich habe kein Asthma«, entgegnete ich gereizt.

Plötzlich dachte ich: Das ist ein Traum, gleich wache ich auf und lache darüber. Was Nina wohl sagen würde, wenn ich erzähle, dass du hier bei mir am Tisch sitzt? »Warum warst du nicht bei Mutters Beerdigung?«, fragte ich scharf.

»Du willst mir doch wohl nicht erzählen, dass du um Mutter trauerst. Es ist so still hier. Du machst wohl nie Musik an, was? Als Kind konntest du das Radio auch schon nicht ertragen …«

»Warum warst du nicht da?«, insistierte ich.

Endlich sahst du mich an. Einen Augenblick lang dachte ich, du würdest dich entschuldigen, doch da lag ich falsch.

»Ich war zu krank«, sagtest du mit einem Seufzen, »ich war zu krank, um … um nach Polen zu fahren.«

Ich schüttelte den Kopf und wollte dir widersprechen, doch du kamst mir zuvor.

»Lass es gut sein, Ev, sie ist nicht mehr. Deshalb bin ich hier, ich habe sie mehr …«, dir blieb plötzlich die Stimme weg, das Piepsen aus deiner Lunge klang wie ein Vogelruf. »… Es ist so … so endgültig, weißt du?«

»Was?«

»Alles … Es ist, wie es ist, ich will nichts beschönigen, aber … Sie ist nicht mehr … sie hat mich allein gelassen.«

Es klang so, als meintest du das allen Ernstes, aber ich musste an mich halten, um nicht zu lachen. Was sollten diese Krokodilstränen?

»Du hast sie verlassen, nicht sie dich«, entgegnete ich schnaubend.

»Ja, das denken alle. Ev … Ich muss mit dir reden. Ich bin nicht stolz darauf, ich weiß, dass ich in all den Jahren, die wir, du und ich …« Du nahmst das Glas, um dich der Aufgabe zu widmen, den einzigen Tropfen herauszuschlürfen, der noch auf dem Boden zurückgeblieben war.

Ich dachte an eine Tasse starken Kaffee, an eine Schüssel Müsli und daran, wie gern ich allein sein wollte.

»Geh deine Tasche packen. Wir fahren an einen Ort, der mich ... der ... Ich will, ich muss ... Ich tue das für deine Mutter.«

Ich blieb sitzen. Je länger ich dich ansah, desto offensichtlicher wurde für mich, dass du ein alter Mann geworden warst.

»Dazu brauchst du mich nicht, das tust du nur für dich selbst, gib's doch zu.« Ich wollte dich provozieren, und ich hatte nicht vor, meine Tasche zu packen. »Ich bleibe zu Hause. Solange ich dich kenne, mussten immer andere alles für dich tun«, sagte ich.

»Ich will heute noch zum Beskidy, also bitte, beeil dich.«

Ich erhob mich, aber nicht, um meine Tasche zu packen, sondern um die Kaffeemaschine anzuschalten.

»Magst du auch eine Tasse?«

Keine Antwort, nur eine kurze Kopfbewegung. Meintest du nun ja oder nein? Sicherheitshalber nahm ich zwei Becher aus dem Schrank. Nach fünf Minuten goss ich sie voll. Ich fragte dich nicht, ob du Milch oder Zucker wolltest, sondern stellte dir den Becher einfach vor die Nase. »Kommt Nina auch mit?«

»Nein, sie würde es nicht verstehen.«

»Warum sollte sie etwas nicht verstehen? Sie ist verheiratet, sie ist Mutter, und sie war immer Mutters beste Freundin.«

Dich verstanden Nina und ich schon lange nicht mehr, ich noch weniger als sie.

»Eben deswegen, Ev, stell dich nicht so dumm, das ist etwas zwischen dir und mir, also beeil dich bitte«, sagtest du verärgert. Ich nahm meinen Kaffee, ging nach oben und ließ warmes Wasser in die Badewanne laufen. Erst mal ein langes, warmes Bad, wach werden, nachdenken. Meinen Koffer konnte ich danach immer noch packen.

19

»Bei einschneidenden Ereignissen kommen manchmal Lebensfragen auf.« Henriettas Bluse mit Miró-Motiven wandelt sich mit jeder ihrer Gebärden zu einem neuen Bild. Als liefe ein Animationsfilm. Henrietta öffnet eine Schublade, nimmt einen Notizblock heraus, schiebt die Lade wieder zu und spricht weiter. »Anfangs empfindest du Trauer um etwas, das nachher nicht mehr da sein wird. Du befindest dich jetzt am Vorabend von Phase zwei, Neuorientierung. Gönn dir vor allem Zeit, auch wenn du glaubst, du müsstest schnell entscheiden. Dann folgt die Entdeckung eines neuen Ziels. Das ist ein Prozess, du kannst nichts erzwingen. Wir nehmen heute Abschied voneinander, aber ich möchte dir noch etwas mitgeben.«

Sie nimmt nun ein in Geschenkpapier gewickeltes Päckchen aus einer Schublade. »Bei den Treffen in den vergangenen zwei

Monaten hast du nicht nur über Bücher gesprochen, sondern immer öfter auch über Sprache und Worte. Ich habe es schon einmal gesagt, aber heute möchte ich dich in aller Aufrichtigkeit darum bitten, in den kommenden Wochen, unabhängig davon, was du von deinem Arbeitgeber zu hören bekommen wirst, die Essenz deiner Schritte in dieses Büchlein zu schreiben. Auf Niederländisch!« In dem Päckchen, das sie Ev überreicht, ist ein dickes Moleskine-Notizbuch.

»Ich weiß nicht, was ich sagen soll.«

»Sag nichts, sondern schreib es auf.«

Ev stockt der Atem, und sie hustet ein klein wenig.

»Dein Atem, Ev, du weißt ja, wie es geht; Füße auf den Boden, den Atemrhythmus regulieren, Bauch rein und raus, und hüte dich vor deinen Gedanken, sie lösen oft Emotionen aus, obwohl noch nichts passiert ist. Gut so.«

Henrietta steht auf und macht Anstalten, Ev zu umarmen. »Hast du schon einen Lungenarzt kontaktiert? Das hattest du versprochen.«

Dafür hat Ev sich noch keine Zeit genommen. Sie steht auch auf und umarmt Henrietta herzlich. »Vielen Dank, Henrietta.«

»Du kannst jederzeit bei mir klingeln, aber von jetzt an heißt es, den eigenen Kurs zu halten, versprochen?«

Sowie Ev draußen steht, ruft sie Annemiek Bouma, ihre Hausärztin, an, bei der sie schon seit zwanzig Jahren Patientin ist. »Endlich, das hättest du voriges Jahr schon tun sollen, Eveline«, sagt diese gleich. Sie ist eine der wenigen, die ihren Vornamen nicht abkürzen. »Du kannst morgen die Überweisung für den Lungenarzt bei uns abholen. Das Übrige musst du selbst in die Wege leiten.«

Warum will ich in einer Fremdsprache schreiben?, notiert Ev noch am selben Abend zu Hause in ihr Moleskine. Deutsche, niederländische, polnische, russische, englische und französische Wörter schwirren ihr durch den Kopf, aber wo findet sich die Essenz? Die Essenz ihres Drangs nach Worten, den sie seit ihrer Kindheit verspürt?

Ist es, um Frieden mit meiner Vergangenheit zu schließen?

Ist es wegen dem, was Niederländer einen talenknobbel *nennen, also einer besonderen Sprachbegabung?*

Oder will ich etwas erforschen?

Ev versetzt sich in vergangene Zeiten zurück und bringt sofort zu Papier, was ihr an losen Gedanken in den Sinn kommt.

Ich will untersuchen, was nicht mehr ›ich‹ ist, aber es mal war. Niederländisch fühlt sich an, als würde ich zum ersten Mal Verantwortung übernehmen. Schon seit mehr als vierzig Jahren lebe ich in der Welt des Klangs, doch ganz tief im Herzen weiß ich, dass ich die Erzählungen mehr liebe als die Musik. Ich würde das niemandem gegenüber eingestehen. Die Musik bietet mir Sicherheit. Und doch, nichts ist gefährlicher als Sicherheit, wenn man im Leben weiterkommen will. Die Magie entfaltet sich niemals in der Komfortzone. Nicht in der Kunst, und nicht im Leben selbst. Man muss Risiken einzugehen wagen. Auf einmal sehe ich alles wie in einem blinden alten Spiegel, der das Bild verzeichnet. Habe ich Angst vor Veränderung? »Meine Seele ist aus Pappe, meine Gefühle sind Schmalz«, habe ich mal irgendwo gelesen. Wer hat das geschrieben? Dieser Satz ist mir geblieben, ohne dass ich einen direkten Bezug dazu hatte. Bis heute. Attrappe, ich bin zur Darstellerin in einem schlechten Theaterstück geworden. Mein gekränktes Ego verschanzt sich unter den morschen Brettern meines eigenen Musiktheaters. Ich stehe dort allein. Die Sitze im Zuschauerraum sind leer.

Als Kind legte ich Buchstabe für Buchstabe zusammen, bis ein Wort daraus entstand. Keine leichte Aufgabe, zumal ich das Ganze nicht erfasste. Ich war einfach von diesen Buchstabenfolgen fasziniert. Ein Tisch war mit einem Mal nicht mehr nur ein Ding, sondern er bekam einen eigenen Namen. Erst wenn man einen Namen hat, ist man wer. Diese Erkenntnis war magisch. Worte wurden greifbar, lebendig. Das galt auch für Menschennamen. Ein Name unterscheidet, bringt Deutlichkeit, zeichnet ein Bild im Kopf, und hinter jedem Namen sehen wir ein Gesicht.

Als ich in der Schule Russisch lernte, kam ich dahinter, dass man Personennamen in jeder Sprache gleich aussprach, egal wie sie geschrieben wurden. Damit bekommt ein Mensch eine Identität. Identität hat also etwas mit einer Konstante zu tun, mit etwas, das unter allen Gegebenheiten unverändert bleibt.

Meine polnischen Freunde sprechen meinen Namen anders aus als meine deutschen oder niederländischen Freunde. Ich habe das selbst zugelassen und koste den klanglichen Reichtum aus, so verschieden sich mein Name auch anhören mag. Aber in Polen war ich jemand anderes als in den Niederlanden. Wer bin ich jetzt?

Sie legt den Stift hin und reibt sich mit den Händen übers Gesicht. Es ist zehn nach zwei in der Nacht, oder sagt man am Morgen? Floris schläft, Fjodor ist auf seiner nächtlichen Pirsch. Es wäre vernünftig, jetzt das Bett aufzusuchen, aber sie ist nicht müde. Je länger sie in ihr Notizbuch blickt, desto ruhiger wird sie. Sie blättert kurz zurück.

Unvermittelt sieht sie ihren Vater vor sich. Erinnerungen an ihre Jugend vermischen sich mit solchen von der gemeinsamen Reise zum Beskidy. Bilder und Szenen steigen in ihr auf wie in einem ungeschnittenen Film. Sie wird von einer Sehnsucht ergriffen. Der Sehnsucht, die Bilder festhalten zu können, um sie zu ordnen und anzuschauen, ohne gleich eine Bedeutung damit verknüpfen zu wollen.

Sie nimmt den Stift von Neuem auf, doch dann muss sie lange überlegen, wie sie ihre schlesischen Erlebnisse ins Niederländische übersetzt. Schlechte Idee, denkt sie, aber im selben Moment, da sie aufgeben will, sieht sie, wie ihre Hand ein Wort schreibt.

Vater.

Als werde ihre Hand geführt, schreibt sie weiter.

Auch wenn du das hier niemals lesen kannst, ist Niederländisch doch die richtige Sprache dafür, einen Brief an dich zu schreiben. Einen Brief, den ich dir wahrscheinlich nie schicken werde. Wo soll ich anfangen?

Vater, weißt du noch, jener kalte Freitagabend im November? Ich laufe mit dir an einer verkehrsreichen Straße im Zentrum von Katowice entlang. Die Schnallen auf meinen zu großen Lackschuhen schimmern im Scheinwerferlicht der Autos. Ich krümme die Zehen und weiche den Bordsteinen aus, die Kratzer machen könnten. In die Spitzen der Schuhe hat Mutter Wattebäusche gestopft, aber ich schlüpfe trotzdem immer wieder heraus. Die Lackschuhe gehören Nina, ich darf sie dieses eine Mal tragen …

13

Vater, du sagtest später zu mir: »Ich war doch da. Ihr alle, du, Nina und Stan mit den Enkelkindern, Tinas Bruder mit Anhang, alle in Schwarz, ihr habt einen Kreis gebildet. Da habe ich gemerkt, dass ich nicht dazugehörte, schon gar nicht in Jeans und T-Shirt«, erzähltest du, als wir in deinem Auto Richtung Polen fuhren. Du saßt am Steuer. »Reines Theater, das ganze Familiengetue, darauf habe ich nie was gegeben.«

Du sahst jetzt älter aus, als du es warst.

»Ihr wart mit eurem eigenen Schmerz beschäftigt, nicht mit ihr. Ich war schon bevor ihr kamt, um Abschied zu nehmen, in der Kapelle gewesen, und weißt du, was ich dachte? Das ist nicht Tina. Ich erkannte sie nicht wieder. Die Frau im Sarg war nicht meine Frau. Einen Moment dachte ich, ich sei in die falsche Kirche geraten, und habe mich sicherheitshalber noch einmal nach ihrem Namen erkundigt. Als ich sie zum letzten Mal gesehen hatte, ungefähr zehn Monate davor, war sie eine kranke alte Frau.«

»Du hast sie getroffen? Warst du denn in Polen?«

Ich weiß nicht, warum ich so erstaunt war, die Zeit vor zehn Monaten gehörte für mich noch zu einer anderen Epoche zwischen uns.

»Ja, ich war regelmäßig in Katowice, dank Adele, die öfter dorthin musste, weil sie was zu erledigen hatte. Aber an diesem Montag traute ich meinen Augen nicht, im Sarg lag eine Dame.«

Du bliebst eine Weile stumm. Wir passierten die Grenze zwischen den Niederlanden und Deutschland, und ich schaute zu den Wäldern jenseits der weiten Felder rechts von der Autobahn hinaus. Die Sonne stand inzwischen schon etwas höher als am frühen Morgen, es würde ein warmer Sommertag werden.

»Und dann musste ich an Tina mit Anfang zwanzig denken und an das Zimmer in einer kleinen Pension am Beskidy. Da, wo wir jetzt hinfahren, hat alles angefangen, da hat sie zu mir gesagt, dass sie mich liebt, und ich wusste damals noch so wenig von der Liebe.«

Zwei Lkws vor uns lieferten sich ein Kräftemessen und schoben sich aneinander vorbei. Du sagtest nichts mehr, bis du aufseufzend wieder Gas geben konntest. Dann erst erzähltest du weiter.

»Und weißt du, was sie damals noch gesagt hat?«

Ich schüttelte den Kopf, obwohl du das nicht sehen konntest.

»Wenn sie vor mir sterben sollte, wollte sie in ihrem schönsten Kleid begraben werden.«

Ich wandte mich dir zu, doch bevor ich etwas sagen konnte, erzähltest du schon weiter.

»Sie trug nie Hosen, immer Röcke oder Kleider. Ich hatte das längst vergessen, aber als ich sie im Sarg liegen sah, fiel es mir wieder ein. Für mich war es der Beweis, dass sie mich doch noch geliebt hatte. Sie hatte sich auch daran erinnert, und sie rechnete damit, dass ich verstehen würde, davon bin ich überzeugt.

Herrje, wie hab ich das an ihr vermisst, diese Verve, diesen Mut zum Anderssein. Meine Tina, so war sie früher gewesen. Aber das änderte sich alles, als ich sie zwang, zu Hause zu bleiben, nachdem ihr geboren wart, da war alles vorbei ... Dieses Spießerleben, die Sorgen und der Trott haben eine andere Frau aus ihr gemacht. Plötzlich wurde sie kleinkariert, dies war nicht erlaubt, jenes war nicht richtig, und was würden die Leute sagen, und sie nahm alles wichtiger als sich selbst. Schon bald wurde ihr alles zu viel, was nicht in ihr Schema passte, war sie zu einer Frau ohne Ansprüche und ohne ein eigenes Leben geworden. Sie litt nur noch am Leben. Wie ich ihr ewiges Gemecker satt hatte ...«

Ich ließ dich reden, über früher, über Situationen, an die ich mich auch noch erinnern konnte. Am schlimmsten war, dass ich dir auch noch recht geben musste: Mutter war manchmal ungenießbar gewesen. Aber ich sagte das nicht laut.

»Na ja, sie ist nicht mehr, sie hat das Leiden hinter sich. Trotzdem, auch wenn ich ihr in der letzten Zeit nicht mehr so viel Aufmerksamkeit geschenkt habe, sie fehlt mir schrecklich. Oder vermisse ich die Liebe zwischen uns, ich weiß es eigentlich nicht richtig.«

Bei deinem letzten Satz ergab ich mich und ließ die Tränen in meine Augen steigen.

»Wollen wir uns mal abwechseln?«, fragtest du und bogst auf die nächste Autobahnraststätte ab.

»Gut.« Ich wischte mir das Gesicht ab. Ich hatte Hunger,

wollte aber nicht nur an mich denken. »Möchtest du etwas essen?«

»Gute Idee, es ist ja schon nach zwölf.«

Wir betraten das Selbstbedienungsrestaurant und wählten anhand der Abbildungen hinter der Kasse etwas aus. Du nahmst ein großes rundes Brötchen mit Hack, ich ein kleines mit Salat und Lachs. Kaum dass wir uns an einen der Tische gesetzt hatten, fingst du an zu essen. Dabei zeigtest du lebhaftes Interesse an den Leuten um uns herum, während du mich nicht anzusehen wagtest. Nach einer halben Stunde saßen wir wieder im Auto, jetzt fuhr ich. Du bist sofort eingeschlafen. Selbst als ich bei Braunschweig hielt, um zur Toilette zu gehen, hast du dich nicht gerührt. Ich war schon fast auf der Höhe von Cottbus, als du wieder wach wurdest. Du hast gegähnt, und mir stieg dein säuerlicher Mundgeruch in die Nase.

»Soll ich anhalten?«, fragte ich. Ich war müde und mir brannten die Augen.

»Nein, fahr noch ein wenig weiter, wir machen hinter der Grenze Halt. In Polen schmeckt der Kaffee besser.«

Machtest du Scherze? Seit wann zogst du den polnischen Kaffee dem deutschen vor? Nach all den Jahren kannte ich deine Gewohnheiten nicht mehr. Ich blieb brav auf der Autobahn, wo trotz beginnender Ferienzeit nicht viel Verkehr war. Wir hielten genau wie von dir gewollt. Es war achtundzwanzig Grad warm. Ich brachte zwei Becher Kaffee an den Tisch im Freien, wo du dir schon eine Zigarette angezündet hattest.

»Rauchst du immer noch?«, fragte ich. Ich hatte das schon vergessen. »Und was ist mit deinem Asthma?«

Du hast meine Fragen ignoriert und deinen Kaffee geschlürft. Natürlich musstest du husten. Gott, war ich lange nicht mehr in Polen gewesen. Ich sah mir die Menschen an und die überquellenden Abfalleimer auf dem Parkplatz. Die Hitze machte mich noch müder, als ich es ohnehin schon war, der starke Kaffee drang in meinen Magen wie hochprozentiger Alkohol. Mir wurde ein wenig übel. Wieder im Auto schlief ich sofort ein.

Das Auto schaukelte von links nach rechts, ich öffnete die Augen. Du fuhrst auf einer schmalen Landstraße. Die Berggipfel am Horizont zeichneten eine Wellenlinie an den dunkelblauen Himmel. Ganz entfernt ein paar weiße Wolken wie auf einer Theaterbühne kurz vor Anbruch der Nacht.

»Wir sind da«, sagtest du aufseufzend. »Hier hat sich nach all den Jahren wirklich nichts verändert, unglaublich!« Es klang hämisch, doch dein Gesicht strahlte. Wir stiegen aus und gingen auf ein Holzhaus zu, selbst sein Spitzdach war aus Holz. Ich zählte zwei Stockwerke. Du hast den Zimmerschlüssel geholt, und wir gingen die Treppe nach oben. Die breiten Stufen knarrten wie im Film. Unser Zimmer war im ersten Stock, gleich links.

»Ich leg mich schlafen«, sagte ich schon beim Eintreten. Das Zimmer war grässlich, es stank nach Chlor, und auf der Deckenlampe saßen dicke Fliegen. Ich setzte mich auf das Bett in der Ecke, aber es war so niedrig, dass es mir vorkam, als falle ich in ein Loch. Unwirsch streifte ich mir die Schuhe von den Füßen, ließ mich auf die Seite plumpsen und schlief sofort ein.

Als ich aufwachte, lagst du in dem großen Bett am Fenster auf der Seite und hast geschnarcht. Das Licht brannte noch, und neben deinem Bett stand eine Dose Bier auf dem Nachttisch. Ich hatte keine Ahnung, wie spät es sein mochte und wo das

Badezimmer war. Ich stand auf und ging so leise wie möglich auf die Tür an der gegenüberliegenden Wand zu. Volltreffer, wenn auch die Bezeichnung ›Badezimmer‹ für ein Kabuff mit stinkendem Klo und rostiger Badewanne übertrieben war. Ich konnte gerade eben darin stehen. Alle meine Bewegungen machten Krach. Als ich gewaschen ins Zimmer zurückkam, hast du mit dem Dosenbier an den Lippen auf deinem Bett gesessen.

»Wie spät ist es?«, fragte ich.

»Es ist noch nicht hell.«

Jetzt erst sah ich, dass du ein Foto von Mutter in der anderen Hand hattest.

»Ich wusste vom Priester, dass du und Nina um halb zwei zur Kapelle kommen würdet«, sagtest du.

Ich begriff, dass du noch nicht alles über sie losgeworden warst.

»Also bin ich kurz vorher in die Kirche gegangen und habe mich hinter eine Säule gesetzt ... Die kirchliche Zeremonie war allerdings nichts für mich. Familie, zu der gehörte ich nicht mehr, wir waren nicht mehr zusammen, unser Zusammensein war entgleist ... Gerade durch die Kirche, also was sollte ich damit, aber das wusstest du bestimmt.«

Ich verneinte: »Nein, das wusste ich nicht.«

»Wahrscheinlich musste ich sie erst verlieren, um dahinterzukommen, dass ich ohne sie nicht derselbe bin.«

»Mir fehlt sie auch«, sagte ich, aber stimmte das denn?

»Als ich da so hinter dieser Säule saß, wurde mir plötzlich klar, dass sie nicht nur die einzige wahre Liebe meines Lebens war, sondern ... dass sie auch die Einzige war, die immer an mich geglaubt hat, an alle meine Unternehmungen. Sie verlieh mir Flügel im Leben, nur flog ich immer ohne sie weiter«, sagtest du seufzend.

Ich dachte bei mir: Ein liebevoller Vater widmet sich ganz seiner Familie. So warst du nicht. Du warst eher der Erzeuger, der Ernährer, der das Geld verdient hat.

»Ich hatte dich gerade aus der Taufe gehoben, als deine Mutter mir verkündete, dass sie nicht mehr mit mir das Bett teilen wollte. Zwei Töchter sind genug, sagte sie. Aber die Wahrheit war, dass ein Priester hartnäckig behauptete, die Anwendung von Verhütungsmitteln sei eine schwere Sünde in den Augen Gottes. Schöner Gott, dachte ich, aber was sollte ich machen? Ich war vierunddreißig, Mann, Mann, Mann ... Hat sie dir nie was davon erzählt?«

»Wir haben kaum miteinander geredet, also wenn sie das überhaupt jemandem erzählt hat, dann Nina.«

Du hast dich erhoben, und ich sah etwas Nasses auf deiner Wange, war es eine Träne oder ein Tropfen Bier?

Die Badezimmertür fiel laut ins Schloss. Als du nur in Unterhose aus dem Badezimmer zurückkamst, war dein Haar gekämmt, und du hattest dich frisch gemacht, als wäre schon Frühstückszeit. Aus deiner Tasche nahmst du ein sommerliches Oberhemd und kurze Hosen hervor. Fertig angezogen, setztest du dich zu mir.

»Tina und ich waren Geliebte und nicht Freunde, deshalb ging das nicht. Der Tod ... der kriegt uns alle irgendwann. Ich habe ihm auch schon in die Augen geschaut ...« Deine Stimme klang verändert. »Selbst mit dem Tod konnte ich besser Freund sein als mit deiner Mutter.«

»Red keinen Unsinn, Vater«, unterbrach ich dich. »Was willst du eigentlich sagen?«

Du warst mir so nah gerückt, dass sich plötzlich etwas in mir sträubte. »Ich finde es ja reichlich seltsam, dass niemand von uns dich in der Kirche gesehen hat. Und dass du so ohne Weiteres in den Raum mit dem Sarg reinkommen konntest.«

»Ich habe Hunger, und hier liegen nur verpackte Brotscheiben und ein paar Becherchen Marmelade. Wir können auch in den Frühstücksraum gehen, da gibt es ein Büfett mit allem Drum und Dran.«

»Aber wie spät ist es denn?« Meine Augen suchten nach einer Uhr.

»Es ist zehn nach sieben«, sagtest du nach einem Blick auf deine Armbanduhr.

»Was? So spät schon? Wieso ist es denn hier noch so dunkel?«

Da bist du ans Fenster gegangen und hast an den Verriegelungen herumgefummelt. Plötzlich öffneten sich die Fensterläden und grelles Licht blendete mich.

Als wir vom Frühstück zurückkamen, war das Zimmer noch mehr in Sonnenlicht getaucht. Es würde wieder ein schöner warmer Tag werden. Ich bekam Lust, ins Freie zu gehen, aber du hast dich wieder an den Tisch gesetzt.

»Und wie bist du da überhaupt hingekommen? Mit dem Auto? Mit dem Flugzeug? Wo hast du übernachtet?«, fragte ich weiter. Aber du brauchtest gar nichts zu sagen, denn ich wusste es schon. Adele, du warst mit Adele dort gewesen. Ihr war es sogar zuzutrauen, dass sie dich gezwungen hatte zu kommen.

»War … war Adele mit dir zusammen in der Kirche?«

Du hast nur zu einem Becher gegriffen, Löskaffee hineingetan und Wasser daraufgegossen. Ob ich auch etwas trinken wollte, hast du nicht gefragt. Dann hast du in deiner Tasche, die unter dem Tisch stand, herumgekramt.

»Setz dich.«

Ich nahm dir gegenüber Platz, um dir direkt in die Augen schauen zu können.

»War sie dabei?«

Du legtest ein kleines Fotoalbum auf den Tisch. Es war schmutzig und abgestoßen.

»Sie ist nicht mehr, Ev, lass es gut sein.«

»Was ist das?« Ich deutete mit dem Kinn auf das Fotoalbum. Darin erwartete ich alte Fotos von dir und Mutter am Beskidy.

»Da war ich blutjung«, sagtest du, »schau's dir an.«

Warum musstest du jetzt wieder das Thema wechseln? Was sollte ich damit? Alles so drehen, wie du es wolltest, darin warst du ein Meister, und ich sollte gute Miene dazu machen. Ich schob das Album von mir weg.

»Ich habe dich etwas gefragt. Ich möchte auch über dich und mich reden und was alles zwischen uns passiert ist und nicht bei deiner Vergangenheit bleiben.«

»Schlag mal auf.« Du schobst das Album wieder zu mir hin.

Ich begann darin zu blättern. Gesichter, Innenräume, Straßen und Landschaften auf verblichenen Schwarz-Weiß-Fotos, die mir nichts sagten. In den Frauen erkannte ich Mutter nicht. Ich schaute auf eine Zeit, die nie mehr wiederkommen würde. Ein Foto jedoch zog meine Aufmerksamkeit auf sich, bei ihm verweilte ich. Es war die Ablichtung eines blonden Jungen mit kurz geschnittenem Haar und schwarzen Stiefeln. Seine kurze Hose flatterte ihm weit um die Knie. Stolz schaute er in die Kamera. Mein Blick wurde von seinen Augen zu seinem linken Ellenbogen gezogen. Da war etwas, das meine Aufmerksamkeit erregte. Ich musste mich näher heranbeugen, um es richtig erkennen zu können: eine Binde mit Hakenkreuz.

»Wer ist das?«, fragte ich.

»Das Foto wurde 1943 in Dresden gemacht, als ich die Geigen-Abschlussprüfung bestanden hatte. Ich durfte nun auf das beste Musikinternat in Deutschland, um Flöte und Geige zu studieren. Zu den 254 stolzen Schülern zu gehören, war mein großer Traum. Dank meines Musiklehrers, SS-Offizier Hans Kramer, war der Krieg für mich ein Fest. Auf einmal war alles möglich. Meine Eltern hintertrieben meine Entscheidung für die Musik, weil sie mich zu Hause behalten wollten, in Schlesien. Aber ich setzte mich über sie hinweg. Mein Bedürfnis, Musik zu lernen und zu spielen, war stärker als die Familienbande.«

Auf das letzte Wort reagierte mein Unterbewusstsein wie der Stier auf ein rotes Tuch. Ich musste hart an mich halten, um nicht loszuschnauben.

»Ich hatte einen Musikpreis nach dem anderen gewonnen, aber sie wollten nichts davon wissen. Hans Kramer war der Erste, der meine damalige Verzweiflung bemerkte. Als er Schlesien verlassen wollte, um in Dresden zu lehren, fragte er mich, ob ich mitkommen würde. Du kannst dir nicht vorstellen, was das für mich bedeutete. Ein Jahr später wollte er mich adoptieren, damit er mir eine Musikerlaufbahn ermöglichen konnte. Natürlich habe ich ohne nachzudenken Ja gesagt. Das Hitlerjugendlager war eine bewusste Entscheidung von mir ... Aus Liebe, aus Dankbarkeit.«

Jetzt erst sah ich die Ähnlichkeit zwischen dir und dem Jungen auf dem Foto. Mein Verstand weigerte sich, die Information aufzunehmen. Nein. Ich lachte.

»Sag, dass das nicht wahr ist«, hörte ich mich flüstern.

Wer warst du eigentlich? Ein alter Mann mit einer schmutzigen Vergangenheit? Ein Verräter? Eines stand fest: Du versuchtest mir etwas nahezubringen, etwas gutzumachen. Es kribbelte in meinen Füßen. Ich bückte mich, zog die Schuhe aus und legte das befreite rechte Fußgelenk aufs linke Knie. »Warum erzählst du mir das jetzt erst?«

Du hast dagesessen wie zur Salzsäule erstarrt.

»Wusste Mutter davon?«

Aber du hast nur dagesessen und mich angestarrt.

»Wusste Nina davon?«

Zum ersten Mal in meinem Leben sah ich Unsicherheit in deinen Augen. Du warst im Zweifel, die Frage war: worüber? Über das, was du getan hattest, oder über mich, ob ich das akzeptieren konnte?

»Mutter ist tot, und du«, ich klappte das Fotoalbum zu, »und du ... Wer zum Teufel bist du?«

»Komischerweise bist du die Erste und Einzige, der ich es erzählen kann. Als Kind warst du zwar undurchschaubar für mich, ein Wesen, das in einer eigenen Seifenblase hockt und nicht heraus will. Mann, warst du unausstehlich ... Ich kam nicht an dich heran, als Vater nicht und nicht als Mensch ... Und trotzdem, wenn mich jemand verstehen könnte, dann du. Vielleicht gerade, weil du so anders bist.«

Dein Blick war kalt und frostig, doch zugleich sah ich auch Zärtlichkeit in deinen Augen. Ein versuchtes Lächeln verzog deine schmalen, faltigen Lippen. »Mein ganzes Leben lang versuche ich schon, ein anderer zu sein als der, der ich wirklich bin, das hast du mal treffend gesagt. Weißt du ... ich fand Hitler wirklich gut, willst du wissen, warum?«

»Hör auf!«, rief ich. »Hör auf jetzt!«

Ich erinnere mich nicht, wie ich aus dem Zimmer gelaufen bin. Plötzlich stand ich draußen auf der Treppe, und meine Beine wollten nicht mehr weiter. Ich lasse mich jetzt fallen, dann ist alles vorbei, dachte ich. Aber ich blieb stehen, mit beiden Händen am Treppengeländer. Eine ruhige Stimme in mir sagte: Wenn du jetzt davonläufst, machst du endgültig eine Tür hinter dir zu. Da habe ich mich umgedreht und bin ins Zimmer zurückgegangen, zurück zu dir.

Du hast noch in derselben Haltung am Tisch gesessen.

»Geht's wieder?«, hast du gefragt.

Was sollte ich darauf antworten?

Du hast die Sonne nicht gesehen, du hast nicht gehört, dass ein Kuckuck rief, sondern hast eisern an deiner Erzählung festgehalten. Mutters Tod hatte dich der Süße der Liebe beraubt. Jetzt warst du dazu verurteilt, dein Leben ohne sie zu leben, ob du nun wolltest oder nicht.

»Wir sprachen über Mutters Tod und jetzt ...«

»Ev, jeder innere Wunsch, der sich nicht erfüllt, ist eine Lektion über den Tod. Diese Schule beginnt bei deiner Geburt, aber das Abschlusszeugnis stellen deine Hinterbliebenen aus, wenn du nicht mehr da bist. Ich trage das schon mein ganzes Leben mit mir herum, jetzt weißt du es auch, mach damit, was du willst.«

Weg von hier, das war mein erster Reflex. Die Sonne, die Berge und der mit den Zweigen spielende Wind draußen beschwichtigten mich.

»Ich höre, Vater.«

»In der Nacht vom 13. auf den 14. Februar 1945 endete mein Traum. In dieser Nacht wurde Dresden bombardiert. Ein Luftangriff. Ich schlief mit zig anderen Jungen im Schlafsaal des Musikinternats. Plötzlich stand Hans an meinem Bett, fasste mich bei der Hand und rief: ›Schnell, schnell!‹ Ich bekam nicht die Zeit, mich anzuziehen. Nur in der Pyjamahose rannte ich mit ihm durch die Gänge, aber mir war nicht kalt. Es brannte lichterloh, und überall waren Menschen. Frauen schrien, Kinder weinten. Meine Hand tat mir weh, so fest hielt Hans sie im Griff. Auf der Straße herrschte ein ohrenbetäubendes Getöse von Bomben, die auf uns herabhagelten. Es stank fürchterlich. Wir wussten nicht, wohin. Hans zog mich in ein Gebäude, wo wir uns in einer verlassenen Küche versteckten. ›Es ist gleich vorbei, dann sind wir frei, mein Sohn‹, sagte er und drückte meinen Kopf an seine Brust. Ich hörte einen Knall, und dann fiel die Decke herunter. Ein schmerzhafter Steinregen ergoss sich über uns. Ich klammerte mich an Hans fest. Ich wusste nicht, wie lange wir dort gesessen hatten, als es stiller wurde und ich mich wieder zu rühren wagte. Hans saß reglos da und starrte in den Himmel. Auf seinem Haar, ja sogar auf seinen Lippen und seiner Zunge lag Staub. Über sein Ohr lief ein breiter Streifen Blut. Hans war ... befreit. Für mich brach eine Welt zusammen.«

Ich sah den Mann in Uniform vor mir. Ein wenig beschämt wandte ich mich von dir ab. Mit monotoner Stimme fuhrst du fort.

»Jahre später habe ich in Erfahrung gebracht, dass von den 254 Musikschülern, die im Internat schliefen, nur fünf überlebt haben. Ich war einer von diesen fünf.«

Mit einem Schwindelgefühl, als würde ich gleich fallen, schaute ich wieder nach draußen. Wir saßen hier jetzt schon seit mehreren Stunden. Du hörtest nicht auf zu erzählen, über deinen Marsch zurück nach Schlesien, über deine Eltern und die Armut.

Du hast geredet und geredet, als wäre ich gar nicht da.

13

Vater, »Für mich heißt Żywiec für immer Saybusch«, sagtest du, »ich habe mich nie an die polnischen Namen gewöhnen können. Hans war tot, ich geriet in Panik und rannte weg. Überall schrien Menschen, die Straße sah aus wie ein brennender Fluss, auf dem Boden lag alles Mögliche herum: Hausrat, Steine und Leichen. Ich sprang beiseite, als eine klebrige glühende Substanz beinahe meine Zehen berührte. Es war warm, oder was sage ich, es war so heiß, dass ich erschrocken auf die Trümmer kletterte. Erst Jahre später habe ich gelesen, dass dieses Zeug Phosphor gewesen ist. Nicht weit von der Schule stand damals gerade ein Wanderzirkus. Hans hatte mich am Wochenende davor noch zu einer Vorstellung in dem bunten Zelt mitgenommen. Jetzt sah ich eine Giraffe, die ich vielleicht vor zwei Tagen noch bewundert hatte, schreiend durch die Straßen rennen. Ihr Rücken brannte wie eine Fackel, und hinter ihr brach ein Elefant zusammen, der plötzlich in Flammen explodierte. Kleine Affen sprangen kreischend an mir vorbei, sie rissen die Leute an den Haaren und an den Schultern, um weiterzukommen. Ich sah, dass ihre Schwänze und Rücken brannten. Ein Stück weiter verschmorte ein Kind im Kinderwagen. Der Geruch von verbranntem Menschenfleisch drang mir in alle Poren, ich musste mich übergeben. Ich rannte, zwängte mich zwischen Trümmern und Menschen hindurch und wollte nur noch weg aus dieser Hölle. Dass ich am Leben geblieben bin, ist ein Wunder …

Erschöpft erreichte ich den Stadtrand. Von hier glichen die Gebäude einem riesenhaften Skelett. Es begann schon zu dämmern, als ich in einer kleinen Straße hinter den Resten einer früheren Kirche Halt machte. Ich redete mir ein, dass die Menschen, die hier lagen, nur schliefen. Mir war nun doch kalt geworden, ich zitterte am ganzen Leib, meine Pyjamahose war blutverschmiert. Nicht weit von mir lag ein junger Mann, der die Arme in einem merkwürdigen Winkel hinter dem Kopf verdreht hatte. Seine Augen waren weit aufgerissen, er starrte genau wie Hans in den Himmel. Sicherheitshalber bewegte ich leicht die Hand vor seinen Augen hin und her. Keine Reaktion. Ängstlich schaute ich mich um, aber immer noch rührte sich niemand. Ich hockte mich neben den jungen Mann. Noch nie hatte ich einen Toten angefasst. Na ja, Hans, aber das war etwas anderes. Ich sah mich noch mal um, und dann zog ich dem Toten seinen Mantel aus. Das war gar nicht so leicht. Danach nahm ich mir auch noch seine Hose und sein Jackett. Aber an seine Schuhe habe ich dummerweise nicht gedacht, weil die Straße unter meinen Füßen immer noch so warm war.

Der Hunger war das Schlimmste. Ich habe Hunde gegessen und das Blut von Kühen getrunken, ich habe auf einem Ledergürtel herumgekaut und Menschen beklaut. Für die vierhundertfünfzig Kilometer, die ich zu Fuß von Dresden bis nach Świętochłowice, zu meinem Elternhaus in Schlesien, gegangen bin, brauchte ich acht Wochen und zwei Tage. Ich half Bauern im Schweinestall oder bei den Kühen, ich half beim Gemüsehändler oder beim Bäcker aus. Immer nur für einen Tag, und ich bekam kein Geld, sondern etwas zu essen. Geld hatte damals sowieso keinen Wert mehr, Tauschhandel war angesagt. Für ein paar Eier bekam ich damals einen ordentlichen Mantel. Ich arbeitete einen halben Tag für einen Teller Suppe oder ein Stück Wurst, und dann konnte ich weitergehen. Es gab genügend Tage, an denen ich nicht an Essen kam, weil ich weiterlaufen wollte. Inzwischen hatten wir März 1945, die Deutschen mordeten und plünderten aus Angst und Verzweiflung. Das Ende ihrer Vorherrschaft nahte, und das wussten sie.

Eines Tages versprach mir ein Bäcker nicht nur eine Tasche voll Brot, Milch und Käse, sondern auch noch ein altes Fahrrad, wenn ich eine Woche dableiben und für ihn arbeiten würde. Ich blieb vor allem wegen dem Fahrrad, aber ich fühlte mich dort auch gleich zu Hause. Der Bäcker war wie ein Vater zu mir, und es fiel mir schwer, wieder Abschied von ihm zu nehmen. Mit dem Proviant stieg ich aufs Rad, und ich kam am selben Tag ein gutes Stück voran. Abends machte ich an einem Waldrand Halt, um etwas zu essen. Ich hatte die Milchkanne neben mich gestellt und biss gerade ins Brot, als ein SS-Offizier vor mir stand. Wo er so plötzlich herkam, weiß ich nicht. Er trug so eine Mütze, die sein Gesicht zu drei Vierteln bedeckte. Trotzdem konnte ich die offene Wunde sehen, die sich von seinen Lippen bis zu seinem rechten Auge zog. Und auf der linken Seite war seine Uniform dunkelrot gefärbt. Er baute sich vor mir auf und stieß mit dem Fuß gegen die Milchkanne. Ich wollte sie wieder aufstellen, aber da trat er gegen meinen Arm. Vor Schmerz aufjaulend ließ ich die Kanne los, und die Milch lief aus.

›Du hast das Fahrrad gestohlen‹, rief er und schlug mir mit dem Gewehrkolben auf den Hinterkopf. Ich fiel auf die Seite. Jetzt richtete er das Gewehr auf mich. Ich dachte: So sieht der Tod aus. Mir liefen die Tränen, ich wollte leben. Ich stammelte, dass er das Fahrrad haben dürfe.

›Das Essen hast du auch gestohlen, du Schwein!‹ Er rückte mir jetzt mit dem Gewehr noch näher auf den Leib und trat mir ein paarmal in den Magen. Dann sah ich ihn durch meine Tränen mit der Tasche auf dem Rad davonschlingern.

Ich habe den weiteren Marsch nur mit knapper Not überlebt. Als ich zu Hause ankam, war ich verrückt vor Freude, meine Eltern wiederzusehen. Die letzten Meter bis zur Tür rannte ich, obwohl mir die Füße wahnsinnig wehtaten. Meine Mutter machte auf und sah mich sekundenlang nur an. Ihr Gesicht war gerötet, es war Mittagszeit, sie war wahrscheinlich beim Kochen gewesen. Auf einmal verpasste sie mir eine heftige Backpfeife und noch eine, und dann konnte sie gar nicht mehr aufhören. Sie weinte und schlug mich immer härter, bis ich ihre Hände festhielt. Sie riss sich los und ging in die Küche. Mein Vater saß wie immer in dem großen Sessel zwischen Herd und Küchenfenster. Als er mich sah, stand er auf, hustete, blieb vor mir stehen und strich mir über den Kopf, obwohl ich jetzt größer war als er. Ohne ein Wort zu sagen, ging er ins Wohnzimmer, öffnete die Tür des großen Schranks und nahm meine alte Geige heraus. Ich war gerührt, er versteht mich, dachte ich. Ich wollte ihm die Geige aus den Händen nehmen, aber er wimmelte mich ab und lief mit dem in ein Tuch gewickelten Instrument in die Küche. Wieder musste er husten. Seine Atmung arbeitete wie ein Gebläse, das in regelmäßigem Rhythmus an- und abschwoll. Sein Husten war diesmal schlimmer und hielt länger an. Er setzte sich und winkte mir, dass ich zu ihm kommen sollte. Ich stellte mich vor ihn hin. Schweigend sah er mir in die Augen, als wartete er darauf, dass ich etwas sagte. Dass ich alles falsch gemacht hatte, dass ich niemals von zu Hause hätte weggehen dürfen. Ich bereute zwar, aber Angst vor meinem Vater hatte ich nicht, nicht nach den acht Wochen Fußmarsch von Dresden nach Hause. Da hob er die Geige mit beiden Händen hoch und schlug sie mit Wucht auf seinen Knien entzwei. Rums! Meine über alles geliebte Geige war auf einen Schlag tot. Mir gefror das Blut in den Adern. Ich dachte an die Geige, die ich in Dresden von Hans geschenkt bekommen hatte. War sie verbrannt oder gestohlen worden? Zum ersten Mal im Leben hätte ich jemanden totschlagen können, mochte es auch mein eigener Vater sein. ›Und jetzt ist Schluss mit deiner Musik, ich will dich nie mehr spielen sehen‹, sagte er. Er klopfte sich die Holzsplitter von den Knien, als wären es Brotkrümel. Dann schloss er die Augen und schlief ein.

Polen, Musik und meine Eltern hasste ich von da an mit einer nie gekannten Inbrunst, als wäre ich in diesen paar Sekunden ein völlig anderer Mensch geworden. Wie hatte ich nur zu meinen Eltern zurückkehren wollen! Was hatte ich erwartet? Jetzt wusste ich wieder, wie wenig sie mir die Musik gönnten. Und jetzt war der Bruch zwischen uns nicht mehr zu kitten. Eltern und uneingeschränkte Liebe … Unsinn, so etwas gibt es nicht. Von dem Tag an konnte ich sie nicht mehr respektieren.

Später, als erwachsener Mann, war ich oft verliebt, aber mit dem wahren Gefühl hat das nichts zu tun. Verliebt zu sein, ist etwas Schönes, aber nichts Bleibendes.

Auch Musik war für mich nie mehr dasselbe. Die Hitlerjugend, Hans und danach der Bruch mit meinen Eltern … Meine Mutter verdiente als Näherin unseren Unterhalt, Vater konnte wegen seines Asthmas nicht mehr arbeiten, und ich hatte noch zwei Schwestern, die ernährt werden mussten. Mein Vater entschied schon bald, dass ich arbeiten gehen musste. Ich sollte büßen, und das tat ich, jahrelang. Bis ich Tina kennenlernte. Mit ihr schien die Welt anders zu sein, ich lebte auf. Und sie war verrückt nach Musik, nicht so sehr klassische Musik, sondern Tanzmusik, Operette und Swing, also bemühte ich mich, in Big Bands unterzukommen. Für sie, verstehst du?«

13

Vater, als ich in aller Eile meine Sachen packte, habe ich dir noch ein Zettelchen geschrieben. Ich hatte nachts von Adele geträumt, davon, dass sie so viel mehr in dir sah. Warst du bei ihr der echte Hans? Wie viele Gesichter hattest du? Wie viele Personen warst du?

Die sieben Worte, die ich dir schrieb: *Ich brauche Zeit, gib mir bitte Zeit,* sollten dir das Gefühl nehmen, dass ich mich klammheimlich verdrückt hatte.

Ungeduldig tippte ich noch einmal auf mein Handy, sieben Minuten nach halb fünf. Vorsichtig, um keinen Lärm zu machen, tastete ich mich zu dem Stuhl, auf dem meine Kleider lagen. Dein Atem ging ruhig. Langsam zog ich die Hose die Beine hoch und streifte mir das T-Shirt über den Kopf. Der Zettel, dachte ich und tastete nach dem Buch von Thomas

Mann, das ich gerade las, *Bekenntnisse des Hochstaplers Felix Krull*. Ich hatte den Zettel zwischen Umschlag und erste Seite gelegt, jetzt ließ ich ihn auf dem Tisch zurück. Die Schuhe beschloss ich erst draußen vor dem Zimmer anzuziehen. Ganz leise ließ ich die Tür ins Schloss fallen und erstarrte, als ich dich husten hörte. Die Stirn an der Tür, schloss ich die Augen. Bitte nicht wach werden, betete ich leise. Gleich darauf hörte ich deine Pantoffeln über den Holzfußboden schlurfen. Ich hockte jetzt auf der Treppe und wartete ab. Vielleicht gingst du ja nur zur Toilette. Im selben Augenblick hast du die Zimmertür geöffnet.

»Was hast du vor?«, fragtest du laut. Die Tasche hattest du sofort gesehen.

Ich schwieg.

»Du kannst nicht vor dir selbst davonlaufen, das hast du als Kind nicht gekonnt, und das kannst du jetzt als erwachsene Frau auch nicht. Das solltest du in deinem Alter schon entdeckt haben.« Du hast gegähnt und dir die Augen gerieben.

Ich dachte, du würdest jetzt lospoltern und mir alles Mögliche vorwerfen, doch du bist ganz ruhig geblieben.

»Ich brauche Zeit«, wiederholte ich die Worte, die ich dir geschrieben hatte, als sei das Repertoire in meinem Kopf damit erschöpft, »gib mir die bitte.«

Aber du hattest nicht die Absicht, mich loszulassen. Du nahmst neben mir auf der Treppe Platz. Dein Körpergeruch erinnerte mich an den Moment, als du im Krankenhaus lagst, und ich dachte an Adele und mein Gespräch mit ihr. Sie kannte dein Morgengesicht, deine Gerüche, deinen Körper. Ich wandte das Gesicht von dir ab und spürte, wie es zu glühen begann.

»Es ist noch nicht mal fünf Uhr, was hast du vor, Ev?«

»Ich heiße nicht Ev, und ich habe keinen Nachnamen«, habe ich gemurmelt, »denn ich fühle mich so, als gäbe es mich nicht.«

»Du kannst nicht immer nur wollen.« Während du das sagtest, hast du mir ein paarmal sachte auf die Finger geklopft.

»Wie meinst du das?«

»Weißt du, irgendwie dachte ich, dass du schon weiter wärst mit dem Leben, irgendwie … ja … weiter. Vielleicht habe ich dich falsch eingeschätzt, vielleicht habe ich alles zu lange für mich behalten. Ich hatte in meinem Leben immer Angst davor, auf der falschen Seite zu stehen. Mach nicht denselben Fehler wie ich, such nach dem, was dir unter die Haut geht, scheu dich nicht vor der Konfrontation, das ist der Wegweiser. Du hast so viel mehr Glück als ich, du bist nach dem Krieg geboren, du hast eine hohe Schulbildung, du müsstest das verstehen.«

»Ein Diplom ist keine Garantie dafür, dass man das Leben in den Griff bekommt, Vater.«

»Mag sein, aber bei so vielen Menschen um dich herum, bei so viel Musik in deinem Leben müsstest du es wissen, nur hast du vielleicht nicht den nötigen Mut.«

»Es fühlt sich an, als hätte ich keinen Inhalt, keine Masse oder Farbe, als wäre ich gar nicht da. Meine Beziehungen zu Menschen schlagen keine Wurzeln. Manchmal fürchte ich mich, manchmal packt mich der Übermut. Ich kann dir alles über Musik erzählen, aber wie ich mein Leben organisieren soll, weiß ich nicht. Du bist … du warst so weit weg, dass ich nicht mehr das Gefühl habe, deine Tochter zu sein.«

»Meinst du das im Ernst?« Du klangst erschrocken.

»Rein physisch mag ich es vielleicht schon sein, aber mein Inneres ist aus einer anderen Substanz als deines.«

»Zum Glück …«

»Nein, zum Unglück, kapierst du das nicht?«

Du sahst mich an. »Wo willst du hin?«

»Zu Nina, sie ist die Wahrheit zwischen dir und mir, sie steht mit beiden Beinen auf dem Boden, und sie hat Kinder. Sie ist ein aus Liebe geborenes Kind, das nicht weiß, was es heißt, wenn man verleugnet wird.«

»Halt, halt! Jetzt gehst du zu weit. Wir haben dir genauso viel Liebe geschenkt, aber du warst so anders.«

»Ich bin die Ausgeburt eurer unerfüllten Sehnsüchte, das hab ich irgendwann schon mal zu Mutter gesagt, und das denke ich noch heute. Als Kind stand ich zwischen deinem Verlangen nach Musik und Mutters Freiheitsbedürfnis. Alles in meinem Leben führte zu einem großen Kampf, weil ihr nicht miteinander kommuniziert habt, nicht einmal eure Sprache stimmte – Deutsch, Polnisch, Schlesisch durcheinander.«

»Ev, du gehst zu weit, wirklich. Die Geschichten in deinem Kopf waren schon immer größer als die Wirklichkeit, und daran leidest du allem Anschein nach immer noch. Es ist viel simpler, du hast schon immer alles viel zu kompliziert gemacht. Aber weißt du, wo der Hase im Pfeffer liegt – und das sage ich nicht etwa, weil ich alles besser weiß, sondern weil ich dich kenne: Du lässt vor allem dich selbst außer Acht, weil du viel zu sehr auf mich und Mutter schaust. Du versteckst dich hinter Büchern oder hinter Musik oder hinter irgendwem, der genügend Autorität besitzt. Fang jetzt bloß nicht noch an, Nina die Schuld für deinen Lebensschmerz zu geben.«

»Lebensschmerz?«

»Ja, verdammt, du passt dich allem und jedem an, deshalb hast du ›keine Masse‹, wie du es nennst. Wo bist du selbst? Wo ist deine Sprache? Hast du eine Sprache? Mit drei warst du herrlich eigensinnig, gesund eigensinnig, meine ich. Weißt du noch, wie du die Buchstaben entdeckt hast? Nichts und niemand konnte dich bremsen. Du hast das Alphabet eingeatmet, Wörter erfahren wie lebendige Bilder in einem Film, sogar mit dem Essen hast du immer ein Wort auf deinem Teller gelegt. Und dann hast du die Wörter gegen die Musik eingetauscht, und seitdem verläufst du dich. Je mehr du gelernt und geübt hast, desto mehr. Dann wieder wolltest du auf meiner Geige spielen, wolltest alles Mögliche, was du nicht konntest. Und am Ende hast du dich aufgeführt, als hätte jeder andere mehr Recht zu leben als du. Ich konnte dieses Verhalten von dir nicht ausstehen! Am Konservatorium hattest du nur noch Ängste. Angst, falsch zu spielen, Angst, aus dem elitären Boot zu kippen, Angst, falsch eingeschätzt zu werden, Angst, man würde merken, dass du nichts kannst, obwohl du alles erreicht hast. Angst frisst den eigenen Willen auf, und das ist bei dir bis heute so.«

»Was hat das mit Lebensschmerz zu tun?«

Du fuhrst dir mit den Fingern durchs Haar. Jetzt bekam ich einen Hustenanfall. Ich stand auf und ging ins Zimmer, um mir ein Glas Wasser zu holen. Schmerzen hatte ich in diesem Moment vor allem in meinem Kopf, und ich hoffte, Paracetamol in meiner Handtasche zu finden.

Als ich aus dem Badezimmer kam, saßt du wieder im Zimmer. Das Licht über dem Tisch brannte, meine Tasche stand neben deinem Stuhl.

»Nimm das Leben doch einmal so, wie es ist, Ev. Zieh nicht ewig alles in Zweifel, und betäub dich bitte nicht länger mit Musik. Schon immer hast du deine ganze Energie ins Nachdenken, Überdenken und Ausdenken gesteckt. Je mehr Liebe du von uns bekommen hast, desto mehr hast du dich verkrampft, weil du

Angst hattest, sie zu verlieren oder dich mit weniger zufriedengeben zu müssen. Bis der Schmerz über Enttäuschungen, Zurückweisungen, Minderwertigkeit, Einsamkeit und das Gefühl, nicht bekommen zu haben, was du brauchtest, dein Leben beherrscht hat. Du haust immer wieder ab, von zu Hause, von deinen Partnern, von Schulen, aus Deutschland in die Niederlande und nun wieder vor mir.«

»So siehst du das? Und meine Bratsche? Und meine guten Noten? Und meine Erfolge?«

»Welche Erfolge? Alles, was du anführst, beruht darauf, dass du dem gefolgt bist, was andere sich für dich überlegt haben. Nie ist das aus dir selbst heraus gekommen. Jemand sagte, dass die Bratsche besser zu dir passen würde, und schwuppdiwupp hast du gewechselt, jemand sagte, dass du in Krakau studieren solltest, und du hast gehorcht. Muss ich weitermachen?«

Deine Wortwahl, deine Haltung, dein Eifer, mein Leben auf der Stelle wieder flottzumachen, erstaunten mich. Einer, der sich vor keinem fürchtet, dachte ich plötzlich. In einem Zimmer, in dem du und Mutter mal glücklich gewesen wart, gabst du mir Lebenslehren weiter. Als hätte dieser Ort verborgene Eigenschaften in dir wachgerufen.

»Alles, was du tust, Ev, tust du, weil irgendwer es für wichtiger oder besser gehalten hat, und nicht, weil du es so gesehen hast.« Deine Stimme war tief und ruhig. »Hör auf mit deinem ›Ja, aber‹, weil du überall Bedrohungen siehst. Die Musik hast du schon gefunden. Jetzt solltest du die Sprache in dir suchen, darin bist du gut. Wenn du die findest, findest du dich selbst.«

Ich war mit Stummheit geschlagen. Was redetest du denn da? Welche Sprache? Niederländisch? Unmöglich, das zu lernen.

Ich würde es nie schaffen, in dieser Sprache zu denken und zu schreiben.

Da hast du dich erhoben und bist zur Tür gegangen. »Kriegst du den Bus noch?«

»Die Musik vereinfacht mein Leben. Von dem Geld, das ich als Musikerin verdiene, kann ich mir eine Wohnung leisten, ein Auto kaufen oder in Urlaub fahren. Je größer das Rauschen, das ich produziere, je stärker die Reize, die ich in der Musik suche, desto weniger muss ich sein. Haben ist auch eine Form von Sein«, sagte ich.

»Haben ist auch Angst … und Ablenkung. Gefährlich, zumal wenn das Leben festgefahren zu sein scheint. Erst wenn du die Furcht abschütteln kannst, bist du frei«, sagtest du.

Ich wollte weg. Und fragte mich, während mir das aufging, ob das nicht wieder eine Angstreaktion war. Konnte ich vor mir selbst davonlaufen? Ich musste darüber reden, meine Angst warf auf einmal viele Fragen auf. Die einzige Person, mit der ich darüber reden konnte, war meine Schwester.

»Bringst du mich nach Katowice? Zu Nina?«

Als du genickt hast, begriff ich wiederum nicht, warum ich dich darum gebeten hatte.

20

Henriettas Moleskine-Notizbuch wird schon bald zu Evs Zufluchtsort. Das Niederländische dient als Medium bei der Umwandlung der überkommenen Muster, die ihr Gemüt bewegen, in Kraft. Sie steht dafür früh auf und unterbricht das Schreiben nur, um zu essen, zu schlafen und zu spielen. Mit einem Mal sind die täglichen Pflichten nur Ablenkung vom Eigentlichen: Triebfedern aus der Vergangenheit zu Papier zu bringen. Luft strömt in ihre Lunge, und in ihrem Kopf herrscht wieder Ruhe. Ihr Stift gleitet über das Papier, als Floris hereinkommt.

»Wieder am Werk?«

Ev nickt, Floris lächelt.

»Es ist ja noch nicht einmal fünf, und du bist schon zu Hause?«

Floris setzt sich auf den Tisch und legt die Hand auf ihre Schulter.

»Ist etwas?«, fragt Ev.

»Die Situation mit Bo behagt mir nicht.«

Ev sagt nichts, sie dachte eigentlich, Floris und Bo hätten neulich ein gutes Gespräch gehabt.

»Ich hatte ihn heute Vormittag am Telefon. Er sagte, dass er zwischen Amsterdam und Rotterdam hin- und hergerissen ist.«

»Als Wohnort oder wie …? Was meinst du genau?«

Floris verschränkt die Arme vor der Brust. »Es wäre nicht gut, wenn er zu uns ziehen würde, Ev, das weißt du doch.«

Ev legt ihren Stift hin und schiebt das Notizbuch von sich weg. Sie hat ein schlechtes Gewissen, denn sie hat nach dem letzten Gespräch der beiden nicht gefragt, wie es gelaufen war. Sie hatte gehofft, dass Floris von sich aus darauf kommen würde. Aber das hat er nicht getan. Durch das Schreiben hat sie die Welt vergessen.

»Komm, wir gehen was trinken.«

»Ich mache eine Flasche auf«, sagt Floris.

Er sieht müde aus, die matte Haut und das abgespannte Gesicht lassen ihn älter wirken.

»Ich dachte, ihr wart bei eurem letzten Gespräch miteinander ins Reine gekommen.«

»Ich weiß nicht.« Floris schenkt Rotwein in die Gläser auf dem Couchtisch ein. Fjodor springt sofort bei Ev auf den Schoß.

»Könntest du auch noch Mineralwasser für mich holen?«, bittet sie.

Floris erhebt sich gleich wieder von der Couch, geht in die Küche und kommt mit einer Flasche Wasser und zwei Gläsern zurück.

Jetzt fängt er plötzlich an, von seiner Arbeit zu reden. Fjodor macht es sich zwischen ihnen gemütlich. Ev wartet, bis Floris geendet hat, zieht die Knie hoch und dreht sich zu ihm hin. »Und Bo?«

Floris seufzt. »Ich bekomme ihn nicht in den Griff.«

»Musst du das denn?«

»Ich weiß wirklich nicht, was ich mit diesem Jungen anfangen soll.«

»Vielleicht wäre es besser, mit ihm im Gespräch zu bleiben, als dich einzumischen.« Ev nippt an ihrem Glas, stellt es aber nicht auf den Tisch zurück. Darf sie einem Vater das so einfach sagen? »Weißt du, was Helga gemeint hat? Dass du bloß Einfluss auf Bo ausüben willst. Aber meiner Meinung nach braucht das gar nicht ...«

»Redest du mit Gott und der Welt über mich und meinen Sohn?«, unterbricht Floris sie. Er beugt sich vor. »Als Bo geboren war, ging zwischen mir und meiner Ex alles in die Brüche. Ich bin zwar der Vater, aber die väterliche Autorität hat sie mir nicht zugestanden. Verstehst du? Ich wurde aus allen Entscheidungen rausgehalten. Sie hat, was ihn betrifft, immer allein bestimmt. Schule, Sport, was auch immer. Und dann hat sie Bo auch noch erzählt, ich hätte kein Interesse an ihm. Das tut heute noch weh, wenn ich daran denke.«

Ev will sagen, dass er lieber nach vorn schauen solle, muss aber hüsteln, da ihre Stimmbänder von der Lungenfunktionsuntersuchung heute Vormittag noch etwas empfindlich sind. Davon hat sie Floris noch gar nicht erzählt. Später, nicht jetzt, sie nippt noch einmal von ihrem Wein und unterdrückt den Husten.

»Alles, was ich als Vater tat, hat sie lächerlich gemacht und verurteilt.«

»Menschen urteilen, wenn sie nicht nachdenken können«, sagt Ev.

»Was?«

»Das hab ich mal gelesen, eine Theorie von C.G. Jung. Das Nachdenken, um zu aufrichtigen Überzeugungen zu gelangen, zwingt dazu, die ausgetretenen Pfade zu verlassen. Urteilen ist sehr einfach, man sagt seine Meinung, und damit hat sich's.«

»Es wäre natürlich zu simpel, meiner Ex die ganze Schuld zu geben. Ich habe sie nie schlechtgemacht, darum habe ich mich immer bemüht, so schwer es mir auch fiel. Sie ist seine Mutter, denke ich dann, ich werde sie in Bos Beisein nicht mit Dreck bewerfen.«

Als Floris seine Sitzposition ändert, springt Fjodor von der Couch.

»Ihretwegen hat Bo kein Vertrauen zu mir.«

»Ich weiß nicht, ob man das so sagen kann. Aber gerade jetzt könntest du anfangen, sein Vertrauen zurückzugewinnen.«

»Bei unserem Gespräch hier am Tisch, als du schon gegangen warst, erzählte er von seiner Mutter. Ganz offen und ehrlich.«

»Und was hat er gesagt?«

»Dass sie ihn vor mir gewarnt habe, von mir werde er nichts erwarten können, solche Sachen.«

Ev krümmt sich innerlich zusammen, solche Worte aus dem Mund eines Kindes gegenüber seinem Vater wiegen schwer. Floris mag gewiss weniger gute Seiten haben, aber das hat er nicht verdient. Seine Loyalität und Aufrichtigkeit beweist er jeden Tag wieder, in allem, was er tut. Dass er seinem Sohn gegenüber anders handeln könnte, glaubt sie nicht.

Sie stellt den Wein auf den Tisch zurück und greift zum Wasserglas. Ihre Lunge muckt auf, sie muss erneut husten.

»Darf ich Musik auflegen?« Floris erhebt sich.

Er entscheidet sich für *Das Paradies und die Peri* von Robert Schumann. Eine Weile lauschen sie der fallenden Melodie der Geigen, und als die tiefen Streicher ihr eigenes Thema aufnehmen, runden die Bläser die Harmonie ab. Dann hebt die Altistin zu singen an. Ev denkt sofort ans Orchester, an ihre Arbeit. Doch ihr ist, als habe sie jetzt mehr Abstand davon und könne mit Genuss zuhören, ohne übermäßige Emotionen.

»›Seine ewige Sehnsucht nach dem Paradies machte Schumann zum Träumer‹«, liest Floris aus dem CD-Heftchen vor. »›Als Sohn eines Verlegers und Buchhändlers bekam er ...‹«

»Das klingt so abgehoben, dabei war Schumann ein normaler Mensch, ein Kind, ein Teenager und so weiter«, unterbricht Ev ihn. »Als junger Mann hat er Paganini spielen sehen und war so fasziniert von den Kapriolen des Italieners, dass er das Gleiche auf seinem Klavier machen wollte.«

»Aber hier steht, dass er auch Rechtswissenschaften studiert hat. Siehst du?«

»Das hat er nur getan, weil sein Vater gestorben war und seine Mutter ihn auf Anraten des Vormunds, der die Familienangelegenheiten verwaltete, dazu gedrängt hat. Er hatte keine Wahl, er musste tun, was ihm gesagt wurde. Aber als er das Konzert von Paganini besucht hatte, konnte er nicht anders, als sich für die Musik zu entscheiden«, sagt Ev und muss kurz kichern. »Witzig, da muss ich gleich an Bo denken. Aber im Ernst, glaubst du wirklich, Bo könnte jemals deinen Betrieb übernehmen?«

»Darum geht es nicht, ich kann mir nur einfach nicht vorstellen, dass er als Jazzmusiker ein anständiges Leben führen könnte. Oder irre ich mich da so sehr?«

Ev nimmt ihren ganzen Mut zusammen. »Wovor fürchtest

du dich? Was soll schon passieren, wenn du Bo dein Vertrauen schenkst und ihn den Weg gehen lässt, der ihm wichtig ist?«

»Leichter gesagt als getan«, entgegnet Floris.

»Bo möchte etwas machen, was zu ihm passt.«

»Das ist ein Klischee und trifft auch nicht ganz zu«, wendet Floris sofort ein. »Ich hätte ihm mehr Aufmerksamkeit zukommen lassen müssen. Dass er im Krankenhaus gelandet ist, hätte nicht sein müssen.«

Ev lässt ihn ausreden.

»Wusstest du, dass er an dem Abend für Geld gespielt hat?«

Sie erstarrt, ja, das wusste sie durchaus.

»Um seinem Lehrer die Schulden zurückzuzahlen. Er will mein Geld nicht.«

»Er wollte nicht darum bitten, aber wenn du es von dir aus anbieten würdest ...«

Floris sagt nichts mehr, und die Musik übernimmt wieder. Die Singstimmen schwellen an, das Orchester spielt *forte*, der Kulminationspunkt scheint nah.

»Immer wieder höhere Ziele anstreben, das kann ich nicht, nicht mehr«, sagt Floris. Er wirkt abwesend. »Ich kann nicht nach all den Jahren einen Vater spielen, der ich nie war. Zuerst war ich ein Feind, zumindest hat meine Ex das aus mir gemacht, und jetzt soll ich auf einmal ein Geldautomat für meinen Sohn sein. Und was ist mit allem Übrigen?«

Ev weiß nicht, was sie sagen soll.

»Du findest, dass ich seinem Wunsch, die Ausbildung am Konservatorium zu machen, beistimmen soll. Und wenn das nichts wird?«

»Das wird er schon selbst herausfinden, verlass dich drauf. Er macht das ganz gut.«

»Er macht einfach irgendwas. Du bist die Einzige, die ihn unterstützt und ihm so viel Aufmerksamkeit schenkt, deshalb führt er dich an der Nase herum. Für dich scheint das Ganze wichtiger zu sein als für ihn selbst. Ich verstehe das ja auch, du musst selbst um deine Stelle kämpfen. Da passen dir Bos Ambitionen gut in den Kram, als Bestätigung dafür, dass Musik einen Sinn hat, etwas darstellt.«

Ev kippt ihren restlichen Wein in einem Zug herunter. »Hast du das zu ihm gesagt?«

»Seifenblase, Ev, er lebt in seiner eigenen Seifenblase.«

21

Vaters alte Hände, seit Jahren von Vitiligo befallen, gleiten über Adeles Rücken. Ev kann nicht anders, als an ihre Mutter zu denken. Warum hat er sie nie so entspannt auf die Wange geküsst? Die Menschen um Ev herum lachen, stoßen mit den Gläsern an und reden laut. Zu laut. Sie sind in Evs Garten, aber sie selbst fühlt sich fremd. Sie gehört hier nicht dazu, und doch war das Ganze ihre Idee, ihr Versuch, das Kriegsbeil zwischen ihr und ihrem Vater zu begraben. Heute ist er achtzig geworden. Es kommt ihr vor wie ein Film, in dem ihr Vater die Hauptrolle spielt. Mit seinem weißen Leinenanzug, dem blauen Oberhemd darunter und dem kecken Stetson dazu strahlt er Selbstsicherheit aus. Der Hutklassiker war für Ev immer ein Sinnbild für ihren Vater, für seine Unabhängigkeit und Individualität. Und alles, was Stetson herstellt, folgt getreu dem Motto: ›Mach die Dinge richtig und so gut, wie sie nur sein können.‹

Ist das das Geheimnis ihres Vaters? Machte er immer das Beste aus den Situationen, in die er geriet?

Er schaut zu ihr herüber, und sie versucht sofort zu lächeln. Auch heute fällt ihr das schwer. Für ein paar Sekunden scheinen ihr Vater und sie allein auf der Welt zu sein. Was bedeutet sie ihm? Freunde sind sie nie gewesen. Sein Lächeln schwindet, als könne er ihre Gedanken lesen.

»Der Tisch sieht fantastisch aus, Ev.« Eine Frauenstimme hinter ihr lenkt sie ab, sie dreht sich um. Als Erstes springt ihr die dicke Schminkschicht auf dem Gesicht der Fremden ins Auge. Zwei tiefe Furchen, die sich um deren Mund bilden, brechen die Versiegelung auf. Die Lippen scheinen aus Hunderten senkrechter Striche zu bestehen, und nach jedem Wort bleiben dunkelrote Streifen auf den Vorderzähnen der Frau zurück.

»Vielen Dank«, erwidert Ev und verlagert den Blick schnell auf die fröhlichen Sommersträuße, die an beiden Enden des Tisches stehen.

»Das ist Ninas Werk, sie hat die Blumen arrangiert«, sagt sie, bevor die Frau weiterredet.

»Welche Nina?«

»Meine Schwester, sie sitzt dort.«

Die Frau schaut, stößt einen Schrei aus und läuft zu Nina hinüber. Sie scheinen sich also doch zu kennen.

Ev bleibt allein zurück, ihre Augen suchen wieder ihren Vater, doch er unterhält sich gerade mit einem älteren Mann. Sie hat die Geburtstagsfeier hier organisiert, um sich selbst zu beweisen, dass sie über der Vergangenheit steht. Der flüchtige Blick ihres Vaters macht sie nervös. Sie schämt sich bei dem Gedanken, dass er womöglich den Schweiß auf ihrer Oberlippe bemerkt hat. Hat sie es doch gemacht, um ihm zu gefallen? Floris bleibt hinter ihr stehen. Sowie er die Hände auf ihre Schultern legt, spürt sie, dass er mit seinen Gedanken bei Bo und dem ganzen Drumherum ist. Bevor sie den Kopf an ihn lehnen kann, geht Floris schon wieder weg. Jemand bittet um noch ein Glas Sekt.

»Hier wird gefeiert, Ev«, sagt Nina lachend und kommt auf sie zu, »was hockst du denn hier allein?« Sie beugt sich über sie und flüstert: »Stell dir vor, alle hätten die Einladung angenommen, dann wäre es hier ziemlich eng geworden.«

»Vater hatte gar keine zwanzig Gäste eingeladen«, sagt Ev.

»Ach, bist du dir da so sicher? Ich habe seine Liste gesehen, da standen wirklich zwanzig Namen drauf.«

»Ja, aber sechs davon hat Adele hinter seinem Rücken draufgeschrieben.«

»Woher weißt du das?«

»Ich hab ihn einfach gefragt, wer das alles ist, und da erzählte er mir, dass Adele noch andere einladen wollte, lauter Leute, die er nicht kennt. Na, da war mir sofort klar, dass Adele gelogen hat, wer auf der Gästeliste …«

»Ev, jetzt fang nicht wieder an, Gift zu verspritzen. Ob du es nun gern getan hast oder nicht, jetzt ist es zu spät.« Nina erhebt sich und tritt ein paar Schritte zurück. »Solange Adele bei ihm ist, brauchen wir uns keine Sorgen zu machen.« Nina meint es gut, das sieht Ev durchaus ein.

Ein lautes Geräusch unterbricht ihr Gespräch, sie schauen beide in die Richtung, aus der das Getöse kam. Eine Frau liegt am Boden. Nina springt sofort zu Hilfe. Ein alter Klappstuhl ist unter dem Gewicht der Frau zusammengebrochen. Zum Glück lacht sie und wedelt mit den Händen.

»Nichts passiert«, ruft Nina, um die anderen zu beruhigen.

»Wann hast du die Stühle denn zum letzten Mal benutzt?« Die Stimme ihres Vaters klingt vorwurfsvoll. Er wendet sich dem Unfallopfer zu, doch die Frau kann sich kaum halten vor Lachen. »Ich muss mich für meine Tochter entschuldigen.«

Ev schaut zu, wie er auf die Knie runtergeht, um der dicken Frau aufzuhelfen. Das will nicht so recht gelingen. Alle müssen lachen, nur Ev nicht.

»Der reinste Slapstick«, hört sie Floris sagen.

»Ich hätte nie gedacht, dass ich noch mit achtzig vor einer Frau auf die Knie fallen würde.« Evs Vater genießt die Aufmerksamkeit.

»Genug.« Adele steht auf und reicht der dicken Frau die Hand. »Hopp, hopp, es ist ja zum Glück nichts passiert.«

Aber die Frau entscheidet sich dafür, sich von Evs Vater umarmen zu lassen, und es dauert noch etwas, bis sie wieder auf den Beinen steht.

»Herrje, was für eine Komödie!«

Adeles Eifersuchtsausbruch tut Ev wundersamerweise gut. Sie ist also nicht die Einzige, die das Ganze nicht lustig findet. Während alle um ihren Vater und das Unfallopfer geschart bleiben, greift sie zu einem sauberen Glas und gießt sich einen Prosecco ein. Eine leichte Brise spielt mit den Ecken der weißen Tischtücher, sie überprüft die drei Brotkörbe, die Schüsselchen mit Oliven und das Besteck neben den Tellern. Bei zwei Tellern fehlen Gabeln, Fliegen umschwirren das Brot. Ev schlägt mit der Hand nach ihnen und geht in die Küche zurück, um noch Gabeln zu holen.

»Läuft alles gut?« Floris ist wieder bei ihr. Sie würde ihm gern dieselbe Frage stellen, nickt aber nur.

»Ich bin stolz auf dich, es ist so gut, dass du das hier machst, wirklich.« Floris nimmt sie in die Arme.

»Warum sagst du das?«

»Weil ich dich kenne, du zweifelst.«

Sie erwidert nichts.

»Und wer weiß, wie seine Welt in einem Jahr aussieht?«, fährt er fort. »Soll ich noch ein paar Flaschen Wasser holen? Wann willst du mit dem Essen anfangen?«

»Wenn alle so weit sind«, seufzt Ev und löst sich aus Floris' Umarmung. Als sie wieder allein ist, denkt sie an ihre Arbeit, ans Schreiben und an die Musik.

In drei Tagen hat sie eine Unterredung mit Kees, sie weiß nicht, was sie zu hören bekommen wird. Die letzten Tage der Saison im Studio waren dramatisch. Ev hat Leidensgefährten heulend bei Kees aus der Tür kommen sehen. Ihre Familien warteten draußen. Mehr als fünfzig Leute sind bereits entlassen worden. Die übrigen Kollegen haben schon Urlaub.

Am liebsten würde sie jetzt ihr Notizbuch nehmen und schreiben. Ihr Vater wird sich nie ändern, aber sie kann es schon, ihrem Herzen folgen, ihrem Leben Sinn und der Musik den richtigen Platz geben. Die Stunden, die sie jetzt mit Schreiben verbringt, werden ihr immer wichtiger. Aber was wird in Zukunft sein? Sie kann doch vom Schreiben nicht die Hypothek bezahlen.

»Nicht, Schatz, nicht grübeln.« Floris ist wieder bei ihr. »Bleib im Hier und Jetzt, bei dem, was ist, weißt du noch?«

Adele steuert auf sie zu. Ev dreht sich zu Floris um und sagt schnell: »Ja, ich bin hier!« Adele baut sich dicht neben ihr auf.

»Schau hin, das Geburtstagskind nimmt endlich Platz.« Sie zeigt zur Terrassentür. »Manchmal ist er wirklich wie ein Kind. Nein, schlimmer, wie ein Pubertierender.«

»Dann können wir mit dem Essen anfangen.« Ev tritt einen Schritt zur Seite. Aber Adele fasst sie schnell beim Ellenbogen.

»Ich finde es unheimlich gut von dir, dass du seine Feier bei dir zu Hause veranstaltest, du hast mich wirklich überrascht!« Ihre Stimme ist rau. Déjà vu, denkt Ev und schüttelt den Kopf.

»Und mein Vater? War er auch überrascht? Darum ging es mir mehr.«

»Sagen wir, er hatte es zwar von dir erwartet, aber nicht hier.«

»Dass ich seine Feier ausrichten würde? Das höre ich zum ersten Mal.«

»Er hat Nina verboten, etwas zu unternehmen, er wollte, dass es von dir kommt.«

»Du übertreibst.« Ev fordert sie auf, nach draußen zu gehen. Dann ruft sie: »Wir fangen an!«

»Wie schön ihr hier wohnt«, murmelt Adele und bleibt bei ihr stehen.

»Setz dich bitte an den Tisch.« Ev will sich abwenden, doch Adele stellt sich auf die Zehenspitzen und flüstert ihr plötzlich ins Ohr: »Wenn du's wirklich wissen willst, er war wütend, dass seine Feier nicht in Polen stattfinden würde. Verstehst du?«

»Nein, das verstehe ich nicht.« Ev prallt zurück.

»Ach, Kind, was verbindet ihn denn mit den Niederlanden? Wie oft kommt er denn hierher? Ich konnte ihn erst nach stundenlangem Zureden überzeugen. Du hast es mir zu verdanken, dass er heute hier ist. Und du siehst, es mausert sich zu einem perfekten Tag!«

Die Gäste nehmen nach und nach am Tisch Platz. Ein paar Neugierige schauen in Richtung der geöffneten Küchentür.

»Dieser Tag ist etwas zwischen Vater und mir«, sagt Ev scharf,

»du solltest vielleicht nicht alles erzählen, was ihr zu Hause beredet.« Ev denkt an ihre letzte Begegnung mit Adele in dem Café in Essen. Adele hat für sie ihres Vaters wegen Bedeutung. Nicht mehr und nicht weniger. Sie legt die Hände auf die knöchrigen Schultern der alten Frau und schiebt sie sanft aus der Küche.

»Ihr kommt immer noch nicht miteinander zurecht, was?«, zischt Adele und befreit sich mit einem Ruck von Evs Händen. »Das wird nie besser werden, das weißt du genauso gut wie ich.«

Evs Handy klingelt, doch sie wendet den Blick nicht von Adeles Augen ab. Den Triumph darin kann sie nicht einordnen.

»Telefon, Ev«, hört sie Floris rufen.

»Ja, ich rufe später zurück.« Sie lässt das Handy klingeln und geht aus der Küche.

»Alles bereit? Wollen wir dann essen?«, ruft sie und klatscht in die Hände.

Das Wort ›essen‹ setzt alle in Bewegung. Ihr Vater lacht über etwas, was die Frau mit den Lippenstiftstrichen auf den Zähnen gesagt hat.

»Ist noch Wein da?«, fragt eine andere Frau. Ev begibt sich zu Floris. Er steht mit dem Handy am Ohr in der Küche. Mit ihrem Handy. Redet er mit Bo? Sie geht an ihm vorbei zum Kühlschrank. Die Weinflaschen sind noch nicht geöffnet. Wo ist der Korkenzieher?

»Ev.« Floris steht bei ihr. »Es ist … es ist Annemiek.«

»Ich sagte doch, dass ich später zurückrufe!«

»Bitte.« Floris' Miene ist ernst.

Ev drückt ihm die Flasche in die Hände und übernimmt das Handy. Sie kann nicht begreifen, was sie hört. Ihre Hausärztin fragt, ob es sich um ein Familienleiden handle, und liest gleich das Untersuchungsergebnis vor.

»... wobei mehrere Zelltypen eine Rolle spielen, vornehmlich Makrophagen, Eosinophile und T-Lymphozyten.«

»Ich kann dir nicht folgen, Annemiek.«

»Ich spreche von dem Druck auf deiner Brust, Atemnot, Behinderung des Luftstroms. Ev, du hast eine weit fortgeschrittene Bronchiolitis, oder man kann es auch gleich COPD nennen. Ist schon mal jemand in deiner Familie an einer Lungenkrankheit gestorben?«

Ev beginnt sofort zu hüsteln.

Eine halbe Stunde später erhebt sich Nina im Garten und klopft mit einem Löffel an ihr Glas. Sie hält die Geburtstagsrede auf ihren Vater und gibt bekannt, was sie für heute zusammen gekocht haben: Alle fünf Gänge sind seine Lieblingsgerichte. Dann spricht sie auch noch seinen Traum von einem Tagesausflug nach Amsterdam an und verrät damit das Überraschungsgeschenk. Sie erzählt gerade von dem Bed & Breakfast, das nicht nur für Vater, sondern auch für die Gäste eine Überraschung sein soll, als er Anstalten macht aufzustehen. Während Nina weiterredet, kommt er mit dem Zeigefinger auf den Lippen zu Ev herüber.

»Das stille Örtchen, wo ist das noch mal?«, fragt er leise.

Ev sieht Nina unangenehm berührt zu ihnen herüberschauen. Die Rede war für ihn gedacht.

Ev schüttelt ratlos den Kopf und signalisiert Nina, dass sie weitermachen soll. Dann geht sie hinter Vater her ins Haus.

»Achtzig, wer hätte das gedacht. Jeden Tag beim Aufwachen lache ich, es ist ein Geschenk, Gott schenkt mir noch einen Tag«, sagt er. »Solltest du Nina nicht helfen? Sie macht immer alles allein.«

Er öffnet die Toilettentür, bleibt aber noch kurz stehen. »Also das hätte ich wirklich nicht von dir erwartet.«

»Was?«

»Na, das hier … meinen Geburtstag hier zu feiern.«

Seine Augen sind feucht, aber Ev weiß, dass das nichts mit Rührung zu tun hat.

»Ich wollte dir schon die ganze Zeit sagen, dass …«

»Ja?«

»… Meine Arbeit … das Orchester … Es läuft nicht so, wie es sollte. Möglicherweise verliere ich meine Anstellung.« Als sie das sagt, wird ihr bewusst, dass das nicht mehr so ganz stimmt. Gestern hat sie von Kees gehört, dass es neue Entwicklungen gebe. Er wolle sie nächste Woche sprechen. Er lachte, als er das sagte.

»Und da ist noch etwas.« Sie räuspert sich, ist fest entschlossen, ihm von ihrem Notizbuch zu erzählen. »Ich will endlich … ich wollte nie nur Musikerin sein, ich meine, natürlich bin ich froh, dass ich Bratschistin bin, aber …«

Sie hält inne und sieht, wie Vater sie anblinzelt.

»Warum bist du es dann geworden? Niemand hat dich gezwungen. Was hab ich damit zu tun?«

»Du weißt doch, dass ich immer die Nase in Bücher gesteckt habe …«

»Ja, und du hast nie was damit angefangen. Das hat mich auch gewundert«, unterbricht er sie ungeduldig. »Weißt du, in meinem Alter heißt es warten, jeden Tag wieder auf etwas warten, was nicht eintritt, nicht mehr …« Er schüttelt den Kopf. »Hier meinen Geburtstag zu feiern, das ist wirklich unmöglich. Du hast das nicht für mich getan, sondern für dich selbst, das weißt du genauso gut wie ich. Und ich soll dir dafür dankbar sein.«

»Du hast gerade noch etwas anderes gesagt ... Und nein, ich habe das nicht für mich getan. Allerdings war es schon das einzige Mittel, um dich mal in die Niederlande zu kriegen«, fügt sie schnell an und gerät außer Atem. Auch ihr Vater fängt an zu husten.

»Zu Nina«, fährt sie fort, »fährst du neunhundert Kilometer weit, ohne mit der Wimper zu zucken, aber die zweihundert Kilometer zu mir sind dir zu weit.«

Er sieht sie an, als wäre es zum ersten Mal. Er will etwas sagen, aber das lässt sie nicht zu.

»Und ich bin übrigens dabei, alles aufzuschreiben. Können wir darüber vielleicht mal reden, bitte?«

Himmel noch mal, was tut sie denn jetzt? Sie braucht doch nicht mehr zu betteln und wie ein kleines Mädchen mit ihm zu sprechen.

Jetzt sieht er sie mit klarem Blick an. »Worüber? Was willst du denn noch von mir hören? Du bist eine erwachsene Frau, und du bist immer allein zurechtgekommen. Was trage ich noch dazu bei? Und im Übrigen kann ich es doch einfach nachher lesen, wenn du alles aufschreibst, oder?« Er lässt sie stehen und verschwindet in die Toilette.

Dass sie auf Niederländisch schreibt, sagt sie nicht. Dass es Briefe an ihn sind, erzählt sie ihm auch nicht. Sie weiß jetzt, dass das unerheblich ist. Durch das laute Lachen der Gäste wird sie daran erinnert, dass sie zu Nina zurück muss. Erleichtert geht sie wieder in den Garten. Sie macht die Tür hinter sich zu.

Alle Protagonisten in diesem Roman sind erfunden. Der Vater der Autorin und dessen Leben standen Modell für die Geschichte von Evs Vater. Die jüngsten Einsparungen bei der Stichting Omroep Muziek in Hilversum waren Inspirationsquelle für diese fiktive Erzählung.

Dank

Mehr als irgendwem danke ich meinem Mann Antoine van Opbergen für seinen nimmermüden Glauben an mich und meine schriftstellerischen Ambitionen, für seine Unterstützung und sein Verständnis für alles, was mir dieser Schreibprozess während der vergangenen Jahre abverlangt hat. Ich danke meinen Eltern (post mortem) und vor allem meiner Schwester Janina Szyler dafür, dass sie da ist, Interesse zeigt und ihre Familiengeschichten von früher beigesteuert hat, obwohl ich das Buch in einer Sprache geschrieben habe, die sie nicht versteht.

Ich möchte Christiaan Weijts von Herzen danken für den Glauben an mich und für seine Inspiration. Dank seiner scharfsinnigen Anmerkungen und lang anhaltenden Betreuung habe ich den richtigen Weg finden können. Er ist der geistige ›Vater‹ dieser Form des Romans.

Bei der Suche nach der richtigen Formulierung hat Marjolijn Oonk mir enorm geholfen. Was sie einst in einem unbedachten Augenblick gesagt hat (»Ich kann deine Texte gern ansehen«), geriet zu einer riskanten Unternehmung: Sie hat mir seither in all diesen Jahren (Tag und Nacht) beigestanden. Ohne ihre Geduld, ihre Kenntnis der niederländischen Sprache, ihr ausgezeichnetes Sprachgefühl, ihre Begeisterungsfähigkeit und unsere Freundschaft wäre dieses Buch nicht möglich gewesen.

Ich danke Marianne Schönbach für die warme Aufnahme als Autorin in ihre Amsterdamer Literaturagentur. Mit ihr zusammenzuarbeiten fühlt sich an, als wären wir schon sehr lange befreundet. Ohne sie wäre der Weg zu diesem Buch unmöglich gewesen.

Ich danke allen Mitarbeitern beim Verlag Meulenhoff, die an meinem Buch gearbeitet haben. Insbesondere Suzanne Aben, die mich als Schriftstellerin entdeckte, und Sterre Houweling, die diesem Buch seine physische Strahlkraft verlieh und alles, was damit zusammenhängt.

Aus tiefstem Herzen danke ich Ilse Delaere. Sie brachte meinen Schreibprozess auf Trab und verstand es in allen Phasen des Schreibens, meinen Fokus stärker auszurichten.

Ich danke allen, die mich auf ihre Weise beim Schreibprozess begleitet haben, oft mit einer Großzügigkeit, die weit über das Notwendige hinausging: Hedwig van Lier, Ella Broekstra, Janet Stada, Els Maas, Marjolijn Bierens, Arie van den Berg, George Moorman, Willem Jan Otten, Ernest und Henryk Rajtor, Frits Wagenvoorde, Ellen Versney, meinen besonders herzlichen Kollegen von der Bratschengruppe des Radio Filharmonisch Orkest und allen meinen teuren Freunden.

Glossar

a cappella: ohne Instrumentalbegleitung
accelerando: allmählich schneller werdend, beschleunigend
arco: Spielanweisung für Streicher, nach vorangegangenem pizzicato die Saiten wieder zu streichen
attacca: Aufführungsanweisung, den folgenden Satz oder Satzteil ohne Unterbrechung anzuschließen
Basso continuo: auch Generalbass genannt, in der Musik des 17. und 18. Jahrhunderts die Bezeichnung für die fast allen damaligen Kompositionen zugrunde liegende durchlaufende Bassstimme, kombiniert mit zur Melodie und zum musikalischen Ablauf passenden Harmonien
con sordino: mit Dämpfer zu spielen
crescendo: an Tonstärke zunehmend, lauter werdend

divisi: Spielanweisung für Streicher im Orchester, mehrstimmige Stellen nicht als Doppelgriffe zu spielen, sondern die einzelnen Stimmen unter den Spielern aufzuteilen

forte: laut, stark, kräftig

mezzoforte: mittelstark

mezzopiano: nicht zu leise

pianissimo: sehr leise

piano: leise, sanft

pizzicato: Spielanweisung für Streicher, die Saiten mit den Fingern zu zupfen

staccato: musikalische Artikulation, bei der die Töne sehr kurz und deutlich voneinander getrennt, ›abgestoßen‹ gespielt werden

Standards bzw. Jazzstandards: Kompositionen mit festgelegter Harmoniefolge, die als Grundlage einer Improvisation dienen

Tremolo: schnelles Wiederholen eines Tones

Vibrato: rasche Wiederholung von geringen Tonhöhenschwankungen vor allem bei Streichinstrumenten, aber auch bei (Holz-)Blasinstrumenten und Singstimmen.

Liste der Musikstücke

Seite 13: Antonín Dvořák, Sinfonie Nr. 9 in e-Moll, op. 95, *Aus der Neuen Welt*

Seite 19 ff.: Pjotr Iljitsch Tschaikowsky, *Dornröschen,* Ballett, op. 66

Seite 28 f.: Mieczysław Karłowicz, *Pamiętam ciche, jasne, złote dnie,* Lied, op. 1 Nr. 5

Seite 47 ff.: Gustav Mahler, Sinfonie Nr. 9

Seite 49: Ludwig van Beethoven, Klaviersonate Nr. 26 in Es-Dur, op. 81a, *Les Adieux*

Seite 69: Johann Sebastian Bach, *Brandenburgisches Konzert* Nr. 3, BWV 1048

Seite 77: Giovanni Battista Viotti, Vionlinkonzert Nr. 22 in a-Moll

Seite 83 f.: Arvo Pärt, *Spiegel im Spiegel,* Version für Viola und Klavier

Seite 94: Giuseppe Verdi, Schlussfuge aus der Oper *Falstaff,* »Tutto nel mondo è burla«

Seite 96 f.: Albert Roussel, *Petite Suite pour Orchestre,* op. 39

Seite 103: Claude Debussy, *Prélude à l'après-midi d'un faune,* sinfonische Dichtung

Seite 103: Ottorino Respighi, *Pini di Roma,* sinfonische Dichtung

Seite 103: Edvard Grieg, *Peer Gynt,* Schauspielmusik, op. 23 und Suiten Nr. 1, op. 46 und Nr. 2, op. 55

Seite 109: Wolfgang Amadeus Mozart, Konzert für Klarinette und Orchester in A-Dur, KV 622

Seite 110: Carl Orff, *Carmina Burana,* szenische Kantate, »O Fortuna«

Seite 114: Bohuslav Martinů, Rhapsodie-Konzert für Viola und Orchester

Seite 117: Sergej Prokofjew, Sinfonie Nr. 3 in c-Moll, op. 44

Seite 130: Carl Ditters von Dittersdorf, Konzert für Viola und Orchester in F-Dur

Seite 131 ff.: Giacomo Puccini, *Madama Butterfly,* Oper

Seite 143: Grażyna Bacewicz, Streichquartette

Seite 145 f.: Pjotr Iljitsch Tschaikowsky, Sinfonie Nr. 6 in h-Moll, op. 74, *Pathétique*

Seite 157 ff.: Sofia Gubaidulina, *Hommage à T.S. Eliot* für Sopran und Oktett

Seite 193 ff.: Anton Bruckner, Sinfonie Nr. 7 in E-Dur

Seite 197 ff.: Thomas Adès, *The tempest,* Oper

Seite 212: Wolfgang Amadeus Mozart, Streichquartett in G-Dur, KV 80

Seite 234: Joseph Haydn, *Die sieben letzten Worte unseres Erlösers am Kreuze*

Seite 242 f.: Richard Wagner, *Tristan und Isolde,* Oper

Seite 285 f.: Robert Schumann, *Das Paradies und die Peri,* Oratorium, op. 50.